KB268764

風雲劍俠傳

풍운검협전

송진용 新무협 판타지 소설

FANTASTIC ORIENTAL HEROES

풍운검협전 2

송진용 新무협 판타지 소설

초판 1쇄 찍은 날 § 2008년 2월 11일
초판 1쇄 펴낸 날 § 2008년 2월 16일

지은이 § 송진용
펴낸이 § 서경석

편집장 § 문혜영
편집 § 유경화 · 심재영

펴낸곳 § 도서출판 청어람
등록번호 § 제1081-1-89호
등록일자 § 1999. 5. 31
어람번호 § 제2-1419호

주소 § 경기도 부천시 원미구 심곡1동 350-1 남성B/D 3F (우) 420-011
전화 § 032-656-4452 팩스 § 032-656-4453
http://www.chungeoram.com
E-mail § eoram99@chollian.net

ⓒ 송진용, 2008

ISBN 978-89-251-1179-7 04810
ISBN 978-89-251-1177-3 (세트)

풍운검협전

風雲劍俠傳

송진용 新무협 판타지 소설

FANTASTIC ORIENTAL HEROES

2

홀로 강호를 거닐다

도서출판 청어람

目次

第一章
쟁자수 운몽

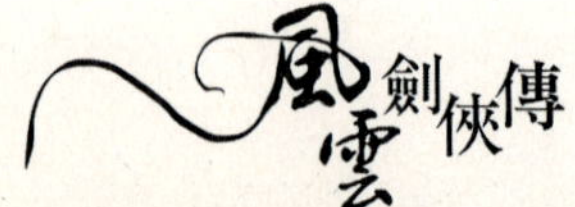

운몽은 어느덧 어엿한 청년으로 변모해 있었다. 스무 살의 늠름하고 잘생긴 젊은이인 것이다.

세상에 내놓는다면 그 쾌활한 성품과 멋진 용모와 순박한 언변으로 인해 단연 돋보일 터였다.

군계일학(群鷄一鶴)이라는 말처럼 수많은 사람들 속에 섞여 있어도 금방 눈에 띌 만한 사람이 된 것이다.

그 운몽은 지금 아미산을 떠나는 중이었다.

스무 살이 될 때까지 아미산 밖으로 나가본 적이 없기에 가슴이 설레고 두렵기도 하다.

세월과 상관없이, 만나고 헤어짐과 상관없이, 유정(有情)과 무정(無情)이 아픔인 건 똑같다는 이치에 상관없이, 유유히 흘러가는 흰 구름을 바라보며 오만 가지 생각들을 하더니 한 가지 생각에 집착해서 마음이 심란해졌다.

惆悵東欄一株雪(추창동란일주설)
人生看得幾淸明(인생간득기청명)
난간엔 서러운 듯 하얀 꽃송이
보고 지고 몇 해나 보낼 것인가.

사부는 절대로 절연암에 찾아가지 말고 곧장 떠나라고 했다. 하지만 운지가 그곳에 있는데 어찌 작별의 인사조차 없이 떠날 수 있단 말인가.

그러나 찾아가려고 마음먹으면 사부와의 말이 마음에 걸리고, 운수 비구니와 했던 약속도 마음에 걸려 머뭇거려졌다.

이러지도 저러지도 못해 심란해하던 운몽은 못난 제 자신에게 화를 내고 말았다. 아미산을 떠나는데, 그녀와의 추억을 뒤에 두고 강호로 나가는데 어찌 작별의 말 한마디 없을 수 있단 말인가.

이렇게 한번 강호로 나가면 언제 그녀를 다시 만나게 될지 알 수 없는 일 아닌가. 사부에게 미안해도 할 수 없다. 운수 비구니와의 약속도 운몽의 달아오른 마음을 더 이상 붙들어 두지 못했다.

오늘은 보름밤도 아니니 소령 사태와 마주칠 일도 없을 것이다. 살짝 다녀온다면 아무도 눈치 채지 못할 것이라는 생각이 운몽을 더욱 재촉한다.

운몽은 운대봉을 향해 미친 듯 달려갔다. 모든 상념과 근심을 질주를 통해 풀려는 사람 같다. 그렇게 운대봉을 단숨에 건너뛰고, 낙일봉을 지나 곧장 뇌음사의 절연암으로 달려가려는 것이다.

어느덧 사부의 절세 경공신법인 유성구천(流星九天)을 십성 익혀서 그의 움직임은 그대로 한줄기 질풍이 휩쓸어가는 것과 같았다.

이십여 리나 되는 산길을 그렇게 쉬지 않고 달려갔지만 지친 기색 하나 보이지 않는다.

그의 앞에 운대봉이 높이 떠 있는 구름에 닿을 듯 우뚝 솟아 있었다. 가파르고 험한 산길을 한달음에 달려 정상에 올라섰을 때도 운몽은 얼굴만 붉어졌을 뿐, 호흡이 어지럽지 않았다.

바람이 몹시 불었다. 오월인데도 아직 산 정상에는 여기저기 잔설이 남아 반짝이고 있었다.

운몽이 달구어진 볼을 찬바람에 식히며 두리번거렸다. 옷자락이 찢어질 것처럼 펄럭인다. 등을 떠밀고, 때로는 큰 힘으로 어깨에 부딪쳐 대는 바람 때문에 제대로 서 있기가 힘들

지경이었다.

그 바람 속에 한 사람이 표표히 옷자락을 날리며 서 있었다.

"어?"

운몽이 외마디 놀란 소리를 냈다.

제가 항상 운지를 기다리던 널찍한 바위 위였는데, 그 사람은 운몽을 등지고 서서 바람에 옷자락을 펄럭이고 있었다.

'운지?'

운몽은 순간적으로 그렇게 생각했다.

찢어질 듯 펄럭이고 있는 옷자락이 잿빛 승복이었기 때문이다.

머리에 둥근 털모자를 깊숙이 눌러써서 모습을 가렸지만 바람에 쓸리는 옷자락 때문에 언뜻언뜻 드러나는 몸매는 호리호리하고 부드러운 여자의 그것이었다.

비구니인 것이다.

"운지, 당신이오? 나를 기다리고 있었소?"

운몽이 소리쳐 불렀다. 하지만 비구니는 꼼짝도 하지 않았다. 날카로운 바람 소리 때문에 듣지 못한 것도 같다.

주춤주춤 운몽이 그녀에게로 다가갔다.

십여 걸음 떨어진 곳까지 가서야 운몽은 비구니가 운지가 아니라는 걸 느꼈다. 느껴지는 분위기가 달랐던 것이다.

운몽이 멈칫거릴 때, 비구니가 천천히 돌아섰다.

그녀의 얼굴을 본 운몽이 크게 놀라 '아!' 하고 두어 걸음 물러섰다.

소령 사태(素翎師太)였던 것이다.

운몽이 잔뜩 긴장하여 뻣뻣이 서 있는 걸 지그시 바라보던 소령 사태가 '흥!' 하고 차가운 코웃음을 날렸다.

"너는 지금 어디로 가려는 것이냐?"

"소생은, 소생은……."

"설마 절연암으로 가던 길은 아니겠지?"

운몽이 마음을 단단히 먹고 대답했다.

"소생은 지금 막 사부님 곁을 떠나 강호로 나가는 길입니다. 이제 떠나면 언제 다시 돌아올지 모르는데 어찌 그대로 갈 수 있겠습니까?"

"흥! 역시 절연암으로 가던 길이었군?"

사태의 매서운 눈길 앞에서 운몽은 주눅이 들고 말았다. 마음속에 죄지은 것 같은 미안함이 있으니 더욱 그렇다.

'이것도 운명인가 보다. 하필 저 괴팍한 노사태를 이곳에서 만난단 말이냐? 그녀에게 사실대로 말했다가는 또 한 차례 시끄러워질 것이다. 아미산을 떠나는 마당에 굳이 싸움질로 작별 인사를 대신할 수는 없지.'

그렇게 생각한 운몽이 한숨을 쉬고 천연덕스럽게 말했다.

"그렇지 않습니다. 사부님께 들은 바가 있고 운수 선배님과 약속한 바가 있는데 어찌 그새 마음이 바뀌었겠습니까?"

“그렇다면 이곳에 왜 왔지?”

“운지와 항상 만나던 이곳에서 절연암이 있는 곳을 바라보며 마음속으로 그녀에게 작별의 인사를 하려고 했을 뿐입니다.”

“…….”

그 말에 소령 사태가 침묵했다. 운몽을 바라보던 이글거리던 눈빛이 차차 가라앉더니 깊고 어두워졌다.

“휴, 세상의 일이란 한 치 앞을 알 수 없고, 사람의 속마음은 백 년을 살아도 들여다볼 수 없다더니 과연 그렇구나. 하지만 그것들도 남녀의 정만큼 미묘하고 기이하지는 못하지.”

엉뚱한 말에 운몽이 어리둥절한 얼굴로 눈을 끔벅이며 그녀를 바라본다.

한동안 두 사람의 눈길이 열 걸음을 사이에 두고 마주쳐 떨어지지 않았다.

운몽이 물었다.

“사태께서는 뇌음사를 떠나 어찌 이곳에 와 계십니까?”

“너는 알 것 없다.”

소령 사태가 쌀쌀맞게 말했다.

그녀는 그동안 아무도 모르게 가끔씩 운대봉에 올라오곤 했었는데, 사형인 소정 사태로부터 광명존자가 학정봉에 도관을 짓고 눌러앉아 있다는 말을 들은 뒤부터였다. 그러니 운지를 절연암에 가둔 뒤부터이기도 하다.

그녀의 마음은 두 가지의 갈등으로 인해 한시도 편할 날이 없었다.

'그 뻔뻔한 인간을 죽여 버려야 해. 이 세상에 있어서는 안 되는 나쁜 인간이야.'

그런 마음이 들 때면 당장 학정봉으로 달려가 죽든지 죽이든지 대판 난리를 쳐야 속이 시원해질 것만 같았다.

그럴 때의 소령 사태는 독오른 암고양이 같았고, 새끼 빼앗긴 암호랑이에 다름없었다.

누가 곁에서 얼씬거리기만 해도 버럭버럭 화를 냈으며, 조금만 눈에 거슬리는 일이 있으면 신경질적으로 반응해서 아미파의 모든 제자들을 불안하게 했던 것이다.

하지만 그녀는 끝내 학정봉으로 광명존자를 찾아가지 못했다.

당장이라도 달려갈 듯 씩씩거리며 산문을 나섰다가도 남쪽 하늘을 바라보면 마음속에 꺼려하는 무엇이 되살아났던 것이다.

'하긴…… 어찌 그 인간만 탓할 수 있겠어? 어쩌면 그 인간은 나를 죽어라 원망하고 있을지도 모르지. 아니, 죽이고 싶을 거야. 그런데도 학정봉에만 있을 뿐 이곳에 찾아오지 않는 건 역시 나와 같은 마음 때문이겠지.'

그런 생각이 든 그녀는 한숨만 폭폭 쉬고 다시 산문 안으로 되돌아오곤 했다.

미운 마음과 안타까운 마음이 교차하고, 원망하는 마음과 가여워하는 마음이 수시로 교차했던 것이다.

그러니 그녀의 평생 수양도 헛일이었다. 부처님께 온전히 나를 맡겼건만, 마음속에는 한 사람으로 인한 갈등이 여전했기 때문이다.

그러면 그녀는 풀죽은 모습으로 길을 나서 남들의 눈을 피해가며 몰래 운대봉으로 올라왔다.

아무도 없는 쓸쓸한 정상을 홀로 서성이면서 겨우 애틋한 마음과 원망을 아울러 달래고 다시 뇌음사로 돌아가곤 했던 것이다.

당연히 그녀는 몇 차례인가 운몽이 지금 제가 서 있는 바위 위에 홀로 서서 운지를 위해 간절히 기원하는 모습을 훔쳐보기도 했다.

그에 대한 애처로운 마음은 묘하게도 증오와 적의로 바뀌었으니, 자신의 처지를 생각하고 광명존자를 생각했기 때문일 것이다.

소령 사태의 그런 미묘한 마음이야말로 그 무엇보다 알 수 없는 것이리라.

하지만 지금은 또 운몽에 대한 측은지심이 일어 애잔한 눈길로 그를 물끄러미 바라보고 있었다.

그가 아미산을 떠나는 길이라니 왠지 제 가슴이 허전해진다.

"강호는 험하고, 그 속에 사는 인간들의 마음은 더욱 험하니라."

불쑥 던지는 말이 운몽에게는 뜻밖의 것이기만 했다.

그녀가 또 죽이려고 하지나 않을지, 그래서 제가 이곳으로 오리라는 걸 알고 미리 와 기다리고 있었던 건 아닌지, 하는 생각으로 잔뜩 긴장하고 있던 참이기 때문이다.

"드러난 창은 피하기 쉬워도 숨어 있는 비수는 피하기 어려운 법이다. 강호는 네가 사부의 그늘 아래에서 편히 쉬던 그곳과는 하늘과 땅만큼이나 다른 곳이니 네 자신을 지키기 위해서는 항상 조심하고 조심하는 수밖에 없느니라. 내 말을 명심하여라."

"사태의 그 말씀은 대체 어찌 된 건지요?"

"그래도 아미산자락에 기대고 살던 인연이 있으니 강호의 대선배로서 몇 마디 충고를 해주는 것이다."

"그렇다면 감사합니다. 노사태의 금과옥조 같은 말씀 명심하겠습니다."

운몽이 의젓하게 포권했다. 그런 그를 바라보는 소령 사태의 노안에 알 수 없는 정이 물결쳤다. 그를 통해서 그녀는 저 먼 과거 속의 한 사람을 떠올리는 건지도 모른다.

"내가 너에게 반드시 다짐받고 싶은 게 한 가지 있다."

그녀가 갑자기 낯빛을 엄숙하게 하고, 음성을 딱딱하게 하여 말했으므로 운몽은 다시 긴장했다.

‘도대체 이 늙은 비구니의 마음은 정말 모르겠구나. 사람이 어떻게 이처럼 쉽게 감정이 변할 수 있단 말인가? 세상이 그녀를 두고 아미산의 암고양이라고 한다더니 틀린 말이 아니야.’

그런 생각이 절로 드는데, 소령 사태는 운몽이 고개를 약간 숙이고 묵묵히 서 있는 게 제 말을 받아들이겠다는 뜻이라고 짐작했다.

“내가 사람을 볼 줄 아는데, 너는 여복을 타고난 데다가 바람기까지 있어서 장차 그게 너에게 큰 화를 가져다줄 것이니라.”

“예?”

엉뚱한 소리다. 그래서 운몽이 눈을 휘둥그레 떴다.

“큰 적을 만나 몸이 상하는 상처를 입는 건 작은 일이다. 하지만 나약한 한 여인을 만나 그녀로 인해 마음의 상처를 입게 되는 일은 큰일이지. 어떤 약도 소용없고, 어떤 의원도 치료해 줄 수 없기 때문이니라.”

‘옳은 말이다.’

운몽은 소령 사태의 말에 절절이 공감했다. 지금의 제 마음이 그와 같았기 때문이다.

“여자에게도 그와 같단다. 남자로서 한 여인의 마음에 상처를 주는 것은 백 사람, 천 사람의 몸에 검상을 입히는 것보다 크고 심중한 일이다. 그녀의 고통은 영원히 사라지지 않기 때문이지.”

‘운지도 그런 상처를 받았을까? 나는 그녀에게 평생 치유되지 않을 상처를 남겨주고 떠나는 것일까?’

소령 사태의 말을 듣는 동안 운몽에게 그런 생각이 절로 떠올랐다. 그래서 안색이 어두워지고 저도 모르게 한숨이 새 나온다.

그런 운몽을 유심히 바라보던 소령 사태가 말을 마저 했다.

“그래서 너는 강호로 나가기 전에 나에게 단단히 약속해야 한다.”

“무엇을 말입니까?”

“너는 평생 한 여자만을 생각하고 사랑하겠다고 나에게 약속할 수 있느냐? 아무리 많은 여자들이 네 앞에 있다고 해도 한 여자를 위해 거들떠보지도 않을 수 있겠느냐?”

운몽의 마음속에는 오직 운지 한 사람이 들어찬 지 오래전이었다. 제 스스로 이미 운지만 생각하기로 결심했으니 소령 사태의 다짐은 있으나마나다.

그렇게 생각한 운몽이 망설이지 않고 큰 목소리로, 자신있게 대답했다.

“약속합니다. 소생은 죽는 날까지 오직 한 여자만 사랑하고 마음에 담아둘 것입니다.”

“그 약속을 어긴다면?”

“하늘의 벌을 받아 편히 죽지 못할 것이고, 죽어서도 지옥에 떨어져 억겁의 세월 동안 유황불 속에서 고통스러워할 것입니다."

"맹세하겠느냐?"

"맹세합니다."

"좋다."

운몽의 호쾌한 대답에 크게 만족한 듯 소령 사태가 환하게 웃었다.

"명심해라, 지금의 그 말을. 한 남자가 한 여자를 사랑하거나, 한 여자가 한 남자를 사랑하는 데 있어서는 백 년의 세월도 부족하다고 할 것이다. 사람이 천 년, 만 년 사는 것도 아닌데 어찌 이 사람 저 사람에게 정을 주고 그들을 사랑했노라고 말할 수 있을 것이냐? 홍! 그렇게 말하는 자가 있다면 당장 주둥이를 찢어놓아야 한다."

다시 과격해져서 숨결마저 거칠어져 씩씩거리는 소령 사태였다.

운몽은 그녀에게 지울 수 없는 어떤 상처가 있었던 건 아닐까? 하고 짐작해 보았다. 그렇지 않고서야 제 말에 저렇게 흥분할 리가 없을 것이기 때문이다.

"네가 나에게 맹세를 했으니 마음이 놓인다. 그 맹세대로 반드시 지킨다면 장차 여자로 인해 너의 신상에 닥칠 화를 피해갈 수도 있을 테니 너를 위해서도 좋은 일이지."

운몽은 저를 지그시 바라보는 소령 사태에게서 한 가닥 희망을 가졌다. 운지에 대한 생각을 떠올리자 가슴이 두근거린다.

"제가, 제가 그 맹세를 잘 지킨다면 사태께서는, 사태께서는……."

"왜 말을 못해?"

꿀꺽, 하고 마른침을 삼킨 운몽이 더 머뭇거리다가 큰 용기를 내어 기어이 말을 꺼냈다.

"운지와 제가 맺어지도록 힘을 써주시겠습니까?"

"운지하고 네가?"

전혀 생각지도 못했던 일이라는 듯 소령 사태가 눈을 휘둥그레 떴다.

운몽은 어렵게 말을 꺼낸 김에 확답을 받고 싶었다.

"제가 평생 한 여자만을 생각하고 사랑하는데, 그게 운지라면 사태께서는 어떻게 하시겠습니까? 끝내 저와 운지를 막으신다면 저에게도 또 운지에게도 평생 가슴에 한을 남겨주는 일이 될 것입니다. 그러길 원하십니까?"

"으음—"

소령 사태가 깊은 신음을 흘리고 눈살을 잔뜩 찌푸렸다.

무언가 아득한 과거를 회상하는 것도 같았고, 풀기 어려운 숙제를 앞에 둔 아이 같기도 했다.

운몽은 그녀가 제 말에 즉각 반발하여 길길이 날뛰지 않고 저렇게 침묵한다는 게 의아해지는 한편, 실낱같던 가능성이 조금 더 커진 것 같아 더욱 가슴이 뛰었다.

한참을 침묵하던 소령 사태가 길게 탄식했다.

"휴— 그 일은 나 혼자서 마음대로 결정할 수 있는 게 아니다. 그 아이의 사부는 엄연히 소정 사태이시니 소정 언니의 말을 들어야겠지."

"아."

운몽이 기쁨인지 탄식인지 알 수 없는 소리를 냈다. 하지만 돌이켜 생각해 보면, 그 깐깐한 소령 사태가 한 걸음 물러나 있지 않은가.

운몽은 그것만으로도 저에게는 커다란 위안이고 힘이라고 생각했다.

"사태의 말씀을 가슴에 깊이 새기고 소생은 이만 떠나겠습니다."

그가 정중히 포권하고 머리를 숙였다. 노사태의 주름진 얼굴에 번뇌가 어른거린다.

"아미타불."

소령 사태가 마주 합장하고 낮게 불호를 중얼거렸다.

그렇게 운몽은 천천히 바람 부는 운대봉을 내려가 아미산을 떠났고, 소령 사태는 그 뒤로도 운몽을 대신하듯 간간이 운대봉 정상에 찾아왔다.

한나절을 홀로 서서 저 멀리 남쪽 학정봉을 바라보다 탄식과 함께 뇌음사로 돌아가곤 했던 것이다.

2

그로부터 석 달 뒤.

한여름의 푹푹 찌는 날씨 때문에 숨 쉬기조차 거북한 오후.

섬서의 고도(古都) 장안성은 오랜만에 비치는 쨍쨍한 햇빛 때문에 불덩이처럼 달아올랐다.

그 장안성 남통가로(南通街路)는 언제나 사람과 말, 그리고 낙타가 뒤섞여 북적거렸다.

좌우 양편에 즐비한 상점마다 이국의 신기한 물건들이 넘쳐 나고, 넓은 길이 파란 눈의 이국인과 서역에서 온 색다른 사람들로 뒤덮였다.

그런 남통가로의 풍경이 잘 내려다보이는 객잔의 이층 창가에 건장한 장한들 몇 명이 앉아 큰 소리로 떠들어대며 술을 마시고 고기를 뜯고 있었다.

"이봐, 운가야, 안 마실 거냐?"

텁석부리 장한이 술잔을 들고 소리쳤다.

창밖을 내다보고 있던 운몽이 깜짝 놀라 돌아보자 텁석부리가 눈을 부라렸다.

"너 계집애지?"

"예?"

"곱상하게 생긴 것도 그렇고 술도 못 마시잖아."

운몽이 얼굴을 붉히고 급히 제 잔을 들어 한입에 털어 넣었다.

"하하하, 사내라면 그래야지. 하지만 그래도 수상한걸?"

텁석부리가 자꾸 놀려대자 곁에 있던 호리호리한 장한이 웃으며 손을 내저었다.

"고 형, 그가 계집애가 아니라는 건 내가 보장하지. 그러니 시답잖은 소리 하지 말고 술이나 마셔."

"응? 네가 어떻게 알아? 바지라도 벗겨본 거냐?"

"나란히 서서 장 대인 집 담벼락에 오줌을 뿌렸었거든."

"아, 그래서 편을 들어주는 거로구만. 흐흐, 서안 성중에 벌써 소문이 쫙 돌았더라. 낙성표국의 오 아무개가 죽으려고 환장을 해서 개처럼 한 다리를 번쩍 들었다고 말이야. 하고많은 담들을 두고 하필 장 대인 댁 담벼락이라니? 시원하긴 했겠다. 우허허허허—"

"어쨌든 그러니 자꾸 놀려서 저 순둥이를 곤란하게 만들지 말라 이 말이야, 내 말은."

텁석부리 고가(高哥)와 호리호리한 오가(吳哥)의 말을 한쪽에서 가만히 듣고 있던 쥐수염의 사내 이가(李哥)가 낄낄거리고 웃었다.

"히히히, 오가 네놈이 운가 꼬마의 서방님이라도 되는 듯하구나? 이거 샘나는걸?"

오가가 눈을 부라렸지만 텁석부리 고가와 쥐수염 이가는 아랑곳하지 않았다.

얼굴을 붉히고 있던 운몽이 소리없이 웃었다.

그들은 오랜만에 한가한 시간을 가진 사람들이었다.

비록 하루뿐인 휴가지만 일에서 놓여나 이렇게 마음껏 즐길 수 있다는 것만으로도 충분히 들뜰 만했다.

운몽은 그들이 저를 놀려대고 있는 것도 그런 기쁨의 다른 표현에 지나지 않다는 걸 잘 알기에 흥을 깨고 싶지 않았다.

그때 쿵쾅거리며 주루의 이층 계단을 급히 올라오는 발소리가 나더니 눈매가 날카로운 장한이 불쑥 나타났다.

두리번거리던 그가 운몽 등을 찾아내고 손을 흔들며 소리쳤다.

"역시 여기 있었군. 어서들 와라. 석 표두가 부른다!"

그를 본 텁석부리 고가가 있는 대로 인상을 썼다.

"염병, 우리는 지금 휴가 중이란 말이오, 몰라서 그러는 거요?"

"급한 일이란다. 그러니 어서 와! 휴가는 취소다!"

사내가 씽하니 다시 계단을 내려가 버렸다.

"제기랄, 정말 때려치우던지 해야지 더러워서 못해먹겠네."

고가가 잔뜩 인상을 쓰고 투덜거렸다.

그들은 서안성에 있는 세 개의 표국 중 가장 크고 오래된 낙성표국(落星鏢局)의 표사들이었다.

운몽은 두 달 전 그곳에 찾아와 일을 시켜달라고 했다. 그래서 쟁자수(爭子手)가 되었는데, 그저 짐꾼이라기보다는 조표(助鏢)라고 해야 옳았다.

표사가 되기 위한 수습 단계를 거치고 있는 신분이었던 것이다.

운몽이 표국에 몸을 의탁한 건 이유가 있어서였다.

아미산에서 내려와 하는 일 없이 한 달 동안 강호를 떠돌면서 절로 듣게 된 말들이 있었기 때문이다.

그중 운몽의 귀를 솔깃하게 한 건 표국에 대한 것이었다.

표국의 표사들은 천하 각지로 표물을 운송하고, 흑백 양도의 무리들과 두루 교분을 맺고 있다지 않은가.

강호에 대해서 아는 게 없는 운몽은 그들을 따라다니는 게 좋겠다는 생각을 했다.

그들과 함께 강호의 구석구석을 돌아다니다 보면 사부가 말한 혈영자(血影子)라는 사람과 혈사기(血師旗)에 대한 단서를 찾을 수 있게 될지도 모르기 때문이다.

강호라는 곳에 대해서도 좀 더 빠르게 배우고 이해할 수 있을 것이다.

그건 확실히 혼자서 막막하게 세상을 떠도는 것보다 여러모로 유리한 일이었다.

그래서 낙성표국에 들어간 운몽은 쟁자수로서 지난 두 달

동안 네 곳에 표물을 운송해 주었다. 그리고 어제 돌아와서 쉬고 있는 중인데 다시 호출이 떨어졌으니 다들 투덜거릴 만했다.

하지만 운몽으로서는 반가운 일이었다.

어디론가 또 멀리 떠나고, 그러면 가고 오는 길에 강호의 소문을 듣는 건 물론 많은 사람들을 만나볼 수 있기 때문이다.

"어서 가지요. 석 표두의 성미가 급하니 늦으면 혼날 것입니다."

"하하, 운 소제의 말이 맞아. 어서 가자구."

텁석부리 고가와 쥐수염 이가가 운몽에게 동시에 눈을 부라렸지만 오가가 일어섰으므로 그들 두 사람도 어쩔 수 없이 무거운 엉덩이를 뗄 수밖에 없었다.

3

"이번 일만 무사히 마치고 돌아오면 정식 표사로 추천해 주마."

표두 석진명(石津明)이 걸걸한 음성으로 말했다.

운몽의 얼굴에 웃음이 떠올랐다. 그러자 주위가 다 환해지는 듯했다. 희고 고른 치아와 반짝이는 눈 때문이다. 그것이 흰 얼굴과 아주 잘 어울려서 운몽에게서는 어느 귀한 집의 미공자 못지않은 기품도 느껴졌다.

그래서였을까, 옷차림이 허름하고 험한 일을 하지만 누구도 그를 우습게 여기지 않았다.

그를 아는 사람들은 모두 친밀한 감정을 느끼고 도움을 주려고 했으니 그건 운몽이 타고난 복인지도 모른다.

"감사합니다. 이번에도 한눈팔지 않고 많은 일을 배우도록 하지요."

"그래, 그래. 고가나 이가 그놈들이 너의 반만 되어도 내가 걱정을 하지 않을 거다. 에잉, 빌어먹을 놈들 같으니."

흐뭇하게 웃으며 운몽의 어깨를 두드려 주던 석 표두가 마지막에는 잔뜩 인상을 찌푸리고 혀를 찼다.

이번 표행의 표물이 무엇인지 알게 된 건 저녁때였다.

"뭐야?"

운몽과 단짝이 된 오가, 오유담(吳裕潭)이 깜짝 놀라 소리쳤고, 운몽도 움찔 몸을 떨었다.

"장 대인의 식솔들이라고?"

오유담의 벌어진 입이 다물어지지 않았다.

소식을 가져온 쥐수염의 사내, 이굉팔(李宏八)이 히죽히죽 웃으며 놀려댔다.

"왜? 그 집 담벼락에 쉬를 하다가 치도곤을 치른 일이 마음에 걸리는 게냐? 이번에는 장 대인의 수레에다가 쉬를 하면 되겠구만 그래."

"빌어먹을 놈."

오유담이 눈을 흘겼지만 이굉팔은 아랑곳하지 않고 운몽을 손가락질하며 꾸짖었다.

"너도 그래. 이제 겨우 표국의 밥을 먹게 된 놈이 겁도 없이 장 추관 집 담에다가 볼일을 봐? 그래서 저 오가 놈이랑 둘이 표국 망신을 시켰으니, 쯧쯧……. 저놈과 붙어 다니다가는 옥살이 하느라고 그 아까운 청춘을 다 보낼 거다. 그러니 더 늦기 전에 정신 차려."

운몽은 입이 열 개라도 할 말이 없었다. 그저 뒷머리를 긁으며 쓴웃음을 지을 뿐이다.

장 대인은 서안성에서도 떵떵거리는 세력가였다.

벌써 오래전부터 서안의 치안을 담당하는 섬서 도호부 추관(推官)이라는 자리에 있었던 것이다.

휘하에 다섯 명의 검찰관(檢察官)과 이천여 명이나 되는 순검(巡檢), 포쾌(捕快), 정용(丁勇)을 두고 그들을 턱짓으로 부렸다.

그러니 그가 눈을 한 번 찌푸리면 산천초목이 두려워 벌벌 떤다는 말이 과장이 아니다.

오가가 술이 잔뜩 취해서 그런 장 대인의 집 앞을 지나갔던 건 한 달 전이었다.

갑자기 허리춤을 까 내리더니 운몽에게도 그렇게 하라고

윽박질렀다.

순박한 운몽 앞에서 객기를 부려 보이고 싶었으리라.

운몽도 술이 어느 정도 올랐던 터라 두 사람은 호랑이 같다는 장 대인 댁 담장에 굵은 오줌발을 갈겨댔다.

통쾌했다. 그리고 순찰을 돌던 포쾌(捕快)들에게 그 자리에서 붙잡혔다.

생색을 내고 싶었던 포쾌들은 두 사람을 결박해서 포청 대신 장 대인 댁으로 곧장 끌고 들어갔다.

전청(前廳)의 돌계단 아래 꿇어앉아서 오가는 사색이 되어 떨었지만 운몽은 눈을 끔벅거릴 뿐이었다. 오히려 이곳저곳을 두리번거리며 구경하기 바빴다.

그때 그녀를 보았다.

시비들과 함께 전청에서 나온 한 소녀.

십팔, 구 세쯤 되어 보였는데, 자주색 치마저고리에 긴 머리를 땋아 늘이고 사슴 가죽의 신을 신은 아름다운 소녀였다.

운몽의 눈이 커졌다.

아미산에서 내려온 이후 그처럼 아름답고 고귀한 소녀를 처음 본 것이다.

인간 세상의 여인 같지가 않았다.

아미산에 있을 때는 운지가 세상에서 가장 아름다운 여자인 줄로만 알았다.

그녀가 비록 비구니라는 신분이었지만 조금도 아쉽지 않

왔다.

그저 맑고 고운 그 얼굴을 바라보는 것만으로도 행복하지 않았던가.

그런데 장 대인 댁 뜰에서 본 소녀는 운지와는 또 다른 아름다움으로 반짝이고, 또 다른 매력으로 황홀했다.

그래서 운몽은 그녀가 어쩌면 산 아래의 세상에서 가장 아름다운 소녀일지도 모른다는 엉뚱한 생각마저 하게 되었다.

그 아름다운 소녀가 걸을 때마다 패옥이 부딪치는 낭랑한 소리가 들려와 운몽은 더욱 넋을 빼앗겼다.

그의 눈길을 의식한 듯, 소녀가 살짝 아미를 찌푸리고 빠른 걸음으로 사라졌다.

형틀에 묶여 볼기를 맞으면서도 운몽은 처음 본 소녀의 황홀한 아름다움에 취해 아픈 줄을 몰랐다.

'대체 누구일까, 누구이기에 장 대인 댁에서 저렇게 도도하고 오만하게 걸어다닐 수 있는 것일까? 장 대인의 손녀딸이라도 되는 걸까? 이름이 뭘까?

운몽은 제가 지금 붙잡혀 왔다는 것도 잊고 오직 그녀에 대한 생각에 빠져 있었다.

아미산을 떠나올 때 만났던 소령 사태의 말처럼, 그에게는 타고난 바람기가 있는 것인지도 모른다.

장 대인 댁에서의 일이 다시 떠올라 운몽의 가슴이 쿵광거렸다.

그 위세 당당한 장 대인이 무슨 일인지 갑자기 관직을 내놓고 초야로 내려간다고 했다.

서안에서 멀리 떨어진 산서 혼원현(渾源縣)으로 옮겨가는 것이다.

북악(北岳)으로 꼽히는 항산(恒山) 아래의 현이라니 산이 깊고 물이 맑을 것이다.

하긴, 그는 벌써 칠십을 넘긴 나이라고 하지 않던가. 이제 번잡한 세상일에서 은퇴하여 여생을 한가롭게 즐길 때도 되었다. 오히려 늦었다고 해야 하리라.

이번 표행의 주인이 그 장 대인이라는 것과 함께 운몽을 기겁하도록 놀라게 한 일이 찾아왔는데, 바로 장 대인 댁에서 언뜻 본 그 소녀가 장 대인의 금지옥엽이라는 사실이었다.

운몽은 그 말을 들었을 때 믿지 않았다. 칠십이 넘은 장 대인에게 꽃 같은 딸이라니…….

그가 아닐 것이라고 극구 부정하자 오가가 넌지시 귀띔해 주었다.

"장 대인은 관무에 바빠서 혼기를 놓치고 늦게 장가들었다네. 여러 해 동안 아이가 없다가 나이 쉰셋에 첫 아이를 보았지. 그게 장 소저야. 그러니 장 대인이나 장 부인이 오죽 귀여워하겠나? 그야말로 눈에 넣어도 아프지 않을 금지옥엽인 거지."

"그렇다면 그녀가 장 대인의 딸이라는 말이 사실이군요?"

"왜? 마음에 드나? 흐흐흐, 언감생심 꿈도 꾸지 마라."

네 처지를 알라는 듯 운몽의 위아래를 훑어본 오가가 저쪽으로 사라졌고, 운몽은 넋이 나간 사람처럼 멍하니 서 있기만 했다.

운몽이 저도 모르게 한숨을 쉬었다.

과연 이처럼 꾀죄죄한 자신의 모습과 장 소저의 모습은 하늘과 땅만큼이나 차이가 난다는 것을 느낀 탓이다.

장 대인 부부가 머리카락이 희끗희끗해져서 겨우 얻은 하나뿐인 딸이라니 장 대인에게는 세상에 그보다 더 귀한 게 없으리라.

그 장 대인이 자신과 가족들을 낙성표국에 의탁해 왔다.

표국으로서는 감당하기 벅찬 손님이지만 큰 돈벌이가 되니 마다할 수도 없었다.

국주인 낙성검(落星劍) 장문량(張問亮)은 망설임 끝에 자신이 직접 표물과 장 대인 가족을 호송하기로 했다.

다음날, 낙성표국의 표사들 중 가려 뽑은 열 명과 스무 명의 쟁자수들이 분주히 길 떠날 채비를 했다.

국주 장문량이 헐렁한 장포 안에 갑주마저 받쳐 입은 채 몸소 표물을 점검하고 말과 마차를 꼼꼼히 살펴보았다.

진시 말쯤 해서 드디어 장 대인과 그의 부인, 그리고 딸이 마차를 타고 왔다.

운몽은 감히 그들 쪽을 바라보지 못했다.

마차만 보아도 가슴이 두근거리고 얼굴이 화끈화끈해졌던 것이다.

하필 그런 망신스런 자리에서 그녀를 보았다는 게 원통했다.

마음속에 운지에 대한 미안함이 있었지만 그래도 자꾸만 그녀가 타고 있는 마차에 눈길이 쏠리는 걸 어쩔 수 없다.

국주는 장 대인에게 표물들을 일일이 확인시키고 봉인을 했다.

부인과 딸이 마차를 갈아탈 때 운몽은 용기를 내어 그녀들을 훔쳐보았다.

몸집과 얼굴이 후덕하게 생긴 부인은 노년에 접어든 모습이 완연했다. 가벼운 웃음을 띠고 국주와 낮은 소리로 몇 마디 말을 주고받았는데, 절로 기품이 우러나는 것이 대가의 안주인다웠다.

잔뜩 기대했지만 운몽은 소녀의 얼굴을 보지 못했다. 비단 천을 머리에 썼기 때문이다.

그녀와 부인이 표국에서 마련한 튼튼한 마차로 갈아타자 호송을 책임진 표두 삼환표(三還鏢) 왕상(王祥)이 즉시 휘장을 치고 문을 닫았으므로 운몽은 남몰래 한숨을 쉬고 말았다.

장 대인은 마른 몸집에 키가 후리후리하게 크고 눈매가 날카로운 사람이었다.

오랫동안 관록을 먹은 태가 몸에 배어 있어서인지, 자연스레 거만하고 도도한 기품이 우러났다.

칠십을 넘긴 고령의 노인이라고는 믿을 수 없을 만큼 정정하고 카랑카랑해 보인다.

그 장 대인이 혼자서 한 대의 마차를 차지했다. 그 뒤를 부인과 딸이 탄 마차가 따르고, 다음으로 표물을 실은 다섯 대의 마차가 줄지었다.

두 명의 표두와 열 명의 표사는 말을 타고 표행의 좌우를 호위했고, 쟁자수들은 마차와 수레 곁에 바짝 붙어서 떨어지지 않았다.

낙성표국의 깃발이 마차 위에 높이 걸려 펄럭였다.

서안성 중에 그 위세가 당당한 낙성검 장문량이 선두에서 백마를 타고 무리를 이끄니 감히 시비를 걸어올 자들이 없을 것이다.

사흘 뒤에 마차는 서안에서 오백 리 떨어진 곳에 와 있었다.

동천(銅川)을 뒤에 두고 의군(宜君)을 바라보며 나아가는 중인데, 육반산(六盤山)의 높은 줄기가 뻗어 나온 험한 곳이다.

산서 태원부까지는 험산 준령이 줄지어 있어서 하루에도 몇 번씩 깊은 계곡을 지나고 까마득한 영(嶺)을 넘어야 하는 힘든 길이었다.

"잠시 쉬었다 간다!"

장문량의 호령에 마차들이 일제히 멈추고 사람과 말이 다 같이 한숨을 내쉬었다.

이곳까지 오는 동안 장 대인은 물론이고 부인과 딸도 마차에서 나오지 않았다.

숙소에 들어야 할 때만 살짝 나왔다가 날이 밝으면 어느새 다시 마차 안으로 들어가 있었던 것이다.

답답해서 견디기 힘들 텐데도 그들은 용케 잘 참고 있었다.

운몽은 그게 이상했다.

하루쯤이야 그러려니 했지만 사흘이 지나고 있는 오늘까지 그와 같으니 이제는, '혹시 병이 나서 꼼짝 못하는 건 아닐까?' 하는 걱정까지 될 정도였다.

마차는 조령(鳥嶺)이라고 부르는 높은 고개 위에 멈추어 있었다.

아직 때 이른 가을이라지만 높은 산은 붉은 단풍으로 물들기 시작해 황홀했다. 조령 또한 그렇다.

아가씨라면 누구라도 이 좋은 경치와 맑은 바람을 사랑할 것이다. 하지만 장 대인의 딸은 마차 안에서 꼼짝도 하지 않았다.

운몽은 쟁자수들과 함께 풀밭에 앉아 한가롭게 쉬면서도 남모르게 소녀가 타고 있는 마차를 훔쳐보고 있는 중이었다.

저쪽에서는 표두 석진명이 오유담과 이굉팔을 데리고 마차며 말들을 일일이 점검하는 부지런을 떨고 있었다.

앞쪽, 우뚝 솟은 바위 위에 버티고 앉아 있던 국주 장문량이 벌떡 일어서는 게 보였다.

그가 휘익! 하고 짧은 휘파람을 불었다. 그러자 표두 왕상이 즉시 국주 곁으로 달려갔고, 마차를 점검하던 석진명이 수신호를 해서 여기저기 흩어져 쉬고 있던 표사들을 불렀다.

이런 일에 경험이 많고 잘 훈련된 표사들답게 그들은 즉시 마차를 에워싸고 경계 태세에 들어갔다.

누군가 수상한 자들이 다가오는 모양이었다.

운몽은 목을 길게 빼고 바라보았지만 언덕 너머의 일이라 알아볼 수 없었다.

한참 뒤에 짙은 남색 옷을 입은 초로의 사내가 언덕 위로 모습을 드러냈다.

훌쩍 큰 키에 몸집이 단단하고, 매부리코 위의 두 눈이 음침하게 번쩍거리는 사내였다.

운몽은 멀리서도 그의 얼굴을 똑똑히 볼 수 있었다.

바위 위에 서 있던 장 국주가 포권하고 낭랑한 음성으로 말했다.

"누구신가 했더니 태백산(太白山)의 작은 어르신 황 형이시구려? 그간 평안하셨소?"

그자는 태백산의 두 악귀, 태백쌍악(太白雙惡) 중 소악 황령(黃靈)이라는 자였다.

대악 염창(廉滄)과 늘 붙어 다니는데 오늘은 어쩐 일인지 혼자였다.

태백산을 무대로 악명을 떨치는 흑도의 마두가 이 먼 곳에 혼자 나타났다는 게 장 국주를 긴장하게 했다.

황령이 포권하고 갈라진 음성으로 대꾸했다.

"장 국주를 이런 곳에서 보게 될 줄이야. 반갑소이다."

장문량이 바위 위에서 훌쩍 뛰어내렸다.

"오랜만에 태백산의 영웅을 만났으니 술잔이라도 돌려야 할 텐데, 보다시피 내가 지금 처지가 이런지라 속정을 내보일 수가 없으니 황 형이 이해해 주시오."

장문량이 번쩍이는 눈길로 황령을 바라보며 의젓하게 말했다.

이곳에 내가 있으니 엉뚱한 생각 하지 말고 어서 꺼지라는 무언의 압박이다.

황령이 음침하게 웃었다.

"국주와 우리 사이에 무슨 이해하고 말고가 있겠소? 술이야 살아 있는 한 언제든 마실 수 있는 것인데 다음으로 미루어도 무방하오."

말속에 가시가 들어 있었다.

'살아 있는 한' 이라는 말을 할 때 유독 힘을 주었던 것이다.

장문량이 살짝 눈살을 찌푸렸다.

"염 형은 보이지 않는구려?"

너 혼자뿐이라면 나를 당하지 못할 것이니 얌전히 지나가라는 의미다.

황령이 음침하게 웃었다.

"하하, 장 국주. 솔직히 말해서 우리 태백쌍악의 명성이 낙성검 장 아무개보다 못하다고는 여기지 않소. 저까짓 허수아비 같은 표사들 몇을 믿고 나를 핍박하는 거라면 서운하오."

장문량은 불쾌하기 짝이 없었지만 여전히 웃는 낯으로 황령을 대했다.

"좋소. 서로 갈 길이 바쁜 것 같으니 서운하지만 오늘은 그대로 지나갑시다. 이번 일이 끝나면 큰 술자리를 만들고 두 분을 청하리다."

황령도 웃는 낯으로 응대한다.

"언제든 좋소. 장 형이 청하는데 머뭇거린다면 태백쌍악이 아니지."

언중유골(言中有骨)이라, 서로 건네는 말은 다 좋은 뜻이었지만 그 안에 날카로운 가시가 들어 있어서 위태롭기 짝이 없었다.

지그시 장문량을 바라보던 황령이 턱짓으로 마차를 가리키고 본심을 드러냈다.

"실은 장 대인에게 드릴 말씀이 있어서 일부러 찾아온 길이라오. 몇 마디 나누어도 상관없겠지요?"

장문량의 낯빛이 싹 바뀌었다.

그가 여태까지의 온화하던 표정을 버리고 싸늘한 눈길로 황령을 쏘아보았다.

"황 형, 장 대인은 지금 나의 고객이시오. 설마 그걸 모르지는 않을 텐데?"

"내가 언제 표물을 나누어 달라고 했소? 장 대인께 긴히 드릴 말씀이 있어서 그러니 너무 박하게 굴지 마오."

"먼저 내게 이야기하시오. 그러면 장 대인께 전해 드리리다."

"번거롭게 그럴 거 뭐 있소? 그저 장 대인에게 몇 마디만 하면 그뿐인데."

장문량은 마음을 놓을 수 없었다.

그가 더욱 긴장하여 은근히 내력을 끌어 모으며 말했다.

"그렇게는 할 수 없소."

"흐흐흐, 장 형은 나를 믿지 못하는구려?"

"표행에 나선 이상 누구도 믿지 않는 게 우리들 아니오? 그러니 황 형이 이해하고 오늘은 내 체면을 세워주시오."

"좋소, 좋아. 하지만 다시 만났을 때는 더 이상 양보하지 않겠소. 그때는 나를 야속하다고 원망하지 마오."

코웃음을 친 황령이 다시 언덕 아래로 내려가 사라졌다. 그것을 지켜보고 있던 장문량이 한숨을 쉬었다.

"휴, 저 태백산의 망나니가 기어이 시비를 걸 모양이니 앞길이 순탄치 않겠구나."

"국주."

한쪽에서 긴장하고 있던 표두 왕상이 다가와 물었다.

"도대체 저 음흉한 자가 무슨 일로 장 대인을 만나려고 하는 걸까요? 할 말이 있다던데 그게 뭘까요?"

"모르지."

장문량의 얼굴이 어두워졌다. 장 대인을 목적지까지 무사히 모셔다 주는 일이 쉽지 않을 거라는 예감이 든 것이다.

第二章
수상한 소저

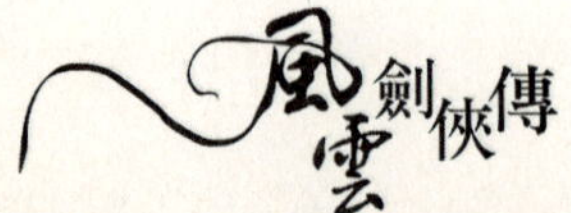

급히 장 대인의 마차 곁으로 다가간 장문량이 조심스럽게 물어보았다.

"대인께서도 조금 전의 작은 소란을 알고 계실 것입니다. 혹시 태백쌍악과 원한을 맺으신 적이라도 있습니까?"

마차 안에서 장 대인의 낮은 음성이 흘러나왔다.

"내가 맡은 일이 흉악한 자들을 잡아들이고 국법에 따라 벌을 받도록 하는 일이었으니 나에게 원망을 품은 자들이 없다고 할 수 없겠지. 하지만 태백쌍악이라는 자들을 잡아들였던 적은커녕 만나본 적도 없었네."

"그렇다면 이상한 일이군요. 그자가 한 번도 본 적이 없는 대인에게 할 말이 있다니……."

강호의 고수가 포쾌에게 붙잡혀 형옥에 갇히는 일이란 극히 드무니 장 대인의 말에 수긍이 갔다.

그런데 좀처럼 태백산을 떠나지 않는 황령이 굳이 이 먼 곳까지 와서 생면부지인 장 대인을 만나겠다고 했다.

'무엇 때문에?' 하는 의문이 들지 않을 수 없다.

잠시 생각하던 장문량이 다시 말했다.

"잘 생각해 보시기 바랍니다. 혹시 강호의 인물과 원한을 맺은 일이 있다면 저에게 말씀해 주셔야 합니다. 그래야 미리 대비할 수가 있습니다."

"내가 젊어서부터 이날까지 오직 관직에 몸담고 살아왔는데 강호의 영웅들과 교분이나 원한을 맺을 일이 있었겠는가?"

"하긴 그렇습니다."

장문량이 머리를 끄덕였지만 얼굴에는 아직도 미심쩍어하는 기색이 어려 있었다.

어쩌면 황령이라는 자가 정말 개인적으로 장 대인에게 무언가 하고 싶은 말이 있었던 건지도 모른다. 그렇다면 매정하게 쫓아버린 걸 원망할 것이다.

하지만 워낙 음흉하고 손속이 잔혹한 흑도의 마두인지라 강호의 일에 대해서는 아무것도 모르는 장 대인 곁에 가까이 가도록 허락할 수 없었다.

그자가 만약 나쁜 생각을 품고 있다면 장 대인은 화를 면할
수 없을 것이기 때문이다.

표국의 행렬이 다시 길을 떠났다.

장문량은 표사들을 재촉해 속도를 내게 했고 경계를 더욱
엄하게 했다.

조령을 반쯤 내려왔을 때, 저 앞쪽 나무 그늘 아래 앉아서
쉬고 있는 노인 한 사람이 보였다.

장문량은 이제 사람만 보아도 가슴이 철렁했다.

그가 노인을 유심히 살펴보았다.

이런 깊은 산중의 험한 고갯길을 노인 혼자서 넘는다는 것
자체가 수상한 일이었던 것이다.

표국의 행렬이 다가오자 노인이 천천히 일어났다.

짙은 회색 장삼을 걸치고 관을 썼으며, 손에 쥘부채 한 자
루를 쥐고 있는 것이 점잖은 서당 훈장 같은 모습이었다.

노인의 얼굴을 확인한 장문량이 깜짝 놀랐다. 그가 말에서
뛰어내려 급히 다가갔다.

"장천 노사(長天老師)가 아니십니까?"

"허허, 그동안 잘 지냈나?"

"노사를 이런 곳에서 뵙다니요."

장문량의 얼굴에 기쁨이 가득했다. 노인이 협도장천(俠道
長天)이라고 불리는 백도의 노고수였기 때문이다.

젊어서부터 천하를 자유롭게 떠돌며 많은 협행을 했기에

모두가 우러러보는 노기인인 것이다.

"이 험한 산골짜기까지 어쩐 일이십니까?"

"음……."

협도장천 공야승(孔倻丞)이 멋쩍은 듯 수염을 쓰다듬으며 머뭇거리다가 겨우 말했다.

"실은 노제에게 부탁할 게 있어서 이렇게 기다리고 있었다네."

장문량의 얼굴에 곤혹스러워하는 표정이 스쳤다.

'공야승이 어찌 표행이 이 길로 지나갈 것을 알고 미리 나와서 기다리고 있었단 말인가?'

하지만 장문량은 그런 내색을 하지 않고 공손하게 응대했다.

"말씀하십시오. 노선배님이 부탁하시는데 후배가 어찌 수고를 아끼겠습니까?"

"그렇다면 내가 저 마차 안의 장 대인과 잠시 이야기를 나눌 수 있도록 자리를 마련해 주겠나?"

"예?"

장문량이 눈을 크게 떴다.

'아니, 이게 대체 어찌 된 일이란 말이냐?'

의문이 구름처럼 일었다.

조금 전에는 흑도의 마두가 장 대인을 찾더니 이제는 또 백도의 노기인까지 그를 찾고 있지 않은가.

장문량으로서는 대체 그들이 무엇 때문에 그러는 것인지 짐작할 수가 없었다.

"부탁함세. 그렇게 해준다면 노제에게 신세진 것이니 잊지 않겠네."

"이것은 제가 멋대로 결정할 수 있는 게 아닙니다. 먼저 장 대인께 고하고 그의 허락을 받아야 합니다."

"안 되겠는가?"

공 노인의 얼굴에 은은한 노여움이 떠올랐다.

"아니, 후배가 어찌…… 다만 저는 장 대인의 호위를 책임지고 있는 몸이라 대인과 관계된 일을 제 멋대로 결정할 수 없다는 것뿐입니다."

공 노인 또한 장문량의 그런 처지를 잘 알고 있었다. 우격다짐으로 할 일이 아닌 것이다.

그가 마지못한 듯 머리를 끄덕였다.

"그럼 가서 장 대인께 잘 말씀드려 주게."

"조금만 기다리십시오."

장문량이 즉시 마차로 다가가 나직이 말했다.

"백도의 영웅 협사이신 공 노사께서 잠시 뵙고 드릴 말씀이 있다고 합니다."

마차 안에서 장 대인의 목소리가 낮게 흘러나왔다.

"그는 괜찮은 사람인가?"

"그렇습니다. 아까 찾아왔던 황령이라는 자는 위험한 인물이었지만 공 노사께서는 백도의 협사로 명성이 자자한 분이라 대인께 암수를 쓰거나 하는 일은 없을 것입니다.”

장문량은 공야승을 위해 최대한 변명을 해주었다.

마차 안에서 잠시 침묵하던 장 대인이 한숨을 쉬고 말했다.

“그래도 나는 강호의 인물들을 만나고 싶지 않네.”

“아!”

장문량의 낯이 붉어졌다.

그렇게 간곡히 말했건만 자기의 체면을 조금도 세워주지 않으니 서운한 마음이 들었던 것이다.

하지만 그는 많은 돈을 내고 표행을 의뢰해 온 사람이 아닌가. 존중해 주지 않을 수 없다.

장문량이 탄식하고 돌아서자 저쪽에서 기다리고 있던 공야승이 눈치를 채고 얼굴을 굳혔다.

“장 대인이 만나지 않겠다시는군요. 소제로서도 어쩔 수 없으니 선배님께서 부디 이해해 주시기 바랍니다.”

“정녕 그가 만나지 않겠다고 했단 말이지?”

“다시 한 번 부탁해 볼까요?”

“됐네. 들어오는 복은 차버리고 화는 눈앞에 있으니 장차 그가 어찌하려는지 두고 볼 뿐이지.”

공야승이 얼굴 가득 서운한 기색을 띤 채 길옆으로 비켜섰다.

장문량으로서는 참으로 입장이 난처했다.

그가 굳이 만나봐야겠다고 우긴다면 우격다짐으로라도 버티고 뿌리치겠지만, 이처럼 순순히 길을 비켜주고 있으니 그냥 지나가기가 더욱 어려웠던 것이다.

한숨을 쉰 장문량이 멋쩍은 얼굴로 고개를 숙였다.

"죄송합니다. 무능한 후배를 책망해 주십시오."

"자네는 자네의 소임을 다하고 있을 뿐인데 내가 어찌 책망할 수 있겠나? 다만 앞으로 더욱 조심할 것을 권하고 싶네."

"아, 또 장 대인을 찾아오는 사람들이 있단 말입니까?"

"그가 자네의 표국에 몸을 의탁하고 있으니 자칫 그 화가 자네에게까지 미칠지 모르네. 각별히 조심하게."

"잠시만 기다려 주십시오."

장문량이 다시 장 대인의 마차로 달려갔다.

공야승으로부터 들은 말을 전해주고, 그의 도움을 받을 수 있다면 좋을 것이라고 꾀어보았으나 장 대인은 여전히 만나지 않겠다는 말을 할 뿐이었다.

장문량은 할 수 없이 마차를 재촉해 길을 갈 수밖에 없었다.

장 대인이 탄 마차가 왈그랑 달그랑거리며 공야승의 앞을 지나갔다.

공야승이 매서운 눈길로 두텁게 가려진 휘장을 쏘아보다가 중얼거렸다.

"좋은 말이 귀에 들어오지 않으니 스스로 화를 불러들인 것이라. 대인은 부디 몸을 조심하시오."

장문량의 얼굴빛이 내내 어두웠다. 그리고 조령을 다 내려와 협계탄(峽溪灘)이라 불리는 계곡을 끼고 한 시진쯤 갔을 때 그들을 기다리고 있는 사람들을 또 만났다.
이번에는 두 무리의 강호인들이었다.
한쪽에는 조령 위에서 만났던 소악 황령이 대악인 염창과 함께 다섯 명의 장한을 거느리고 서 있었다.
하나같이 태양혈이 우뚝 솟고 체구가 당당한 것이 외문의 무공을 단련한 자들이 분명했다.
장문량은 그자들이 태백쌍악의 수족이 되어서 온갖 악행을 일삼는 태백오흉(太白五兇)이라는 걸 알았다.
장문량의 안색이 핼쑥해졌다. 쌍악과 오흉이 모두 나타났으니 자신의 힘으로는 감당하기 힘들다고 판단한 것이다.
다른 쪽에는 아홉 명의 강호인이 병장기를 지닌 채 모여 서서 이쪽을 바라보고 있었는데, 아는 자도 있고 모르는 자도 있는 것이 아마 우연히 만나 한 무리를 이루게 된 듯했다.
그들 중에는 철선공자(鐵扇公子) 여상풍(呂相風)과 상문장(喪門杖) 갈두홍(꿨斗洪), 용두파(龍頭婆)와 흑수노괴(黑水老怪) 등의 쟁쟁한 자들이 있었다.
나머지 다섯 명은 건장한 대한들인데, 장문량은 그들 중 한 명을 알아볼 수 있었다.

철두괴산(鐵頭傀山) 양적수(揚積壽)다.

그렇다면 그들 다섯 명의 장한은 낙하(落河)의 오웅(五雄)이라고 불리는 녹림도의 무리들이 틀림없을 것이다.

철선공자 여상풍의 무리와 낙하오웅들은 모두 강호의 골칫덩이들이었다.

흑도의 마두는 아니었으나 그렇다고 백도에 속하지도 않았으니, 굳이 따지자면 정사 중간에 있는 괴팍한 인물들인 것이다.

제멋대로 행동해서 평지풍파를 일으키곤 한 탓에 모두 그들을 보면 눈살을 찌푸렸다.

그러나 그자들의 무공이 하나같이 대단해서 막상 그들을 제지할 만한 사람은 별로 없었다.

사정이 그러니 그들과 마주치면 아예 상대하지 않거나 아니면 그전에 피해 버리는 게 현명한 일이었다.

평소에는 저 잘났다고 독불장군처럼 굴던 자들이 네 명씩이나 몰려와 있는 걸 본 장문량은 눈앞이 깜깜해졌다.

장문량이 그들과 이십여 장의 거리를 두고 멈추었다.

표사들이 즉시 앞으로 달려나와 마차를 가로막았고, 쟁자수들은 뒤를 지켰다.

쟁자수들 틈에 섞여서 운몽은 이상한 일이라고 생각했다.

장 대인이 끝까지 누구를 만나지 않겠다고 하는 거야 그럴 수 있다고 쳐도, 부인과 딸들이 아무 기척도 없다는 게 마음에 걸렸던 것이다.

그녀들은 심약한 여인들이 아닌가.

바깥이 이처럼 소란스러우면 내다보기라도 할 것이고, 놀라서 어떤 동요를 보이기라도 해야 할 것이다.

하지만 그녀들이 탄 마차는 여전히 두터운 휘장이 내려진 채 쥐 죽은 듯 기척이 없었다. 마치 아무도 들어 있지 않은 빈 마차 같다.

벌써 몇 번이나 길을 가로막는 사람들도 이상하기는 마찬가지였다.

보아하니 그들은 하나같이 강호에 쟁쟁한 명성을 날리고 있는 고수들인 모양인데, 무엇 때문에 장 대인을 그처럼 만나려고 하는 건지 알 수 없었다.

그는 기껏 관직에 몸담고 있던 사람이다.

높은 벼슬을 했고 위세가 당당했지만 강호와는 아무 상관이 없지 않은가.

운몽이 이런저런 생각들로 머리를 갸웃거리고 있는데 저쪽에서 태백쌍악이 큰 소리로 외쳤다.

"일이 이렇게 되었으니 어쩌겠소? 장 국주는 표국 사람들의 목숨을 생각하시오!"

"장 대인을 우리에게 넘겨준다면 아무 일도 없으려니와, 그렇지 않으면 한 사람도 살아서 이곳을 떠나지 못할 것이다!"

소악 황령의 말을 받아서 대악 염창이 으름장을 놓았다.

그들의 기세가 워낙 사나웠으므로 저쪽에 모여 서 있는 아홉 명의 군웅은 콧방귀만 뀌어댈 뿐 선뜻 나서지 않고 상황을 지켜보고 있었다.

장문량은 머릿속으로 부지런히 계산을 했다.

분위기를 보니 무사히 넘어가기는 어려울 듯했다.

만약 싸움이 벌어진다면 이쪽의 피해가 커질 건 불을 보듯 뻔했다.

두 표두, 삼환표(三還鏢) 왕상(王祥)과 쌍도호(雙刀虎) 석진명(石津明)이 제법 무공의 조예가 뛰어나고, 열 명의 표사들 역시 호락호락하지 않지만 강호의 고수들이 작심하고 쳐들어온다면 막아내기 힘들 것이다.

스무 명의 쟁자수들이야 머릿수로는 위협이 될지 몰라도 막상 싸움이 벌어지면 큰 도움이 되지 않는다. 다들 제 앞가림을 하느라고 정신없을 것이기 때문이다.

이런저런 상황으로 보았을 때, 역시 좋은 일보다는 나쁜 일이 더 많을 게 뻔했다.

장문량은 골치가 아파왔다. 아무리 생각해 봐도 좋게 해결할 방안이 떠오르지 않았던 것이다.

황금 스무 관의 큰 거래였다지만 장 대인의 호송 건을 맡지 말았어야 했다는 후회가 뒤늦게 들었다.

도대체 장 대인에게 어떤 사연이 있기에 이와 같은 일이 벌어진 건지 불만도 커졌다.

표행을 나서기 전에 아무것도 말해주지 않았으니 그렇다.

사전에 조금만 얘기를 해주었더라도 지금보다 더 철저하게 방비를 했을 것 아닌가.

2

장문량으로부터 대꾸가 없자 성미 급한 대악 염창이 버럭 소리쳤다.

"장가야! 설마 우리 태백쌍악이 너를 두려워한다고 여기는 건 아니겠지? 평소의 안면만 없었다면 벌써 요절을 냈어도 열 번은 냈을 거다!"

염창의 말이 허튼소리는 아니었다. 장문량이 간곡한 얼굴로 그에게 말했다.

"염 형, 그동안 쌓은 교분을 생각해서 한 번만 이 아우의 체면을 세워주지 않겠소? 내 그 공은 길이길이 잊지 않으리다."

"흥! 소악이 벌써 한 번 네 체면을 세워주었다. 이제 더는 안 돼! 곱게 살아서 이곳을 떠나고 싶다면 장 대인을 이리 넘겨라!"

난감한 일이다.

그가 어찌할 바를 모르고 있을 때, 장 부인과 그의 딸이 타고 있던 마차의 휘장이 가볍게 펄럭였다. 그리고 맑고 고운 음성이 흘러나온다.

"국주께서는 잠시 저와 이야기를 나눌 수 있을까요?"

장문량은 그것이 장 대인의 금지옥엽인 장 소저의 음성이라는 걸 알았다.

'발등에 불이 떨어졌는데, 저 철없는 아가씨는 또 무슨 할 말이 있다고 불러댄단 말이냐?'

그런 불만이 절로 인다. 하지만 그녀가 부르니 가보지 않을 수도 없다.

천천히 마차에 다가간 장문량이 귀를 기울이고 무슨 말인가를 듣는 것 같았다. 그러더니 이내 깜짝 놀라 소리쳤다.

"아니, 소저! 대체 그게 무슨 말씀이오?"

마차 안에서 낮고 부드러운 음성이 흘러나왔다.

"제 말대로만 하세요. 그러면 무사할 거예요."

"하지만 그건 소저에게 너무 위험한 일이오."

"잘못된다고 해도 국주님을 원망하지 않겠어요."

마차 안에서 장 부인은 침묵하기만 했다. 그건 딸의 의견을 따르겠다는 뜻에 다름 아니다.

장문량은 어차피 위험한 상황인데 모험을 해봐서 나쁠 것도 없다고 생각했다.

그가 천천히 모여 있는 자들 앞으로 나아갔다.

"장 대인 댁 소저께서 대인을 대신해 여러분과 이 문제를 상의하시겠답니다."

모두의 눈길이 장문량의 얼굴에 모아졌다.

"우선 대악 염 형을 보자고 하는데 오시겠소?"

염창이 어리둥절해져서 멍하니 있다가 껄껄 웃었다.

"좋아, 소저가 장 대인을 대신한다면 그녀를 만나면 되지."

그가 뚜벅뚜벅 걸어왔다.

장문량은 길을 비켜주었다.

마차 주위에는 아무도 없다. 호위하던 표사들도 장문량의 손짓을 보고 멀찍이 떨어졌던 것이다.

다들 대체 어떻게 돌아가는 일인지 영문을 알 수 없어 눈을 끔벅이며 바라보고 있기만 했다.

운몽도 목을 길게 빼고 소녀가 탄 마차를 주시했다. 영문을 알 수 없기는 그도 마찬가지라 호기심이 더 강해졌다.

염창이 마차 곁에 붙어 서자 휘장이 살짝 들추어지더니 소녀의 얼굴이 조금 드러났다.

그녀가 염창에게 무어라고 소곤거리는 모양인데 워낙 낮은 음성이라 알아들을 수 없었다. 다만 염창이 매우 심각한 얼굴로 열심히 듣고 있는 게 보일 뿐이다.

이번에는 그가 소녀에게 뭐라고 말을 했다. 역시 알아들을 수가 없다.

몇 마디 하고 나더니 염창이 만족한 듯 크게 웃었다.

"하하하, 알겠소이다! 소저의 명이 그와 같은데 이 늙은이가 따르지 않으면 주책없는 거겠지요."

거칠고 흉악한 그가 갑자기 스스로를 늙은이라고 낮추면서 소녀에게 공대를 했다. 그걸 본 모두가 놀라서 입을 딱 벌렸다.

염창은 사람들의 시선을 아랑곳하지 않았다. 얼굴에 흡족해하는 기색만 가득하다.

"모두 돌아가자!"

그가 불만으로 볼을 잔뜩 부풀린 소악 황령과 태백오흉을 재촉해서 빠르게 사라졌다.

"아니, 이게 대체 어찌 된 일이란 말이냐?"

장문량은 어리둥절하기만 했다.

소녀가 말 몇 마디로 기세등등하던 염창을 돌려보내는 걸 직접 보았으면서도 믿을 수 없었던 것이다.

저쪽의 군웅들도 웅성거리며 술렁이는 것이 의외의 일에 자못 놀란 듯했다.

"국주님."

소녀가 장문량을 다시 불렀다.

태백쌍악이 사라진 곳을 멍하게 바라보고 있던 장문량이 깜짝 놀라 마차로 뛰어갔다.

잠시 귀를 기울이고 소녀의 소곤거림을 들은 그가 이번에는 군웅들에게 소리쳤다.

"소저께서 철선공자에게 하실 말이 있다는데 들어보시겠소?"

군웅들 속에서 잠시 소요가 일었다. 그러더니 서로 의견을 모은 듯 철선공자 여상풍이 웃으며 나섰다.

"하하하, 오래전부터 장 대인 댁 소저의 미모가 경국지색이라는 소문을 들어왔는데 오늘 드디어 소생을 불러주시니 어찌 가지 않을 수 있으리오!"

그가 자신의 재주를 자랑해 보이려는 듯 땅을 박차고 몸을 숫구쳤다.

휘익, 하는 바람 소리가 들렸을 때 그는 한 바퀴 공중제비를 멋지게 돌더니 마차 곁에 뚝 떨어졌다.

발끝으로 살짝 땅을 찍었을 뿐인데 이십여 장의 거리를 가볍게 좁혀왔으니 경신공부가 상승의 경지에 이르러 있다는 걸 알 수 있다.

섭선을 와락 펼쳐서 살랑살랑 흔들며 늘어진 장포 자락을 가볍게 쥐고 빙긋 웃는 것이 풍류공자의 면모가 여실히 드러났다.

"여모가 아가씨의 부름을 받고 대령했소이다."

"이리 가까이 오세요."

마차 안에서 나긋나긋한 음성이 들려왔다. 여상풍의 입이 헤벌쭉 벌어진다.

그가 다가서자 휘장이 살짝 젖혀졌는데, 이번에는 그녀가 밖으로 얼굴을 내밀지 않았다. 대신 여상풍이 창문에 바짝 귀를 들이밀고 무슨 말인가를 심각하게 듣고 있었다.

그가 머리를 크게 끄덕였다.

"하하하, 역시 명불허전이라. 소생은 소저의 아리따운 모습과 향기로운 말씀에 깊이 감동했소이다. 종이 되라고 한들 거절하지 못할 지경인데 어찌 몇 마디 분부를 따르지 않으리오."

여상풍이 한껏 멋을 부리며 치하의 말을 하고는 돌아서서 다시 몸을 날렸다.

올 때는 쏜살같더니 돌아갈 때는 옷자락을 펄럭이며 한껏 여유를 부리는 것이 저의 멋진 모습을 과시해 보이려는 듯했다.

신선이 구름을 타고 노닐 듯, 천천히 오르락내리락하며 허공을 접어 나아가는 경신의 공부가 모두를 감탄하게 했다.

그가 군웅들에게 무어라고 말을 했다. 그러자 괴팍하기로 소문난 몇 명의 노괴물들까지 연신 머리를 끄덕이며 귀를 기울이더니 온다 간다 말도 없이 일제히 떠나가 버리는 것 아닌가.

장문량은 허탈한 심정이 되어 멍하니 서 있기만 했다. 긴장이 한꺼번에 풀려 버려서 맥이 다 빠진다.

'대체 무슨 일이냐? 왜 나만 모르고 있단 말이냐?'

그런 불만이 그의 왕성하던 의욕을 꺾었다.

그가 아무 말 없이 손짓을 하고 말에 올라 천천히 나아갔다. 마차를 돌아보지도 않는 것이 단단히 화가 난 듯했다.

그날 밤 그들은 의군을 지나 황제릉(黃帝陵)이 있는 황현(黃縣)에서 행로를 멈추었다.

주룩주룩 비가 내리는 밤이다.

객잔을 찾았으나 표행에 나선 서른 명의 사람이 한꺼번에 묵을 만큼 큰 곳은 없었다.

다른 때 같으면 몇 군데 객잔에 인원을 분산해서 묵게 했을 테지만 낮의 일이 심상치 않았으므로 그렇게 할 수는 없었다.

가장 크다는 객잔에서 겨우 세 개의 방을 빌려 장 대인이 하나를 쓰고 그 부인과 딸이 한 방을 썼다.

국주와 두 표두가 나머지 한 방을 차지하고 나니 다른 사람들은 한뎃잠을 잘 수밖에 없었다.

열 명의 표사들과 스무 명의 쟁자수들은 객청의 탁자에 엎드려 자는 둥 마는 둥 했고, 운몽은 말들을 지킨다는 구실을 대고 마구간을 택했다.

고약한 냄새와 쥐들이 가슴을 타고 넘나드는 것만 참을 수 있다면 그게 더 편하기도 해서이다.

건초 더미를 깔고 누우니 빗소리가 처량했다.

마구간은 객잔의 뒤뜰 후미진 곳에 있었는데, 처마 너머로 장 대인과 그 가족이 머물고 있는 방의 창문이 바라보였다.

운몽의 머릿속에 다시 소녀의 얼굴이 떠올랐다.

그녀의 이름이 청(晴)이라는 걸 표행 중에 들어 알았다.

눈만 감으면 왜 자꾸 그녀의 얼굴이 어른거리는 건지 알 수 없었다.

'소령 사태의 말처럼 나는 정말 바람기를 타고난 놈인가?'

스스로 그런 생각을 지울 수 없어 심란한데, 청승맞은 빗소리마저 마음을 싱숭생숭하게 했다.

운몽은 스무 살의 혈기 왕성한 청년이다.

아미산에서 소년기를 보내고 청년기를 맞은 터라 여자를 알지 못했다.

오직 운지를 알 뿐인데, 그녀에 대한 사랑스런 마음이 넘쳐 나지만 그건 조금이라도 더 가까이 있고 싶고, 조금이라도 더 함께 있고 싶다는 애절함이었지, 그녀를 안아보고 싶다는 불순한 어떤 건 아니었다.

순수함이고 그것에서 나오는 열정이자 애정이었던 것이다.

그런데 장청이라는 소녀를 생각하면 그렇지 않았다. 운지를 생각할 때와는 또 다른 묘한 감정이 자꾸만 가슴에 스멀거리며 차오르는 것 아닌가.

운지가 운몽의 마음을 따뜻하고 편안하게 해주는 비구니였다면, 장청은 그의 마음을 싱숭생숭해지게 만드는 소녀였던 것이다.

운몽은 제가 왜 그러는 건지 알 수 없었고, 운지를 대할 때와는 달리 제 가슴이 왜 두근거리는 건지 이해할 수 없었다.

그가 스무 살의 청년이 되었다는 걸 생각할 때, 그의 그와 같은 반응은 지나치게 늦은 것이라고 할 수 있었다.

세상과는 상관없이 아미산에서만 살았기 때문이다.

나무와 바위와 바람과 물을 보고 느꼈을 뿐, 남녀 간의 일에 대해서는 전혀 알지도 못했고, 느껴볼 수도 없었던 것이다.

하지만 자연의 섭리를 어찌 거스를 수 있을 것인가.

순박하던 그가 세상에 나온 지 석 달이 조금 넘어서 이성에 대해, 애욕이라는 것에 대해 눈을 뜨고 느끼게 되었던 것이다.

장청을 생각하면 가슴속에 묘한 충동과 상상이 달아올랐는데, 그건 운몽으로서는 처음 겪는 경험이었다.

운몽은 빗소리를 들으며 저의 그런 달뜬 마음을 그대로 방치해 두었다.

그게 무엇인지 궁금하기도 하지만 괴롭기도 했다. 그건 운지를 생각할 때면 가슴이 미어지는 그런 것과는 또 다른 고통이었다.

제가 왜 이러는 건지, 제 마음이 왜 이렇게 싱숭생숭해지는 건지 의아해하면서 이리 뒹굴, 저리 뒹굴 하던 운몽이 벌떡 몸을 일으켰다.

불 꺼진 객방의 창문이 열리는 걸 본 것이다.

장청이 묵고 있는 방이었다.

상상 속에서 그의 가슴을 뜨겁게 하고 온몸을 간지럽게 한 소녀, 장청이 얼굴을 내밀었다.

운몽의 눈이 커졌을 때, 주위를 두리번거려 본 그녀가 훌쩍 뛰어나왔다. 그리고는 창틀을 가볍게 찬 것만으로 새처럼 소리없이 날아 지붕 위로 올라갔다.

운몽은 제 입을 틀어막았다.

너무 놀라 자칫 소리를 낼 뻔했던 것이다.

제 눈으로 보았으면서도 믿을 수 없었다. 그가 생각하고 있는 장청은 저와 같이 놀라운 경신술을 지닌 소녀가 아니었기 때문이다.

흑건을 써서 치렁한 머리카락이 흩날리지 않게 했고, 몸에 찰싹 붙는 흑의 경장에 등에 한 자루의 검을 멘 장청이 지붕 위에 우뚝 서서 다시 사방을 둘러보았다.

운몽은 기둥 뒤에 붙어 서서 그녀의 행동을 훔쳐보았다.

주위에 아무도 자신을 지켜보는 사람이 없다고 믿은 그녀가 허공에 몸을 던지더니 서쪽을 향해 쏜살같이 날아갔다.

잠시 망설이던 운몽이 재빨리 겉옷을 벗어 건초 더미 속에 감추고 수건으로 얼굴을 가렸다.

귀를 기울여 바깥의 동정을 살핀 그가 가볍게 몸을 솟구쳐 올렸다.

단번의 도약으로 객잔의 지붕 위에 소리없이 내려서는 그 경공 절기를 누가 보았다면 기겁을 했을 것이다.

저 멀리 어둠 속을 달려가고 있는 장청의 모습이 빗줄기 속
에서 흐릿하게 보인다.

운몽이 즉시 지붕을 박차고 뒤쫓았다.

3

장청은 발이 땅에 닿는 것 같지도 않았다.

점점 가늘어지는 빗줄기를 뚫고 내닫는 걸음이 깃털처럼
가벼워서 질척거리는 땅 위에 흐릿한 발자국이 남았다가 곧
사라졌다.

운몽은 장청의 그런 놀라운 경신술에 감탄하면서 조심스
럽게 뒤를 쫓았다.

줄곧 삼십여 장 거리를 유지한 채 얼마나 갔을까. 어둠 속
에 울창한 송림이 보였다.

운몽이 즉시 길옆 수풀 속으로 뛰어들었다. 그와 거의 동시
에 장청이 우뚝 걸음을 멈추고 획, 뒤를 돌아보았으니 운몽은
멀리서도 그녀가 그렇게 하리라는 조짐을 감지했던 것이다.

뒤를 확인한 장청이 망설이지 않고 송림 속으로 몸을 던져
넣었다.

이제 비는 그쳐 있었다.

물기를 머금은 송림이 짙은 향기를 토해냈다.

한 치 앞도 보이지 않는 어둠 속에서 길도 없는 숲 속을 달

려가는 장청은 거침이 없었다.

송림이 끝나자 어둠 속에 우뚝 서 있는 거대한 능묘가 멀리 보였다. 황제릉이다.

황제(黃帝)는 염제(炎帝)와 함께 한족(漢族)의 시조로 숭앙받는 전설상의 인물이다.

그의 능묘가 언제 생긴 것인지 모르지만, 한(漢)의 무제(武帝)가 찾아와 제사를 드렸고 비석도 세웠으니 적어도 천 년의 세월 이전부터 있었으리라.

송림 앞에 우뚝 선 장청이 잠시 주위의 동정에 귀를 기울였다.

사기(史記)에, '황제붕(黃帝崩) 장교산(葬橋山)' 이라는 말이 나온다.

황제가 붕어하자 교산에 모셨다는 것인데, 장청은 지금 그 교산 아래에서 능을 바라보고 있는 것이다.

십여 장 앞의 하마비(下馬碑) 뒤에서 한 사람이 불쑥 나와 읍했다.

"역시 신의가 있으시군요. 기다리고 있었습니다."

철선공자 여상풍이었다.

"그들은 어디 있죠?"

냉엄한 얼굴로 싸늘한 눈빛을 번쩍이며 묻는 것이, 그녀는 전혀 다른 사람이 된 것 같았다.

여상풍이 쓴웃음을 지었다.

"다들 묘(廟)에서 기다리고 있소이다."

"좋아요, 앞장서세요."

소녀는 당당하기만 했다.

그녀를 물끄러미 바라보던 여상풍이 알 수 없다는 듯 머리를 흔들고 나서 길을 안내해 갔다.

무려 칠 장여에 달하는 높은 대 위에 봉분이 있었는데, 황제묘는 그 오른쪽에 을씨년스럽게 자리하고 있었다.

"소저를 모셔왔소이다."

묘 앞에서 여상풍이 낮게 말했다.

하늘을 가득 덮었던 비구름이 빠르게 밀려나면서 둥근 달이 모습을 드러냈다가 없어지곤 했다. 그때마다 주위가 밝아지고 어두워지기를 거듭한다.

묘 안에서 한 무리의 사람들이 쏟아져 나왔다.

태백쌍악과 오흉이 있고, 상문장 갈두홍과 용두파, 흑수노괴 등, 조령 아래에서 표행을 가로막았던 자들이 모두 있었다.

"먼저 소저께 한 가지 확인하고 싶은 게 있소."

중년의 대한이 걸걸한 음성으로 말하고 성급하게 나섰다. 장청의 싸늘한 눈길이 그에게 향했다.

"당신은 누구죠?"

"나는 남들이 철두괴산이라 불러주는 양적수외다."

낙하오웅이라는 자들의 우두머리다.

"우리들은 과연 소저께서 정말로 그 현, 현……."

"시끄럽다!"

양적수가 무언가의 이름을 말하려 하자 대악 염창이 버럭 소리쳐서 그의 입을 막았다.

그가 눈에서 흉악한 기운을 줄기줄기 뿜어대며 잡아먹을 듯 양적수를 노려본다.

"네까짓 낙하(落河)의 자라새끼들 다섯이 모였다고 감히 어깨를 우쭐거린단 말이냐?"

"말이 과하오!"

철두괴산 양적수가 얼굴을 붉히고 마주 소리쳤다.

그들의 분위기가 험악해지자 나머지 네 명의 대한이 양적수 곁으로 모여들었다.

그들은 낙하 일대를 무대로 물길과 산길을 주름잡는 녹림도의 무리였다.

낙하는 섬서 북부를 횡으로 가로질러 황하로 흘러드는 물줄기다.

낙하오웅이라고 하는 그들 다섯 두령은 그 낙하에 기대어 제법 세력을 쌓았지만 아무래도 태백쌍악이나 철선공자 여상풍 등이 강호에서 얻고 있는 명성에 비하면 처지는 바가 있었다.

양적수를 물리친 대악 염창이 간사한 미소를 띠고 장청에게 말했다.

"소저께서는 약속을 지켜주시겠지요?"

"물론이에요. 그렇지 않다면 제가 무엇 때문에 이곳까지 왔겠어요?"

"헤헤, 그럼 먼저 물건을 확인시켜 주시겠소?"

장청이 망설이지 않고 품에서 낡은 책 한 권을 꺼내 높이 치켜들었다.

그것을 바라보는 모두의 얼굴에 탐욕이 번들거린다.

"어서, 어서, 이리 주시오!"

염창이 손을 뻗으며 한 걸음 나서자 휙, 하는 바람 소리와 함께 용두파가 앞을 가로막았다.

노파가 손에 들고 있던 용두괴장으로 땅을 찍으며 날카롭게 소리쳤다.

"허튼짓하지 마라! 소저가 언제 저것을 너에게 준다고 하였더냐?"

모든 사람이 적의를 품고 일제히 노려보았으므로 염창은 멋쩍은 웃음을 흘리고 물러설 수밖에 없었다.

그때였다.

'앗!'

어둠 속에 숨어서 지켜보던 운몽이 속으로 놀란 외침을 터뜨렸다.

대악 염창과 노파가 서로 몇 마디 다투는 것 같았는데 용두파가 갑자기 들고 있던 괴장을 휘둘렀던 것이다.

노파는 엉뚱하게도 염창이 아니라 곁에서 방심하고 있던 상문장 갈두홍의 머리통을 내려쳐 버렸다.

퍽! 하는 소리가 나고 갈두홍의 머리가 박살났다.

내로라하는 강호의 고수 한 명이 영문도 모른 채 비명조차 지르지 못하고 불귀의 객이 된 것이다.

그것을 신호로 삼은 듯, 여상풍과 흑수노괴가 곧장 태백쌍악에게 달려들었고, 용두파가 몸을 돌려 태백오흉을 덮쳐 갔다.

"어? 어?"

낙하오웅이 놀란 소리를 질렀다.

의외의 사태에 어리둥절해져서 뭐가 어떻게 돌아가는 건지 채 파악하기도 전인데 무시무시한 검격이 날아들었던 것이다.

장청이었다.

씨잉—

뽑아 후려치는 그녀의 보검에서 매서운 휘파람 소리가 났다.

"으악!"

철두괴산 양적수가 참혹한 비명을 터뜨렸다.

그의 목을 찍고 나온 검이 질풍처럼 나머지 네 놈을 쓸어갔다.

검법의 신랄함이 보기 드물게 악랄하다.

정신을 차린 네 놈이 있는 힘껏 대항했지만 생문(生門)은 이미 장청의 번쩍이는 보검에 의해 모두 가로막히고 난 뒤였다.

"으악!"

"아악!"

눈 깜짝할 사이에 다시 두 명이 그녀의 검에 찔려 쓰러졌다.

어리고 섬세하며 아름답게 생긴 소녀의 솜씨라고는 믿을 수 없도록 장청의 손속에는 추호의 인정이나 망설임이 없었다.

일검에 한 명씩 찌르고 베어 넘길 뿐인데 매번 치명적인 요혈만을 노린다.

운몽은 도대체 이게 어떻게 된 일인지 정신을 차릴 수 없었다.

장청이 고수였다는 것도 놀라우려니와, 그녀의 손속이 저처럼 잔혹하다는 게 더 큰 충격이 되어서 그의 머리를 강타했다.

그가 멍하고 있는 사이에 어느덧 낙하오웅은 모두 주검이 되어 쓰러졌다.

그들이 흘린 피가 땅에 고여 있는 빗물에 풀어지며 주위를 붉게 물들였다.

불과 긴 숨을 한 번 바꾸어 쉬었을 동안의 일이었으니 그녀의 신속한 검법에 혀를 내두를 수밖에 없다.

"한 놈도 살려두지 않겠다!"

장청이 매섭게 외치고 검은 옷자락을 펄럭이며 이번에는 용두파와 싸우고 있는 태백오흉을 덮쳐 갔다.

용두파가 막 용두괴장을 휘둘러 한 놈의 머리통을 깨놓으려는 순간 엉뚱하게도 노파의 등에 그녀의 검이 사정없이 박혀들었다.

"으앗!"

노파가 뜻밖의 일격을 받고 동종이 깨지는 듯한 비명을 터뜨렸다.

장청의 보검은 노파의 등을 쑥 꿰뚫고 가슴 앞으로 빠져나와 있었다.

지독하고 악랄한 암수였다.

그녀가 약속대로 자기를 도와 오흉을 상대하리라고 믿었던 노파는 저항 한 번 해보지 못하고 목숨을 잃었다.

"흥!"

코웃음을 친 장청이 노파의 몸뚱이를 차 넘어뜨리고 비로소 오흉을 몰아쳐 갔다.

"으악!"

그녀의 검이 번쩍이며 좌우를 휩쓸어가기 시작하자 태백오흉에게서도 비명이 터져 나왔다.

운몽은 경황 중에도 장청의 악독함과 그 검법에 크게 놀랐다.

　빠르고 신랄하며, 그 초식의 악랄함과 운용의 절묘함이 마검 중의 마검식이라 할 만했던 것이다.

　그것이 그녀의 야차 같은 심성과 잘 맞아서 더 무시무시한 위력을 발휘하고 있었다.

　그녀의 검은 스스로 피를 찾는 마물(魔物)인 것 같았다. 번쩍이는 검광이 뿌려질 때마다 비명과 함께 붉은 선혈이 허공을 적셨다.

　"이 고약한 년! 감히 나를 속였구나!"

　대악 염창이 쌍장을 흉맹하게 휘둘러 흑수노괴를 몰아치며 악을 썼다.

　그의 눈에서 흉흉한 불길이 화르륵 쏟아져 나왔다.

　대악만이 그녀의 행위를 똑똑히 보았을 뿐, 철선공자 여상풍과 흑수노괴는 그녀를 등 뒤에 두고 있어서 아직 용두파가 어떻게 죽었는지조차 눈치 채지 못하고 있었다.

　소악 황령은 두 자루의 날카로운 단검을 양손에 들고 여상풍을 궁지로 몰아넣고 있는 중이었다.

　여상풍이 섭선을 접었다 펼쳤다 하며 오채운룡(五彩雲龍)의 절기로 대항했지만 소악의 육박을 뿌리치지 못했다.

　소악이 독 오른 살쾡이처럼 악착같이 여상풍의 가슴에 달라붙으며 두 자루의 번쩍이는 단검을 휘둘러 찌르고 그어댔는데, 그 수법이 어찌나 빠르고 맹렬한지 여상풍은 숨마저 제대로 쉴 수 없을 지경이었다.

곤경에 처해 있기는 흑수노괴도 마찬가지였다.

검은 수염을 휘날리며 자신의 성명절기인 파운권(破雲拳)을 급급히 쳐냈지만 내력의 고강함에서 대악 염창에게 밀려 제대로 위력을 발휘하지 못했다.

파도가 밀려들 듯 끊임없이 부딪쳐 오는 대악의 적수마장(赤手魔掌)에 가슴이 답답해지기만 한다.

"으악!"

오흉 중 마지막 한 놈이 가슴 깊이 검을 맞고 처절한 비명을 터뜨렸다.

장청의 얼굴에 서릿발이 내려앉았다.

번쩍이는 눈이 싸늘한 살기를 가득 담고 있어서 보기만 해도 소름이 돋을 지경이다.

"호호호호— 잘한다! 죽여! 죽여 버려!"

그녀가 미친 듯 웃으며 소리쳤다.

여상풍이 악을 썼다.

"요악한 년! 이제야 네년의 속셈을 알겠다!"

"호호호! 알았든 몰랐든 상관없어! 너희들은 오늘 한 놈도 살지 못할 테니까!"

第三章
현천도록(玄天道錄)의 출현

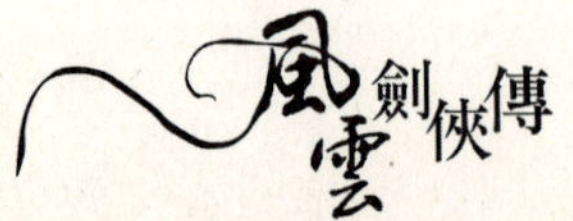

장청은 조령 고개의 마차 안에서 철선공자 여상풍을 불러 그에게 힘을 합쳐서 태백쌍악을 물리치자고 했었다. 그러면 대가로 그들이 원하는 걸 일부 넘겨주겠다고 했던 것이다.

물론 그전에 대악 염창에게도 그렇게 말했으니 그들은 서로의 속을 알지 못한 채 모두 좋아라고 물러갔던 것이다.

철선공자 여상풍은 처음 그녀의 제안을 듣고 좋아했다.

즉시 무리로 돌아와 상의하자 흑수노괴와 용두파는 동의했지만 상문장은 낙하오웅과 함께 반대했다.

그녀의 속셈을 알 수 없으니 원래 세웠던 계획대로 하자고 고집을 부렸던 것이다.

여상풍은 겉으로는 그러마 하고 뒤에서 흑수노괴, 용두파와 다시 상의했다. 그리고 태백쌍악의 무리와 싸울 때 갈두홍은 방해가 될 것이니 미리 그를 제거하기로 의견의 일치를 보았다.

그 일을 용두파가 훌륭하게 해냈다.

거기까지는 그들의 뜻대로 잘되었다. 하지만 장청이 순식간에 낙하오웅을 죽이고 태백오흉마저 죽일 만큼 뛰어난 고수라는 걸 눈치 채지 못한 게 실수였다.

이제 그녀의 속셈이 드러났으며, 그녀의 정체도 함께 드러났다.

장청은 단지 아름답고 고귀한 명가의 소녀일 뿐 아니라 무림에 알려지지 않은 절정고수였고, 그 심성이 간교하고 악독하기 짝이 없는 여마두였던 것이다.

그것을 알았을 때는 이미 늦어서 많은 사람들이 죽었지만 태백쌍악과 여상풍, 흑수노괴는 싸움을 그만둘 수가 없게 되었다. 누구도 먼저 손을 멈추려고 하지 않았기 때문이다.

장청은 자기가 꾸민 계교대로 태백쌍악과 여상풍 등이 어울려 싸우는 틈을 타 재빨리 오웅과 오흉을 죽여 버렸다. 그리고 그들이 눈치 챌 틈도 주지 않고 암습해서 용두파마저 죽였으니 그 과감하고 악독한 솜씨와 심계는 실로 무서운 것이었다.

이제 남은 자는 네 명. 서로 싸우느라 정신이 없는 틈에 한 명만 더 제거해 버리면 나머지 세 명은 여유있게 상대할 자신이 있었다.

"이얍!"

미친 듯 웃음을 터뜨리던 장청이 번쩍 몸을 날렸다. 싸늘한 검광이 흑수노괴의 등을 노리고 뻗어나갔다.

노괴는 대악 염창의 장력에 밀려 쩔쩔매고 있었으므로 등 뒤에서 찔러오는 그녀의 검을 피하거나 뿌리칠 수가 없었다.

그것을 본 모두의 머릿속에 한 가지 생각이 떠올랐다.

살인멸구(殺人滅口).

이곳에 온 자들을 남김없이 죽여서 비밀을 지키려는 것이다.

그녀가 이처럼 으슥한 밤에, 그것도 사람이 찾아올 리 없는 능 앞에서 만나자고 했을 때 의심을 했어야 했는데 이제는 늦었다는 절망감이 밀려들었다.

"으악!"

기어이 흑수노괴도 그녀의 검에 등을 찔려 쓰러지고 말았다.

홀로 남게 된 철선공자 여상풍은 살겠다는 희망을 버렸다.

이렇게 된 바에야 죽더라도 저 악독한 계집과 함께 죽겠다는 각오로 황령의 비수를 무시한 채 장청을 노리고 섭선을 휘둘러 부딪쳐 갔다.

하지만 장청은 그를 상대하지 않았다.

재빨리 몸을 틀어 비키더니 그대로 대악을 찔러갔는데, 날
렵한 신법과 눈부신 검법이 한층 돋보이는 일수였다.

"이얍!"

대악이 발악하듯 소리치며 맹렬한 일장을 날렸지만 장청
의 요악한 검은 쉽게 그것을 뿌리쳤다.

검봉이 좌우로 떨리는 듯하더니 예리한 검기가 쏟아져 나
와 태산처럼 밀려오는 대악의 기격(氣擊)을 산산이 부수어 버
린 것이다.

대악의 두 눈 가득 죽음의 공포가 떠올랐다.

"이 악독한 년! 그만두지 못해!"

놀란 소악 황령이 급히 단검을 던지며 찢어지는 듯한 소리
로 부르짖었다.

여상풍도 이를 갈며 달려들어 섭선으로 그녀의 머리통을
후려쳤다.

남은 자들이 비로소 정신을 차리고 약속이라도 한 듯 힘을
모아 그녀를 합공하기 시작한 것이다.

이 모든 것이 불과 숨을 서너 번 바꾸어 쉴 만한 짧은 시간
동안 벌어진 일이었다.

장청은 물론, 모든 사람이 격렬하고 빠르게 움직였다.

번갯불이 번쩍거리듯 검광이 몇 차례 숫구치고 장력과 권
격이 미친 듯 휘몰아치더니 주검이 즐비하게 깔렸다.

운몽에게는 이것이 처음 보는 강호인들의 싸움이었다. 처

음으로 서로 죽고 죽이는 참혹한 광경을 본 것이다.

게다가 그 중심에 있는 나찰이 다른 사람도 아닌 그 아리따운 소저 장청이라는 충격에 얼이 빠지고 말았다. 하지만 황령의 비명 같은 외침이 그의 정신을 되돌려놓았다.

"아!"

놀란 운몽이 이것저것 생각할 새 없이 땅을 박차고 몸을 날렸다.

그의 신형이 마치 쏘아진 살처럼 장청을 노리고 곧장 뻗어 나갔다.

"모두 손을 멈추시오!"

우렁찬 일갈과 함께 몇 가닥의 강력한 지풍이 쇠뇌처럼 허공을 갈랐다.

쐐애액―!

귀를 따갑게 하는 파공성이 들리더니 땅땅! 하는 낭랑한 쇳소리가 터져 나왔다.

대악의 가슴을 찌르고 있던 장청의 검봉이 크게 휘면서 부르르 떨었고, 그녀의 등을 노리고 날아오던 소악의 비수가 멀리 튕겨졌으며, 여상풍의 섭선도 그의 손을 떠나 허공으로 날았다.

모두는 크게 놀랐다.

갑자기 뛰어든 자가 단번에 강호의 일류고수로 꼽히는 세 명을 물리치고, 장청마저 물러서게 했으니 간이 철렁한다.

그들은 눈앞의 장청 하나만 해도 저희들이 상대하기에 힘든 고수라는 걸 절실히 느끼고 있었다.

그런데 이제 누구인지도 모르는 고수 한 명이 또 뛰어들지 않았는가.

"흥!"

장청이 싸늘하게 코웃음을 치고 옆으로 홱 돌았다.

갑자기 뛰어든 자의 이차 공격이 있을 것이라 예상하고 미리 몸을 뺀 것이다.

생각지 못했던 운몽의 기습에 당황했을 테지만 그녀의 판단과 운신은 놀랍도록 신속하고 정확했다.

갑자기 뛰어든 자 때문에 모두 어리둥절해졌다. 장청 또한 한쪽으로 물러서서 날카로운 눈으로 운몽을 노려보았다.

제 일을 방해한 자가 누구인지 알고 싶었으나 수건으로 얼굴을 가리고 있으니 알아볼 수가 없다. 그게 그녀를 더욱 화나게 했다.

"너는 또 어떤 놈이냐? 처음부터 숨어서 훔쳐보았겠지?"

"그렇소. 소저의 솜씨가 그처럼 지독하고 인정이 없으니 대체 어찌 된 일이오?"

"흥! 여기의 일을 다른 사람들은 알지 못할 텐데 무슨 상관이야?"

"아! 소저는 정말 이곳에 있는 사람들을 모두 죽일 작정이로군?"

"그렇다! 한 놈도 살려 보내지 않을 생각이다! 너도 마찬가지야!"

소리친 그녀가 번개처럼 검을 찔러왔다.

이미 단단히 대비하고 있던 운몽이 재빨리 몸을 틀며 일권을 쳤다. 그러자 우웅, 하는 웅장한 소리가 났다.

권경(拳勁)의 두터움이 산악 같아서 대기를 밀어버리며 쏟아져 나가니 그 권역에 있는 사람들은 가슴이 답답해서 숨을 쉬지 못했다.

"앗!"

장청이 뾰족한 비명을 터뜨렸다.

설마 복면괴한의 권경이 이처럼 굳세고 두터울 줄 몰랐던 터라 놀라움이 더 컸다.

검이 철벽에 부딪친 듯 부르르 떨며 웅웅거리는 울음을 터뜨렸다.

"좋다! 이제야 적수를 만났구나!"

이를 바드득 간 장청이 가볍게 여기던 마음을 버리고 기운과 정신을 검끝에 집중해서 매섭게 찌르며 다시 달려들었다.

"모두 물러서시오!"

운몽이 커다랗게 외쳤다.

그녀의 검에 놀라고, 운몽의 권경에 놀란 사람들이 즉시 멀찍이 달아나 상황을 주시했다.

장청이 약이 오르고 속상해서 소리쳤다.

"다들 거기 꼼짝 말고 있어! 이놈을 찔러 죽이고 곧 갈 테니 까 달아나면 안 돼!"

자기를 죽이러 올 때까지 기다리고 있으라는 말이니 그처 럼 억지스러울 수가 없다.

운몽은 어이가 없었다.

이런 아가씨이리라고는 꿈에도 생각하지 못했던 터라 잠 시 그녀에게 홀렸던 자기 자신에 대해 화가 나기도 했다.

우우웅—

그녀의 검이 살기 품은 울음을 토해냈다.

검광이 번쩍거리더니 이내 눈앞을 온통 으스스한 한기로 뒤덮는다.

장청의 내력은 그 성질이 날카롭고 급류처럼 격한 것이었 다.

그것이 검을 이끌고 검이 다시 흉맹한 그녀의 내력을 빨아 들이며 더욱 사나워졌다.

"엇?"

운몽이 깜짝 놀라 거푸 물러섰다.

눈앞에 어른거리는 검을 노려보는 얼굴에 당혹감이 떠올 랐다.

장청의 검법은 지금까지의 것과는 완전히 달라져 있었다.

막강한 기운을 싣고 어지럽게 긋고 찔러대는데, 그 초식 하 나하나가 지독한 살기를 품고 있었다.

강호에 나와 처음 이와 같이 목숨을 건 싸움에 임하게 된 운몽은 당황하지 않을 수 없었다.

머릿속에는 사부에게서 배운 수많은 초식과 변화들이 오락가락하지만 손발은 그것을 따라가지 못했다.

그가 본능적으로 사문의 절세신법인 유성구천 중 표향보(漂香步)를 밟아 아슬아슬하게 그녀의 검봉을 피하며 비로소 두 발을 번갈아 맹렬하게 걷어찼다.

이러다가는 이 악독한 소녀의 검에 찔려 덧없이 죽고 말겠다는 자각이 번쩍 든 것이다.

산에서 내려온 지 얼마 되지도 않았는데 이런 곳에서 덜컥 죽어버린다면 이십 년 동안이나 자신을 키워주고 가르쳐 준 사부가 얼마나 허망해할 것인가 하는 걱정이 들었다.

정신을 차린 운몽이 온갖 잡다한 초식은 다 버리고 비운칠교(飛雲七巧)라는 각법(脚法)을 발휘했다.

뇌정신장(雷精神掌)의 박투 초식 중 한 가지로써 격렬하게 걷어차고 움직이는 수법이다.

팽이처럼 맴돌아 여덟 번 방위를 바꾸어 장청의 검을 흘려보내는 중에 아홉 번 걷어차고 뛰어오르는 운몽의 몸놀림이 비조와 같았다.

"대단하구나, 대단해!"

장청이 저도 모르게 감탄성을 터뜨렸다.

자신의 검법을 이처럼 맨몸으로 상대하는 자가 있으리라

고는 미처 생각하지 못했던 것이다.

그러는 동안 운몽은 놀랐던 마음을 진정시키고 그녀의 검법을 냉정하게 바라볼 수 있게 되었다.

'비록 무섭고 잔인하지만 아직 완성된 것은 아니다.'

그의 눈에는 그렇게 보였다.

장청의 검초는 분명 무시무시하기 짝이 없는 절세의 검법이었다. 하지만 운몽의 눈에는 그녀의 검법이 숨기고 있는 파탄이 절로 보였다.

검봉의 쾌속함 속에 깃들어 있는 천변만화하는 변화와, 검기의 흐름이 낱낱이 보였던 것이다.

그건 운몽이 익히고 있는 게 분광십이검이라는 천하제일의 쾌검법이었기에 가능한 일이었다.

쾌검법을 익히게 되면 저도 모르는 사이에 손과 눈이 빨라지며, 상황을 보고 파악하는 게 보통 사람과는 비교할 수 없이 날카로워지는 것이다.

그런 쾌검법 중에서도 절정이라고 할 수 있는 분광검법을 십성 이루고 있는 운몽에게 있어서는 그 누구의 검법이든지 그것이 마치 느리게 전개되는 것처럼 보이지 않을 수 없다.

제대로 된 검법은 문파와 종류를 떠나 공통된 원리를 가지고 있는데, 검초가 어디에서 시작하든지 하나가 열을 이끌어내고 다시 백으로 증폭된다는 것이다.

초식에서 백변(百變)이 나와 천변(千變)이 되고 만화(萬化)

하는 것이다.

그러니 무학이라 불릴 만한 경지에 이른 고수의 눈에는 모두 같아 보이게 마련이었다.

실타래에 감겨 있는 한 뭉치의 실이 한 개의 실마리로 죄다 풀어지듯이 초식의 변화와 운용이 한눈에 들여다보이는 것이다.

지금 장청의 검법을 보는 운몽이 그랬다.

스스로는 느끼지 못하고 있었지만, 광명존자에게서 배운 그는 무공이 이미 상승의 경지에 올라 있는 데다가, 모든 변화를 포함한 구곡유수검과 분광십이검이라는 절세의 쾌검법을 수련한 저의 장점을 십분 살릴 수 있었기 때문이다.

운몽은 장청의 검봉에 실린 변화가 어딘지 부자연스럽다는 걸 알았다.

검에 실려 있는 지극히 패도적인 힘에 있어서는 무섭기 짝이 없지만 결정적으로 초식과 초식 사이의 흐름이 매끄럽지 못했다. 끊어지는 것이다.

그건 극히 미묘한 부분이었다.

다른 사람들이라면 결코 그 실낱같은 파탄을 눈치 채지 못할 것이다.

그녀의 검법이 가지고 있는 매섭고 강력한 초식은 그것만으로도 흠을 가릴 만큼 충분히 완벽했기 때문이다.

2

　싸움이 거듭될수록 운몽에 대한 장청의 놀라움은 커져 갔고, 저만큼 떨어진 곳에서 지켜보고 있는 자들도 그랬다.

　처음에는 그녀의 무시무시한 검법에 공포를 느꼈을 뿐인데, 이제는 그것을 맨몸으로 감당하고 있는 복면의 괴한에 대한 경외심이 생겼다.

　그는 시간이 지날수록 오히려 저 소악녀(少惡女) 장청을 궁지로 몰아가고 있지 않은가.

　휙휙거리는 바람 소리와 검의 날카로운 울음소리가 더욱 커졌다.

　장청은 약이 올랐다.

　천하제일이라고 믿은 자신의 검법으로 눈앞의 복면인을 어떻게 해볼 수 없으니 화가 나고 속상해서 미칠 것만 같았다.

　"이 고약한 놈!"

　"가만히 있지 못하지!"

　"거기 꼿꼿이 서 있어봐! 머리통을 잘라줄게!"

　"정말 내 말을 안 들을 거야!"

　그녀가 어처구니없는 소리를 마구 질러대며 난검(亂劍)을 휘둘렀다.

　언뜻 보면 검로도 무엇도 없이 제 성질대로 아무렇게나 휘두르는 것 같았지만 그 안에는 정교한 변화와 변초, 변식이 구름처럼 넘쳐 났다.

검선(劍仙)이라 할지라도 그녀의 낙뢰 치듯 하는 검봉이 어디로 찔러오고 떨어질지 종잡을 수 없을 것이다.

'아직 검법 안에 들어 있는 비밀까지 찾아내지는 못했군.'

운몽은 그것을 눈치 챘다.

장청은 제 검법 안에 깃들어 있는 천변만화하는 자유로움은 깊이 깨닫고 있었다. 그러나 본래의 검법에 감추어져 있는 일기만천(一氣滿天)의 원리에 대해서는 무지했던 것이다.

공력이 아직 충분치 못한 탓일 것이다.

번쩍이는 눈으로 잠시 그녀의 검법을 살펴보던 운몽이 불쑥 손을 뻗었다.

엄밀한 검기의 그물 속으로 스스로 빠져드는 것 같기도 해서 지켜보던 자들이 놀람의 외침을 터뜨렸다.

"이얍!"

운몽의 입에서 우렁찬 기합성이 터져 나왔다. 그리고 그의 몸이 손을 따라 검망 속으로 빨려 들어갔다.

따다다당―!

철판 위에 한 줌의 쇠못을 뿌린 듯이 요란한 소리가 귀 따갑게 쏟아졌다.

운몽의 두 손이 어지럽게 떨어지는 검신(劍身)을 마구 두드려 댄 것이다.

검로가 눈에 보이지 않을 만큼 빠른 검을 쫓아 두드려 대는 그 손의 조화는 더욱 빠르고, 그래서 불가사의하게 여겨졌다.

그것이 분광검법이 숨기고 있는 은류팔변(隱流八變) 중 천혼소(千魂召)의 모습이다.

"아!"

처음 대하는 그 수법에 지켜보던 자들과 장청이 동시에 탄성을 터뜨렸다.

훌쩍 뛰어 물러선 장청의 낯빛이 새파랗게 질려 있었다.

그녀의 손에 들려 있는 보검은 반 토막뿐이었다. 나머지 반 토막은 운몽의 손에 있다.

장청이 부러진 검을 들어 운몽을 가리키며 소리쳤다.

"너, 너, 사술을 쓰는 거냐? 그래?"

"그 검법을 누구에게서 배웠는지 말해준다면 내 수법도 가르쳐 주겠소."

"흥! 네까짓 놈의 사술 따위에는 관심없어!"

"하지만 나는 소저의 검법에 관심이 많소."

"좋아. 그렇다면 다음에 다시 싸워보자. 그때는 백 자루의 검을 준비해 둘 테다. 부러뜨리다가 지쳐 버리고 말걸? 그러면, 그러면……."

뒤의 말은 터져 나오는 웃음을 참느라 제대로 잇지 못했다.

"호호호호—"

기어이 까르르 웃음을 터뜨린 장청이 운몽을 손가락질하

며 겨우 말했다.

"그 꼴이 아주 볼만할 거야. 너는 씩씩거리면서 내 검이나 부러뜨리고 있어. 나는 너의 눈알을 뽑고 심장을 찢으면서 구경할 테니까 말이야. 그러면서 이렇게 말할 거야. 아직 많이 남아 있잖아. 어서 부러뜨리지 못해! 호호호―"

운몽은 어이가 없었다.

배꼽을 쥐고 웃어대던 장청이 태백쌍악과 여상풍을 향해 싹 돌아섰다.

그녀의 얼굴 표정도 어느새 싸늘하고 살벌하게 변했다.

"만약 오늘 일이 소문난다면 너희들이 그렇게 한 걸로 알겠어. 그때는 한 놈 한 놈 잡아서 눈알과 혀를 뽑은 다음에 사지를 찢고 토막 내서 뼈와 살을 잘 다진 후 두엄 구덩이에 처박아 버릴 거야. 구더기들이 밥이 왔다고 아주 좋아하겠지. 그러니 잘 생각해서 처신해."

그 지독한 말에 태백쌍악과 여상풍이 부르르 몸을 떨었다.

표독하게 변한 그녀의 눈을 감히 마주 볼 엄두도 내지 못한다.

장청이 다시 운몽에게로 돌아섰다.

언제 지독한 말을 했었냐는 듯 어느새 장난기가 가득해진 얼굴로 그를 빤히 바라보더니 불쑥 물었다.

"그런데 말이야, 그게 대체 무슨 수법이지?"

"허ㅡ"

운몽은 도대체 이 아가씨가 온전한 정신을 가지고 있는 건지, 미친 건지 알 수가 없었다.

아미산에서 겪어본 소령 사태의 감정 변화가 고약하다고 생각했었는데, 지금 눈앞에 있는 아리따운 소녀의 그것에 비하면 오히려 사태는 얌전하고 조신한 편이지 않은가.

"흥! 가르쳐 주기 싫으면 그만둬! 쩨쩨한 놈 같으니."

장청이 실쭉해져서 눈을 흘겼다.

그 모습에 운몽은 다시 멍해지고 말았다.

그 매혹적인 눈길과 표정에 가슴이 와르르 무너지는 것 같았다.

뜨거운 열기가 불두덩을 치고 올라온다.

"흥!"

멍해져 있는 운몽을 향해 쌀쌀맞은 코웃음을 던진 장청이 훌쩍 몸을 날려 어둠 속으로 사라졌다.

두어 번 오르락내리락하는 사이에 어느덧 그녀의 모습이 모두의 시선 밖으로 꺼져 버렸다.

"휴ㅡ 은공은 잘못하셨소. 그녀를 그렇게 보내는 게 아니었소이다."

대악 염창이 한숨을 쉬고 말했다.

운몽이 어리둥절한 눈으로 그를 바라보았다. 은공이라는 말이 엉뚱해서 다른 사람에게 한 말인 듯 느껴지기만 했다.

대악은 죽음 직전에 운몽이 저의 목숨을 살려주었을 뿐만 아니라, 하나뿐인 동생과 여상풍의 목숨까지 구해준 것임을 잘 알았다.

눈앞의 복면인이 신비해 보였고, 가슴 가득 감사하는 마음이 우러났다.

심성이 흉악하고 수단이 잔혹하기로 소문난 태백산의 마두가 그런 마음을 갖게 되었다는 걸 세상 사람들이 안다면 모두 거짓말이라고 할 것이다. 그러나 대악은 진심이었다.

그는 장청의 놀라운 솜씨에 기가 죽었다. 그녀의 일검을 피하지 못하고 죽음을 맞이할 뻔했기 때문이다.

하늘 밖에 하늘이 있다는 말이 지금처럼 절실히 가슴에 와 닿은 적이 없었다.

제가 여태까지 믿고 있었던 무공이라는 게 얼마나 보잘것없는 것이었는지 지금처럼 절실히 느껴본 적이 없다.

그 무공을 믿고 거들먹거렸으며, 패악을 떨었던 일들이 모두 부끄러워진다.

장청도 그렇거니와, 지금 눈앞에 우두커니 서 있는 정체를 알 수 없는 자야말로 얼마나 극강한 고수인가. 장청의 검도 어쩌지 못했던 자기로서는 감히 짐작해 볼 수도 없다.

강호의 고수로 행세하며 거들먹거렸던 자신을 그가 얼마나 비웃을까, 하는 생각으로 대악은 더욱 낙심했다. 부끄럽기도 하다.

대악이 물끄러미 운몽을 바라보다가 풀죽은 얼굴로 다시 말했다.

"그 어린 계집애는 세상에서 다시 찾아볼 수 없는 마귀요. 지금도 저와 같은데 앞으로 몇 년이 지나면 강호가 그 계집애 때문에 피에 잠길지도 모르오. 그러니 은공께서는 인정을 베풀지 말고 그년을 죽여 후환을 제거했어야 옳았소."

운몽이 머리를 가로저었다.

"아무리 흉악한 자라 할지라도 교화시키려는 노력은 해야 할 것입니다. 그래서 흉성을 버리고 바른길로 돌아오도록 이끌어주는 게 옳지 않을까요?"

"이제 보니 은공께서는 인의대협이셨구려?"

"강호에 첫발을 디딘 풋내기에게 그런 말씀은 과합니다."

"응?"

대악이 눈을 크게 떴다.

운몽의 말을 들은 소악과 여상풍도 깜짝 놀라 서로를 마주 보고 입을 딱 벌렸다.

"아니, 은공은 강호의 고인이 아니었단 말이오?"

"그 은공 소리를 제발 그만두셨으면 좋겠습니다."

웃는 운몽의 눈을 물끄러미 바라보던 대악이 한숨을 내쉬었다.

"아, 나는 헛살았다."

그는 비로소 운몽이 젊은 청년이라는 걸 알아본 것이다. 그러니 더욱 놀라고 제 자신의 부족함을 한탄할 수밖에 없다.

"그런데 한 가지 알고 싶은 게 있습니다."

"말씀하십시오. 이 늙은이가 알고 있는 거라면 뭐든 답해드리지요."

그가 젊은 청년이라는 걸 알았지만 운몽을 대하는 대악 염창은 여전히 공손하기만 했다. 어디에도 흉흉하던 기세와 눈빛이 없다.

풍채가 좋고 후덕해 보이는 노인.

아이들을 둘러 앉혀놓고 구수하게 옛날이야기를 해주는 할아버지의 모습으로 돌아가 있는 대악은 전혀 다른 사람인 것 같았다.

커다란 충격으로 인한 놀람과 낙심, 그리고 그에 따른 깨우침이 그를 바꾸어놓은 것인데, 운몽은 그것이 대악의 본래 모습일 것이라고 생각했다.

그 모습을 편협하고 악독한 마음이 가리고 있었던 것이다.

음흉하고 포악해 보였지만 그것은 본래의 모습을 덮은 껍질에 지나지 않다. 그것을 벗어버리자 이와 같이 후덕한 노인의 모습으로 금방 돌아오지 않는가.

운몽은 세상의 악이라는 것이 실은 이와 같다고 생각했다.

자기도 모르게 덧씌워진 껍질인 것이다.

그 껍질이 제 본래 모습인 것처럼 알고 있는 게 악인이다.

그것을 벗겨준다면, 벗을 수 있게 해준다면 악귀나찰도 그 즉시 보살로 돌아올 것이다.

운몽이 공손하게 말했다.

"대체 그녀가 무엇 때문에 이처럼 잔혹한 살수를 펼쳤고, 선배님들은 무엇 때문에 이 음침한 곳에서 그녀와 만났던 겁니까?"

"그것은……."

대악이 망설였다. 얼굴에 두려움마저 떠올랐다. 장청이 떠나기 전 했던 지독한 말 때문이다. 그러나 이내 마음을 굳게 먹고 입을 열었다.

"그것은 한 개의 보물 때문이지요."

"보물?"

"현문 최고의 비법인 현천도련(玄天道練)의 구결이 들어 있는 한 권의 고서(古書)랍니다. 그 안에는 두 개의 비문(秘文)이 있다고 하는데, 하나는 선천기문(先天氣門)의 절학으로 삼양신공(三陽神功)의 비전을 기술해 놓은 것이고, 다른 하나는 옥황현문(玉皇玄門)의 금황기공(金皇氣功)을 연마하는 운기토납술(運氣吐納術)의 법문이라고 합니다."

"아!"

운몽이 놀란 외침을 터뜨렸다.

번쩍이는 눈으로 대악 염창을 살피는 것이, 이 노인이 설마 나를 놀리고 있는 건 아닌가? 하고 의심하는 것이다.

그건 염창의 입에서 나온 삼양신공이라는 이름 때문이었다.

선천기문이며 옥황현문이나 금황기공이라는 말은 생소했지만, 삼양신공은 제가 사부 광명존자에게서 전해 받아 이미 십성 연마하고 있는 신공절학이 아니던가.

엉뚱한 곳에서 엉뚱한 사람의 입을 통해 그 이름을 다시 듣게 되니 어리둥절할 수밖에 없다.

'무언가 착오가 있었거나 아니면 공교롭게도 이름이 같은 신공인 모양이지.'

운몽은 그렇게 생각할 수밖에 없었다.

머리를 갸웃거리던 운몽이 다시 물었다.

"그게 그렇게 대단한 것들인가요?"

"천하에 흩어져 있는 현문(玄門)의 방사(方士)들은 헤아릴 수 없이 많습니다. 그들은 모두 저마다의 비결을 가지고 신선의 도를 추구하는데, 그들 중 가장 신비한 단체가 두 곳 있었으니 선천기문과 옥황현문이라고 했습니다. 그 두 곳을 일러 현천도련이라 하는 것이지요."

사부는 좀체 당신의 내력은 물론 강호의 일에 대해서 말해주려 하지 않았으므로 운몽에게는 대악 염창의 말이 마치 아득한 옛날얘기처럼 신기하게 들리기만 했다.

그가 호기심으로 눈을 반짝이며 귀를 기울이는 걸 본 대악 염창이 헛기침으로 목청을 가다듬고 더욱 상세하게 이야기해

주기 시작했다.

3

선천기문과 옥황현문은 오래전부터 강호에 전설로 떠돌던 이름이었다.

누구도 알지 못하는 신비함을 가지고 있었기에 강호에서는 그 두 곳을 일러 세외이비(世外二秘)라고도 했다.

그 두 개의 신비 도문에 속한 도사들이 모두 속세와의 인연을 끊고 산속 깊이 숨어 오직 선단술을 익히고 신선의 도를 찾는 데에만 매진했기 때문이다.

그런데 얼마 전부터 강호에 그들에 대한 말이 은밀히 퍼지기 시작했다.

현천도련의 도인들이 일제히 우화등선하면서 인연이 닿는 자를 위해 한 권의 비서를 세상에 남겼다는 것이다.

도인들에 대한 옛이야기 속에서 그런 일들은 자주 등장한다. 이른바 천서(天書)라고 불리는 것으로써, 대표적인 게 영보필법(靈寶畢法)이라는 책이다.

그것은 옛적에 정양 진인(正陽眞人) 종리권(種離權)이 편찬하고 순양자(純陽子) 여동빈(呂洞賓)이 세상에 전한 도서(道書)였다.

종리권은 도에 뜻을 두고 천하를 유람하던 중 종남산 석벽 사이에서 영보경 삼십 권을 얻어 그 안에서 도리를 보고 드디어 선계에 들 수 있었다고 한다. 천서를 얻은 것이다.

그것은 상중하 삼부로 나뉘어 있는데, 상부 금고서(金誥書)는 원시(元始)가 지은 것이고, 중부 옥서록(玉書錄)은 원황(元皇)이 저술한 것이며, 하부 진원의(眞源義)는 태상(太上)이 전했다고 한다. 그것을 종리권이 얻어 편찬했으니 그야말로 도가의 무상지보로 꼽히는 비서(秘書)가 아니랴.

또, 삼국지에 나오는 태평도(太平道)의 장각(張角)을 꼽을 수 있다.

그는 한 동굴에서 남화노선(南華老仙)을 만나 태평요술(太平要術)이라는 세 권의 천서를 받아 도력을 성취했다지 않던가.

그리고는 태평세상을 만든다며 난을 일으켜 오히려 세상을 혼돈으로 몰아갔으니 천서를 그릇되게 쓴 것이다.

그와 같이 현천도련에서는 그들의 도를 '현천도록(玄天道錄)'이라는 한 권의 책에 담아 옥허동천(玉虛洞天)에 남겼는데 그것이 우연히 세상에 흘러나오게 된 것이다.

누가 어떻게 그것을 얻었다가 흘리게 되었는지는 알려진 바가 없었다.

마치 꿈속에서 듣는 듯 몽롱한 이야기였다.

현세에 과연 그런 일이 있을 수 있단 말인가? 하는 의문이

들지 않을 수 없다.

하지만 다시 생각해 보면 웃음을 참을 수 없는 허무맹랑한 이야기이기도 했다.

운몽이 다시 물었다.

"그런데 그걸 어떻게 그녀가 지니고 있으며, 당신들은 또 어떻게 그런 사실을 알았지요?"

"장 대인이 그걸 우연히 찾아냈으니 그녀의 손에 있는 게 이상할 게 없고, 우리들은 또 그의 심복으로부터 우연히 들어 알게 되었답니다. 한 사람이 알았으니 두 사람이 알게 되고, 열 사람에게 퍼지는 건 순식간의 일이 아니겠습니까?"

"아! 그렇다면 당신들 말고도 또 아는 사람들이 있다는 말입니까?"

"지금쯤은 더 많은 사람이 알고 있을 것입니다. 다만 서로 쉬쉬할 뿐이지요."

대악의 말에 운몽의 얼굴이 어두워졌다.

한 권의 비급으로 인해 그동안 눌려 있던 인간의 탐심이 무덤을 열고 뛰어나오는 망령처럼 다시 일어날 것이다. 그렇다면 오늘 밤과 같은 참변이 얼마나 더 벌어질 것인가.

원래 장 대인이 갑자기 관직을 그만두고 낙향하려던 것이 그런 이유였다는 게 절로 알아졌다.

대악이 천천히 제가 들은 말을 운몽에게도 들려주기 시작했다.

몇 년 전, 장 대인은 십수 년 넘게 서안 일대를 휩쓸며 닥치는 대로 도둑질을 해온 흉악한 도적의 무리들을 일망타진한 적이 있었다고 한다.

그놈들은 산속에 토굴을 파고 그동안 훔쳐 왔던 수많은 기진이보(奇珍異寶)들을 그 안에 쌓아두었는데 그 양이 산 같았다.

장 대인은 검찰관을 시켜 그것들을 죄다 도호부로 옮겨오게 했다.

수레로 무려 일곱 수레나 되었다니 과연 '산 같다' 는 표현이 무색할 지경이었다.

주인을 찾을 수 있는 건 돌려주었고, 주인이 나타나지 않는 물건은 국고에 귀속시키기 위해 종류별로 분류했다.

서안부의 지부대인(知府大人)은 그중 일부를 공을 세운 자들에게 상급으로 나누어 주었는데, 장 대인은 옛 책을 수집하는 취미가 있었던지라 장물 중 몇 권의 고서를 받았다.

그 안에 현천도록이 들어 있었던 것이다.

강호의 무리들에게 있어서는 천서라고 할 만한 기물(奇物)이었으나 세상에서는 오직 도법(道法)을 기록한 옛 책에 지나지 않았다.

천하의 도관에 흩어져 있는 수많은 도서(道書)들과 다를 바가 없었던 것이다.

진주가 어린아이 손에 들려 있으니 돌 구슬과 한가지로 취급되는 격이었다.

그러나 장 대인은 즉시 그것의 가치를 알아보았다.

그리고 어디에서부터인가 말이 은밀히 퍼져 나가 오늘에 이른 것이다.

염창으로부터 그러한 내막을 자세히 들으면서 운몽은 오직 한 가지 일만 생각했다.

이제 그것이 걷잡을 수 없는 혼란을 불러오리라는 걱정이 컸던 것이다.

"당신들은 아직도 그것을 빼앗을 생각입니까?"

대악이 머리를 가로저었다.

"저는 이제 저의 무능력함을 절실히 알았는데 어찌 보물을 넘보겠습니까? 그저 조용히 살면서 천수를 누릴 작정입니다."

"저도 형님 생각과 같다오."

소악도 의기소침해져서 그렇게 말했다.

운몽이 철선공자 여상풍을 바라보았다. 그가 머뭇거리다가 탄식하고 말했다.

"천하가 비좁다 하고 돌아다니면서 내 재주를 뽐내 조그만 명성을 얻었습니다. 하지만 그것이 저 달빛 아래 반짝이는 반딧불보다 못하다는 걸 알았는데 어찌 과욕을 부리겠습니까?

소생 또한 그저 조용히 죽어 살렵니다.”

“잘 생각했습니다. 과거의 악업을 단번에 끊어버리다니 과연 여러분께서는 영웅호한이십니다.”

운몽이 진심으로 기뻐하며 엄지손가락을 세워 보였다.

“그런데 우리는 아직 은공의 얼굴도 알지 못합니다.”

대악의 말에 모두 눈을 반짝이며 운몽을 주시했다. 운몽이 손을 흔들었다.

“사정이 있어서 그러니 저를 더 곤란하게 하지 마십시오.”

“그러면 은공의 이름 석 자라도 들을 수는 없겠습니까? 그래야 가슴 깊이 새겨두고 보은할 날을 기다릴 수 있지 않겠습니까?”

그 간절한 부탁마저 거절하기가 어려웠다.

잠시 생각하던 운몽이 한숨을 쉬고 말했다.

“운가 성을 쓰는 후배라고만 알아두십시오. 더는 말씀드릴 수 없습니다.”

천하에 수많은 성이 있지만 운(雲)씨 성을 쓰는 사람이 몇이나 될 것인가.

운몽은 그런 것을 생각했어야 하는데 불쑥 제 본래의 성을 말해주었으니 역시 강호에 경험이 없는 탓이다.

대악 염창이 그런 운몽을 지그시 바라보며 빙그레 웃었다.

비 그친 아침의 공기는 청량하다. 그것을 즐기려는 듯 산새

들이 귀 따갑게 지저귀는 뜰에 그녀가 나와 있었다. 표사며 쟁자수들의 바쁘게 움직이던 손길이 뚝 멎었다.

그녀가 객잔 밖으로 타박타박 걸어나오는 걸 보았을 때 운몽은 가슴이 철렁하고 내려앉았다. 하지만 그녀는 거들떠보지도 않았다. 살짝 수심이 깃든 얼굴로 우두커니 서서 맑게 갠 아침 하늘을 바라보고 있을 뿐인데, 그 모습이 그렇게 아름답고 청초할 수 없었다.

사내들은 가슴에 두어 개씩의 방망이를 담아두었다. 그것이 요란하게 쿵쾅거리며 두드려 대니 숨이 멎을 지경이다.

"아, 장 소저. 아직 채비가 끝나지 않았는데 벌써 나오셨군?"

두 표두와 함께 객잔을 나오던 국주 장문량이 그녀를 보고 반갑게 말을 건넸다.

그녀가 천천히 돌아섰다.

운몽은 국주의 어깨 너머로 그녀를 마주 보게 되었다. 그가 얼굴을 붉히고 얼른 머리를 숙였다.

소녀의 눈길이 비로소 넋 나간 얼굴로 서 있는 표국의 사람들을 하나씩 찬찬히 훑어갔다. 그녀의 눈길이 닿을 때마다 다들 부르르 몸을 떤다.

드디어 운몽의 얼굴에 그녀의 눈길이 멎었다.

운몽은 차마 마주 보지 못하고 고개를 숙인 채 묶은 끈을 풀었다 다시 묶곤 했다.

"휴—"

그녀의 낮은 한숨 소리가 천둥소리처럼 가슴을 두드린다.

운몽은 제 심장이 쿵쾅거리며 뛰는 소리를 들었다.

"일정이 어떻게 되나요?"

그녀가 우울해진 얼굴로 물었다.

'이 아가씨가 오늘은 이상한걸?'

국주가 머리를 갸웃거리다가 웃으며 말했다.

"비교적 좋은 길이니 서두른다면 연안(延安)까지는 갈 수 있을 거외다. 그러면 내일은 무정하(無定河)를 건너 산서 땅에 들어갈 수 있소."

"그렇게 가면 항산까지는 얼마나 걸리지요?"

"내일 유림(柳林)에서 묵는다면 태원부(太原府)까지 이틀 길이고, 거기서부터는 대동(大同)까지 길이 좋으니 여유있게 잡아도 사흘이면 항산에 이를 수 있을 거요."

"그럼 이제 칠 일 정도 남았군요. 아, 그자를 찾아내기에는 너무 짧구나, 짧아."

"응? 뭐가 말이오?"

"아니에요. 제 혼잣말이랍니다."

쓸쓸히 웃은 그녀가 다시 한 번 표국의 사람들을 훑어보고 돌아섰다.

국주 장문량이 눈살을 찌푸렸다.

'조그만 아가씨들의 속이란 정말 모르겠단 말이야?

第四章
비급을 뒤쫓는 사람들

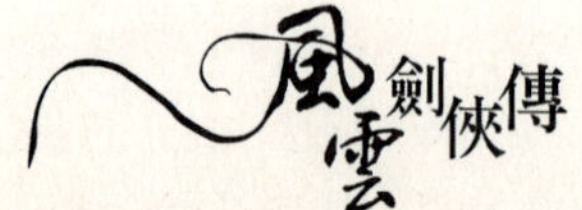

두 표두가 일손을 놓고 있는 표사며 쟁자수들을 다그쳐 출발 준비를 서두를 때 그녀는 객잔 앞에 우두커니 서서 점점 더 밝아지고 있는 저 건너 길을 물끄러미 바라보고 있었다.

황제릉으로 가는 길이다.

출발 준비가 끝나갈 무렵 그 길을 따라 바삐 다가오고 있는 세 사람이 보였다.

멀리서도 그들을 알아본 장청이 매섭게 눈을 치떴다.

차갑고 무시무시한 살기가 와르르 쏟아져 나갔지만 이쪽으로는 등을 돌리고 있는 탓에 아무도 그걸 보지 못했다.

부지런히 걸어오고 있는 세 사람은 태백쌍악과 철선공자

여상풍이었다.

그들이 가까이 다가왔을 때에야 비로소 알아본 장문량이 잔뜩 눈살을 찌푸렸다.

'이른 아침부터 저 고약한 것들이 또 무슨 시비를 걸려고 하는 거지?'

표두 왕상과 석진명이 칼자루를 잡은 채 국주 곁에 버티고 서서 눈을 부릅떴다.

장청은 여전히 객잔 앞에 우뚝 서 있었는데, 태백쌍악 등은 그녀를 힐끔 바라보았을 뿐 개의치 않고 곧장 장문량에게로 다가갔다.

이렇게 보는 사람들이 많은 곳에서 그녀가 제 정체를 드러낼 리 없다고 믿었기에 대담해질 수 있었던 것이다.

"세 분은 아직도 볼일이 남아 있소?"

장문량이 경계심을 풀지 않고 냉랭하게 말하자 대악 염창이 웃으며 손을 내둘렀다.

"오늘은 다른 일로 찾아왔으니 장 형제는 걱정하지 않아도 되네."

"응?"

장문량의 눈이 커졌다.

평소 알고 있던 대악의 얼굴이 아니었던 것이다. 음흉하고 악착같던 기색이 없었다.

그건 소악 황령도 마찬가지였고, 여상풍 또한 교만이 가득

하던 얼굴이 아니어서 어리둥절해졌다.

대악이 부드럽게 말했다.

"실은 부탁이 있어서 왔네."

"부탁이라니요?"

"우리가 동행할 수 있도록 해주게."

"예?"

더욱 알 수 없는 일이다.

그래서 절로 경계심이 부쩍 인다.

"장 대인이 만나지 않겠다고 했잖습니까? 아무리 그래 봐
야 소용없을 겁니다."

"아니, 이제 장 대인을 만날 필요가 없어졌네."

"그럼 무엇 때문에 표행에 동행하겠다는 거지요?"

"호의일세."

"호의?"

"순수한 호의란 말이야. 우리를 표사로 부려도 좋네. 허드
렛일을 시킨다 해도 아무 불평 없이 해줌세."

"아니, 그건……."

대악의 말에 장문량은 입만 딱 벌렸다.

강호의 명성만으로 보더라도 대악은 자신보다 위에 있었
다. 그런 그를 표사로 부린다는 게 어불성설이고, 또 대악이
그렇게 청하고 있다는 게 믿어지지 않았다.

'나를 놀리고 있는 건가?'

그런 의문이 들 수밖에 없는데, 대악이 다시 말했다.

"그저 표행만 따라갈 수 있도록 해달라는 거야. 아니, 호위가 되어주겠네. 우리 셋이 힘을 모은다면 크고 작은 도적들을 그런대로 물리쳐 줄 수 있을 걸세."

"허, 이건, 이건…… 도대체 영문을 모르겠군요."

"강호에서는 그래도 태백쌍악의 이름이 제법 무게를 갖네. 그러니 내 이름을 걸고 맹세하지. 절대로 다른 뜻이 있는 건 아닐세."

대악 염창이 이렇게까지 나올 줄 몰랐던 장문량으로서는 많은 생각들이 머릿속에 들어찰 수밖에 없다.

대악의 말을 들은 두 표두와 표사들도 어리둥절해서 눈을 휘둥그레 뜬 채 멍하니 바라본다.

"세 분이 표행을 도와준다면 큰 힘이 되긴 하겠지요. 하지만……."

"걱정 말게. 항산에 도착할 때까지는 표사 노릇에 충실할 테니. 절대로 국주의 명을 거스르지 않음세. 약속하지."

'이 사람이 정말 그 악랄한 대악 염창이란 말인가? 아니면 또 다른 꿍꿍이가 있어서?'

그런 의심이 들어서 장문량은 대악을 뚫어지게 바라보았다. 그러나 그에게서 찾을 수 있는 건 진심이라는 것이었다.

장문량이 한숨을 쉬고 물끄러미 바라보았다.

허락의 뜻임을 안 염창이 밝게 웃으며 포권했다.

"그럼 지금부터 국주의 명을 받겠소이다."

'제기랄, 이건 정말 곤란하게 되었구나.'

저쪽 수레 뒤에서 그들의 말을 모두 들은 운몽이 눈살을 찌푸렸다.

대악 등이 찾아와 동행하겠다고 떼를 쓸 줄은 생각조차 못했기에 더 당혹스러웠다.

그들이 찾아온 것과, 내내 마차 안에서 꼼짝하지 않고 있던 장청이 갑자기 엉뚱한 행동을 한 게 모두 자기 때문이라는 걸 알기 때문이다.

장청은 낙성표국의 사람들 중에 지난밤의 복면인이 숨어 있다고 의심하는 것이고, 태백쌍악 등도 그렇게 여기는 게 틀림없었다.

그들은 모두 복면인을 찾아내려 하고 있었다. 다만 장청과 태백쌍악 등의 목적이 다를 뿐이다.

표국의 행렬이 다시 움직이기 시작했다.

예정대로 그날 밤은 연안에서 묵을 수가 있었다. 그리고 또 한 번의 소동이 벌어졌다.

운몽은 수상한 기척에 잠에서 깨어났다. 그러나 여전히 눈을 감은 채 움직이지 않았다. 귀만 활짝 열어두고 밖에서 들려오는 소리를 들을 뿐이다.

미세한 기척이었다.

누군가가 야음을 틈타 도둑처럼 다가온 것이다. 그리고 객잔의 지붕 위에서 곧 소동이 일어났다.

"누구냐?"

낮고 날카롭게 묻는 건 여상풍의 음성이었다. 거기에 대한 대꾸는 없었다. 대신 휙휙거리는 바람 소리와 옷자락 펄럭이는 소리가 들려왔다.

"겁도 없는 놈이로구나! 감히 여기가 어디라고!"

여상풍의 악쓰는 소리가 들렸다.

꽝! 하고 무언가 부딪쳤고 우지직거리며 기왓장이 밟혀 깨지는 소리도 요란하게 났다.

"이놈! 스스로 호랑이 입속에 머리를 들이밀었구나!"

"죽여서 복면을 벗기기 전에 네 스스로 정체를 밝혀라!"

이번에는 태백쌍악이었다.

여상풍의 고함 소리를 듣고 즉시 지붕 위로 날아올라 온 것이다.

장력 쏟아지는 소리와 옷자락 펄럭이는 소리들이 더욱 급하고 빠르게 들려왔다.

그때쯤에는 잠들어 있던 사람들도 모두 깨어났다.

"도둑이다!"

누군가가 목청껏 외쳤고, 표사들이 병장기를 쥔 채 객잔의 마당으로 우르르 쏟아져 나왔다.

쟁자수들이라고 예외가 아니다. 그들도 각기 자고 있던 방문을 박차고 뛰어나왔다.

운몽은 네 명의 쟁자수와 한 방을 쓰고 있었는데 그들이 모두 이불을 걷어차고 뛰어 일어났을 때에야 천천히 몸을 일으켰다.

"제기랄, 어떤 놈이 잠도 자지 못하게 방해한단 말이냐?"

투덜거린 동료들이 무기를 움켜쥐고 달려나갈 때 운몽도 그들 속에 섞여들었다.

그는 창문 밖에서 엿보던 그림자 하나가 재빨리 사라지는 기척을 느끼고 피식 웃었다.

장청이 분명할 것이다.

그녀는 소란이 일어나자 곧 뛰어나와 표국의 사람들이 묵고 있는 방들을 죄다 훔쳐보며 바쁘게 돌아다니고 있는 중이었다.

'헛수고를 하고 있군.'

낙성표국의 무리들은 모두 여덟 개의 방을 나누어 썼다. 왔다 갔다 하면서 그 방들을 죄다 감시하려면 부지런한 새처럼 쉴 새 없이 돌아다녀야 할 테니 여간 힘든 게 아닐 것이다.

객잔 주위에 횃불이 대낮처럼 밝혀졌고, 표사와 쟁자수, 일반 투숙객들까지 모두 쏟아져 나와 한밤중의 소동을 구경했다.

지붕 위에는 어느새 여러 사람이 올라가 있었다.

한 사람의 복면인을 두고 소악 황령과 철선공자 여상풍이 좌우에서 매섭게 공격하고 있는 중이었고, 대악은 언제라도 그들을 도울 태세로 한쪽에 서서 눈을 번쩍이며 지켜보았다.

표두 석진명과 장 국주 또한 병장기를 뽑아 든 채 퇴로를 막고 서서 바라보고 있다.

"사로잡아라!"

대악이 명령했다. 그 말에 여상풍과 소악은 더욱 힘을 내서 복면인을 핍박했다.

그들의 협공을 받고 있으면서도 복면인은 꿋꿋하게 버티고 있었다.

여상풍의 섭선과 소악의 쌍검을 맞아 침착하게 응대하는 솜씨가 뛰어나다.

보기 드문 고수였다. 장력이 굳세고 공수를 재빠르게 바꾸는 솜씨가 훌륭해서 쉽게 제압당할 것 같지 않았다.

운몽은 그자가 제 실력을 감추고 있다는 걸 눈치 챘다. 대악과 장문량 등을 의식해서일 것이다.

마당에 가득한 사람들의 눈길이 모두 지붕 위의 격전에 가 있을 때 저쪽에서 장청이 소리없이 다가왔다. 그녀가 곧장 표두 왕상에게 다가가 속삭였다.

"왕 표두님, 표국 사람들 중에 혹시 빠진 분이 있는지 확인해 보시겠어요?"

"응? 무슨 말씀이오?"

"혹시 화를 당한 사람이 있을지도 모르잖아요?"

"아, 그렇지!"

왕상이 제 이마를 치고 즉시 두 명의 표사를 불러 인원을 점검하게 했다.

이리저리 바쁘게 뛰어다니며 표사와 쟁자수들을 일일이 확인한 그들이 돌아와 보고했다.

"모두 무사합니다."

장청의 아미가 살짝 찌푸려졌다.

"한 명도 빠짐없이 모두 있나요?"

"그렇소, 소저께서는 의심 가는 점이라도 있소?"

쥐수염 이굉팔이 못마땅하다는 얼굴로 물었다.

그는 이 철없는 소녀가 괜히 자신들을 의심하고 있는 것 같아 불쾌했던 것이다.

장청이 쌀쌀맞게 말했다.

"의심이야 세상 사람들 모두에게 가지요. 흥, 됐어요."

코웃음을 친 그녀가 종종걸음으로 떠났다.

그녀의 뒷모습을 바라보던 이굉팔이 투덜거렸다.

"제기랄, 이번 표행은 정말 내키지 않는다니까. 지금이라도 때려치우고 돌아갔으면 좋겠어."

"내 생각도 그래. 하지만 국주님은 한 번 맡은 일은 끝까지 책임지는 분이잖아. 결코 포기하려 들지 않으실 테니 소용없어."

왕상이 가볍게 꾸짖고 명령했다.

“먼저 장 대인 방으로 갈 테니까 한 명을 더 데리고 따라와라. 혹시라도 화가 미친다면 그때는 감당할 수 없을 테니 미리 방비해야 해.”

왕상이 서둘러 떠나자 두리번거리던 이꼥팔이 저쪽에서 바라보고 있는 운몽을 소리쳐 불렀다.

“이리 와! 너도 함께 가자!”

2

“앗!”

왕상이 도착했을 때 안에서 장 대인의 비명 소리가 들려왔다.

놀란 왕상이 즉시 문을 박차고 뛰어들었다.

방 안이 엉망으로 어질러져 있고, 흑의복면인 한 명이 막 장 대인의 품을 뒤지는 중이었다.

“이놈!”

왕상이 즉시 칼을 휘두르며 달려들었다.

“흥!”

복면인이 코웃음을 치고 일장을 후려쳤다.

우웅, 하는 파공성과 함께 매서운 장력이 밀려든다.

왕상이 급히 옆으로 피하며 소리쳤다.

“염치도 없는 도적 놈이 사람까지 해치는구나!”

"시끄럽다!"

일갈한 복면인이 한 손으로는 여전히 장 대인의 품을 뒤지며 한 손을 뿌렸다.

번쩍이는 것이 쏘아져 나오는 것이어서 깜짝 놀란 왕상이 칼을 들어 얼굴을 가렸다.

땅! 하는 소리와 함께 단단한 물체가 칼 몸을 때리고 튕겨져 나갔는데, 은자 조각이었다.

그때 소란을 듣고 이굉팔과 운몽이 뛰어들었다.

이굉팔이 즉시 칼을 휘두르며 왕상을 도와 복면인에게 쳐들어갔고, 운몽은 손에 몽둥이 한 개를 들고 문을 가로막은 채 어정쩡한 모습으로 서서 바라보았다.

왕상은 강호에서 삼환표(三還鏢)라는 별호로 불린다. 표창을 날리는 솜씨가 고수의 경지에 이르렀던 것이다.

그가 즉시 품에서 세 개의 표창을 꺼내 힘껏 뿌렸다.

바람을 찢는 소리와 함께 그것들이 날카롭게 번쩍이며 복면인의 등을 노리고 쏘아져 나갔다.

그때까지도 장 대인의 품을 열심히 뒤져대던 복면인이 그를 홱 뿌리치고 돌아섰다.

"흥!"

코웃음을 치고 한 번 손을 휘젓자 왕상이 날린 세 개의 표창이 모두 그의 손안으로 빨려 들어가고 말았다.

왕상이 다시 세 개의 표창을 던지며 뛰어들었고, 이굉팔도 기합성을 터뜨리며 왼쪽에서 달려들었다.

복면인이 다시 손을 휘둘러 표창을 낚아채더니 그것을 왕상과 이굉팔에게 뿌렸다.

"으앗!"

두 사람이 동시에 비명을 터뜨렸다.

복면인의 아무렇게나 뿌린 비표(飛鏢)의 솜씨는 오히려 왕상보다 고명했다.

왕상과 이굉팔이 급히 피하거나 칼을 휘둘러 방비했지만 팔과 어깨에 비표 한 개씩을 맞고 물러섰다.

비록 도적질을 하려고 숨어들었지만 복면인에게는 살인까지 하고 싶은 마음은 없는 듯했다.

"어딜 달아나려고!"

복면인이 창문을 향해 몸을 날리려 하자 그때까지 우두커니 서 있던 운몽이 몽둥이를 휘두르며 달려들었다.

엉성하기 짝이 없는 몸짓이라 힐끔 돌아본 복면인이 코웃음을 쳤다.

"물러서!"

이굉팔이 다급하게 소리쳤다.

그러나 운몽은 이미 몽둥이를 내려치고 있었고, 그보다 빠르게 복면인이 가볍게 일장을 뻗어 운몽의 가슴을 밀었다.

퍽, 하는 소리와 함께 운몽이 비명을 터뜨리며 뒤로 날려가 이굉팔에게 부딪쳤다.

두 사람이 얼싸안고 함께 넘어지는 걸 본 복면인이 다시 한 번 코웃음을 날리고는 훌쩍 창문을 뛰어넘었다.

그가 창틀을 걷어차며 내력이 충만하게 실린 휘파람을 불었는데, 삐익! 하는 날카로운 소리가 하늘을 찌르고 솟구쳤다.

"하하하, 아쉽게도 가야 할 때가 되었군. 그럼 다음에 보세!"

지붕 위에서 소악 황령과 여상풍을 상대하던 복면인이 그 휘파람 소리를 듣고 껄껄 웃으며 쌍장을 매섭게 뿌렸다.

여태까지와는 다른 날카로움이 두 사람을 동시에 위협했으므로 그들이 주춤거리자 복면인이 재빨리 몸을 날렸다.

"어디로 가려고!"

지켜보던 대악 염창이 호통치며 적수마장 중의 절초인 단혼귀조(斷魂鬼爪)와 적하낙영(赤霞落靈)의 수법으로 동시에 때리고 낚아챘다. 그 즉시 막강한 힘을 실은 장력이 웅웅거리며 몰아친다.

매의 발톱처럼 웅크린 다섯 손가락이 천지종횡의 기세로 할퀴어대자 그 형세가 더할 수 없이 사납고 흉맹했다.

"대악 염창의 장력이 무림 일절이라더니 헛말이 아니로군!"

복면인이 감히 경시하지 못하고 두 손을 빠르게 휘둘러 막고 뿌리쳤다.

왼손을 칼처럼 세워서 비스듬히 내려치며 오른손의 두 손가락을 말아 쥐었다가 갑자기 튕겨내자 날카로운 지풍이 쇠뇌처럼 염창의 공세를 가르고 뻗어나갔다.

"흥!"

코웃음을 친 염창이 즉시 귀령십보(鬼靈十步)라는 독특한 보법으로 이리저리 몸을 틀었다. 그러자 그의 그림자가 어지럽게 흔들리고 종적이 묘연해졌다.

나가고 물러서며 맴도는 몸놀림이 바람처럼 가볍고 재빠르기 짝이 없어서 거리를 재고 방향을 종잡을 수 없다.

"과연 대단하다. 하지만 더 이상 놀아줄 수 없는 게 아쉽구나!"

복면인이 진심으로 감탄하며 거푸 쌍장을 맹렬하게 때렸다.

윙윙거리는 파공성이 귀를 찌르는 중에 밀려드는 암경이 파도치듯 했다.

염창이 우뚝 몸을 세우더니 이를 부드득 갈며 내력을 끌어올려 힘껏 두 손을 밀었다.

쾅—!

두 사람의 장력이 정면으로 충돌하자 요란한 폭음이 터져나왔다.

"하하하, 다음에 다시 한 번 놀아보세!"

복면인의 음성이 어느새 어둠 속에서 들려왔다.

장력이 부딪치기 직전 몸을 빼며 탄자결(彈字訣)을 운용해 밀어냈던 것이다. 그러자 대악이 힘껏 그를 튕겨낸 꼴이 되었다.

"저런 교활한 놈!"

대악이 분해서 발을 굴렀지만 복면인은 이미 어둠 속으로 사라져 보이지 않았다.

칠흑 같은 어둠을 뚫고 질풍처럼 달려가던 두 사람이 음침한 송림 앞에 이르러 우뚝 멈추어 섰다.

"틀렸어. 장가 늙은이에게는 물건이 없었네."

장 대인의 품을 뒤졌던 괴한이 아쉽다는 듯 말하며 복면을 벗었다.

비로소 그의 진면목이 드러났는데, 상투를 틀고 오동나무 동곳을 찌른 늙은 도사였다.

그러자 대악을 뿌리치고 빠져나온 복면인도 그것을 벗어 팽개쳤다.

그는 놀랍게도 조령에서 표행을 가로막았던 협도장천 공야승이었다.

그가 머리를 갸우뚱거렸다.

"그렇다면 누가 가지고 있단 말인가? 설마 헛소문이었던 건 아니겠지?"

"어쨌거나 헛수고를 했으니 부끄럽게 되었군."

그들 두 노인이 허탈해진 얼굴로 입맛을 다셨다.

그때 송림 속에서 쌀쌀맞은 음성이 들려왔다.

"당신들 두 늙은 폐물은 헛수고를 한 게 아니야."

"엇?"

"누구냐!"

도사와 공야승이 깜짝 놀라 소리쳤다.

어둠 속에서 한 사람이 천천히 걸어나왔다.

한 자루 번쩍이는 장검을 들고 있었는데, 치렁한 치맛자락이 땅을 쓸고 긴 머리가 어깨 너머에서 출렁거린다.

장청이었다.

"응?"

나타난 자가 나이 어린 소녀라는 걸 안 두 노인이 다시 한 번 놀라서 눈을 크게 떴다.

장청이 서릿발이 가득 내려앉은 듯한 얼굴로 두 노인을 노려보며 싸늘하게 말했다.

"우울해 미칠 것 같은 하루였는데 당신들 두 늙은이가 나를 즐겁게 해줄 테니 얼마나 기특해? 그러니 괜히 왔다고 투덜대지 마."

"괘씸한 것!"

공야승이 버럭 화를 냈다.

가뜩이나 심사가 불편하던 참 아닌가. 그것도 모르고 나이 어린 계집이 면전에서 막말을 해대니 그의 인내심이 아무리

깊다 해도 참지 못하는 건 당연했다.

"흥! 감히 내 아버지의 몸에 손을 댔지? 너희들 두 늙은이
는 죽음으로 그 벌을 받아야 해."

"장 대인이 네 아비라고?"

"그렇다."

"허!"

장 대인이 부인과 딸을 대동하고 산서 혼원현(渾源縣)으로
가는 중이라는 건 이미 알고 있었다.

그 딸이 이처럼 당돌하고 무례한 소녀일 줄 몰랐던 두 노인
이 거푸 탄식했다.

화가 머리꼭지까지 치솟아올랐지만 자신들의 체면에 차마
어린 소녀를 때려줄 수는 없으니 난감하기만 했던 것이다.

하지만 아무 거리낌이 없는 장청은 검을 빙글빙글 돌리며
노래하듯 운율까지 맞춰 재잘거렸다.

"이리 와, 목을 잘라줄 테니까. 누가 먼저 올래? 먼저 온 늙
은이는 아프지 않게 해주고, 나중에 온 늙은이는 아프게 해줄
테야. 누가 누가 말 잘 듣는 착한 늙은이일까요?"

"저, 저런 고약한 년 같으니!"

기어이 공야승이 참지 못하고 옷소매를 걷어붙였다.

늙은 도사는 도호를 청명(淸明)이라고 하는데, 강호에서는
그를 백묘선검(百妙仙劍)이라고 했다. 공야승과 같이 백도의
명숙으로 이름이 높은 고인이다.

그가 잔뜩 낯을 찌푸린 채 도호를 중얼거렸다. 장청의 언행에 사악함이 있으니 괘씸하면서도 가여운 생각이 들어서이다.

공야승이 화를 내는 게 이해가 되면서도 한편으로는 그녀가 불쌍하기도 했다.

그들이 여전히 망설이자 장청이 품에서 한 권의 낡은 책을 꺼내 흔들었다.

"멍청한 늙은 폐물들아, 너희들은 아버지의 품을 뒤질 게 아니라 바로 내 품을 뒤져야 했어."

"억!"

그것을 본 공야승과 청명 노도가 동시에 놀란 외침을 터뜨렸다.

"네 이년!"

공야승이 더 망설이지 않고 노성을 터뜨리며 장청을 덮쳤다.

눈앞이 번쩍, 한 순간 그의 몸은 이미 장청의 면전에 이르렀고, 두 손을 맹렬하게 떨쳤다.

왼손으로는 어깨를 때리면서 동시에 오른손을 뻗어 책을 움켜쥐려 하였는데, 솜씨의 재빠름이 전광석화 같았다.

장청의 얼음장 같은 얼굴에 싸늘한 조소가 떠올랐다.

그녀가 즉시 몸을 뒤로 물리며 검을 휘둘러 공야승의 가슴을 찔렀다.

검봉이 부르르 떨리더니 수십 개의 유성을 와르르 쏟아놓듯, 눈부신 변화가 줄줄이 꿰어져 허공을 뒤덮었다.

"으엇!"

크게 놀란 공야승이 급히 장력을 쳐내며 옆으로 돌았다. 그러나 장청의 검봉은 스스로 그렇게 하듯 공야승을 집요하게 쫓았다.

검봉에 실린 막강하고 예리한 기운이 공야승의 장력을 단번에 가르고 뻗어나가자 '으악!' 하는 비명이 터져 나왔다.

그녀의 재빠르고 신묘하며 위력적인 검초 앞에서 백도의 노기인으로 꼽히는 공야승이 허망하게 목숨을 잃은 것이다.

"아!"

청명 노도가 놀란 외침을 터뜨렸다.

장청의 검법이 어떤 건지 미처 알아보기도 전에 공야승이 가슴을 꿰뚫려 죽었으니 제 눈을 의심할 수밖에 없다.

"이 악독한 년! 사람의 목숨을 파리 목숨처럼 가볍게 여기다니!"

대노한 청명이 검을 뽑아 들고 달려들었다.

이제는 어린 계집애라고 봐주지 않겠다는 단호함이 그의 검에 실려 있었다.

반드시 죽여서 공야승의 복수를 하고 강호의 해악 하나를 제거하리라는 의지가 드러나 보인다.

하지만 장청은 조금도 두려워하지 않았다.

그녀가 공야승의 피를 빨아들인 검을 이리저리 흔들며 깔깔거리고 웃었다.

"오호호호, 파리 목숨이나 너희들 늙은 귀신들의 목숨이나 다를 게 뭐야? 그대로 놔둬도 오래 살지 못할 텐데 내 손에 조금 일찍 죽는다고 뭐가 그렇게 억울해?"

"내가 오늘 살계를 열어 강호의 악을 제거하리라!"

청명 노도가 크게 외치며 검을 후려쳤다.

우웅 하는 웅장한 검명(劍鳴) 속에 번쩍이는 무수한 검화가 찬란하게 피어올랐다.

3

청명 노도는 백묘선검이라고 불리는 도문(道門)의 기인이다.

검법이 과연 기오막측(奇奧莫測)하고 내력이 심후해서 흔히 볼 수 있는 게 아니었다.

"이 늙은이가 제법 앙탈을 부리는군?"

장청이 여전히 비웃으며 검을 흔들었다.

고양이가 실타래를 굴리며 장난치는 것 같은데 절묘한 검세가 아지랑이처럼 피어올라 청명 노도의 눈을 어지럽게 했다.

면전에서 그녀의 검법을 똑똑히 보게 된 청명 노도가 깜짝 놀라 얼굴색마저 변한 채 소리쳤다.

"이건, 이건! 네년이 어찌 그 검법을…… 설마 그가 너 같은 계집애를 제자로……."

몇 마디 말을 하는 데도 장청의 검격에 밀려 쩔쩔매느라고 제대로 말을 하지 못했다.

과연 검으로 명성을 얻은 노고수답게 청명 노도는 장청이 펼치는 검법을 제대로 알아본 것이다.

그 검법의 유래를 잘 알기에 가슴이 떨리도록 놀라 평정심을 잃었으니, 대적 앞에서 절대로 해서는 안 되는 금기를 범하고 말았다.

노도는 놀람으로 손발이 후들거리고, 겁으로 마음이 위축되어 본래의 실력을 제대로 펼칠 수가 없었다.

"네 이년, 대체 이게 어찌 된 일이란 말이냐? 정말 그, 그의……."

청명 노도가 급히 검을 흔들어 엄밀한 검막(劍幕)을 쳤다. 그러면서 여전히 놀라 무언가 소리쳐 말하려고 하자 장청이 즉각 그의 말을 끊었다.

"개코같은 도사가 개코같은 소리나 지껄이고 있구나."

비웃은 그녀가 검을 불쑥 찔렀다.

한 번에 여덟 개의 변화가 와르르 쏟아져 소나기처럼 들이치니 청명 노도는 정신이 아득해졌다.

'내가 오늘 이 악독한 꼬마 계집애의 손에 목숨을 잃는구나.'

그런 두려움이 들면서 검과 함께해 온 자신의 삶 자체가 허무해졌다.

"이얍!"

청명 노도가 절규 같은 기합성을 터뜨렸다.

죽을 때 죽더라도 무기력하게 당할 수 없다는 오기로 마지막 힘을 다 내쏟아 검에 실은 것이다.

우우웅―

노도의 검이 부러질 듯 떨며 더욱 웅장한 울음을 토해냈다.

평생의 절학으로 간직한 화양칠검식(華陽七劍式)을 아낌없이 펼치자 검기와 검광이 뇌전처럼 쏟아져 나간다.

장청의 얼굴에 언뜻 놀란 기색이 스쳐 지나갔다.

공야승은 비급을 보자 마음이 급해졌고, 상대가 어린 소녀라 얕보았기에 허무하게 당했지만 청명 노도는 그렇지 않았다.

비록 놀랐다고는 해도 억지로 떨리는 마음을 누르고 온 힘을 다해 검법을 펼치니 대적의 경험이 일천한 장청으로서는 당황할 수밖에 없었다.

새끼 호랑이가 늙은 너구리에게 놀라는 격이다.

땅땅땅땅―!

날카로운 쇳소리가 귀청을 찌르고, 새파란 불똥이 어지럽게 날았다.

"이얍!"

장청이 뽀족한 기합성을 터뜨렸다. 자신의 검로가 청명의 검에 가로막혀 뜻대로 뻗어나가지 못하자 발끈 화가 치솟은 것이다.

위이잉—

그녀의 검끝에서 매서운 휘파람 소리가 났다.

검법이 한층 사납고 날카로워졌다.

패도적인 기세가 구름처럼 일어나 청명의 검을 덮어 누른다.

그 막중한 힘과 기세에 청명의 안색이 새파랗게 질렸다.

"이건 과연 그의, 그의 마검이구나!"

그가 발악하듯 소리쳤다.

과연 자신이 알고 있던, 그래서 크게 놀랐던 검법이 틀림없다는 생각과 함께, 지금 장청이 펼치고 있는 검법은 오히려 본래의 그것보다 더욱 흉악한 것이라는 놀람이 겹친 것이다.

따다당—!

그 마검이 청명의 검을 요란하게 두드려 댔다.

검을 타고 밀려드는 한줄기 뜨거운 열기에 청명이 입을 딱 벌렸다.

처음에는 그녀의 검법에 놀랐고, 지금은 신공에 놀란 것이다.

어찌 이 어린 계집애가 벌써 한 몸에 천하를 두려움에 떨게 한 두 가지 신공절학을 지닐 수 있게 된 것인지 의아하고 두려웠지만 더 이상 생각할 수 없었다.

서걱, 하고 살을 가르고 뼈를 쪼개는 소리가 머릿속에 울렸던 것이다.

청명 노도가 눈을 부릅뜬 채 우뚝 섰다. 악문 입가로 한줄기 선혈이 천천히 흐르고, 의혹과 두려움으로 볼이 푸들푸들 떨렸다.

"감히 내 아버지의 몸에 손을 댄 대가다."

장청이 청명 노도의 가슴 깊이 박혀 있는 검을 뽑아내며 스산하게 말했다.

한바탕 소란을 겪고 난 객잔은 아침이 되었건만 아직도 뒤숭숭한 분위기였다.

대악 염창과 철선공자 여상풍은 그 객잔의 구석진 방에 틀어박혀 바깥의 일에 상관하지 않고 있었는데, 두 사람 모두 초조하고 두려워하는 기색을 띠고 있었다.

얼마나 시간이 지났을까, 방문이 벌컥 열리더니 소악 황령이 들어왔다.

"어떻게 됐소?"

여상풍이 일말의 기대를 가지고 성급히 물었지만 황령은 뚱하니 불만으로 볼이 부어터진 채 말이 없다.

"확인해 본 거냐?"

대악 염창이 다시 채근하자 황령이 겨우 입을 열었다.

“그자가 손에 인정을 남긴 덕에 죽지는 않았어도 내상이 엄중해서 꼼짝 못한다오.”

마주 바라보는 염창과 여상풍의 얼굴에 실망이 가득했다.

염창이 맥빠진 음성으로 다시 물었다.

“그럼 표국 사람들 중에 운가 성을 쓰는 다른 사람은 또 없어?”

“그놈 하나뿐이야.”

“결국 헛다리를 짚었다는 얘기로군요.”

여상풍이 혀를 찼다.

그들은 장청과 마찬가지로 표국의 사람들 중에 그날 밤의 복면인이 있다고 여겼다. 그래서 날이 밝기 무섭게 찾아와 표행의 대열에 끼어들었던 것이다. 그리고 운씨 성을 가진 자가 있는지 은밀히 수소문해 보았다.

쟁자수들 중에 운씨 성을 쓰는 청년이 있다는 걸 알고 내심 ‘그러면 그렇지’ 하고 흐뭇했다.

그런데 어젯밤의 소란 중에 그 청년이 장 대인 방에서 복면괴한의 일장에 맞고 중상을 입었다니 낙심천만일 수밖에 없는 것이다.

“이굉팔과 왕상에게 슬쩍 물어보았지, 이상한 점은 없었느냐고.”

“그랬더니?”

“그 둘이 하나같이 운가 꼬마 놈이 그나마 목숨을 건진 게 다행이라고 그러더군. 겁도 없이 괴한에게 달려든 용기만 가상했지 형편없었다는 거야. 제기랄."

"그래서, 확인해 봤어?"

"물론이지. 직접 상처를 살펴보기까지 했소."

"어땠어?"

"가슴에 일장을 맞았는데, 손자국이 아직도 뚜렷합디다. 기혈이 옥당(玉堂)에 꽉 막혀 꼼짝 않고 있으니 그걸 풀려면 한동안 고생할 거야."

"으음……."

말을 들은 여상풍과 염창이 실망한 표정을 감추지 못했다.

소악 황령이 머리를 설레설레 흔들었다.

"장 국주가 쩔쩔매기에 내가 나서서 혈을 풀어봤지."

"그래서?"

"그놈이 어떤 수법을 쓴 건지 지독하기 짝이 없더구먼. 도저히 풀 수가 없지 뭐야. 그러니 장 국주가 난감해하는 것도 이해할 수 있지."

"그래요? 왕상과 이굉팔이라는 자들에게는 가볍게 손을 썼으면서도 어째서 운가 청년에게는 그런 지독한 수법을 쓴 것일까?"

여상풍이 머리를 갸웃거리자 황령이 제 말을 믿지 않는 줄 알고 눈살을 찌푸렸다.

"그거야 알 수 없지. 흉수의 속을 누가 알겠어?"

사실 그때 복면의 괴한 청명 노도는 운몽을 보고 가여운 생각이 들어 가볍게 가슴을 떠민 것에 지나지 않았다. 그러니 운몽이 그처럼 엄중한 내상을 입었을 리가 없다.

여상풍의 말을 듣고 묵묵히 생각에 잠겼던 대악이 다시 물었다.

"목숨에 지장은 없겠더냐?"

"한동안 고생하겠지만 죽지는 않을 거야. 어쩌면 평생 골골거리며 사는 불쌍한 처지가 될지도 모르지만 말이야."

"젊은 친구가 안됐군."

염창이 눈살을 찌푸린 채 혀를 찼다.

"그럼 대체 그 복면의 젊은이는 누구일까?"

"차차 알게 되겠지 뭐."

여상풍이 다시 물었다.

"그 아가씨는 어떻게 하고 있습디까?"

"장청?"

태백쌍악의 얼굴이 어두워졌다.

소악이 탄식하고 말했다.

"방 안에 틀어박혀 꼼짝하지 않는다더군."

"요악한 년."

대악이 부드득 이를 갈았다.

그날 밤 장청이 보여주었던 그 잔혹한 심성과 솜씨를 생각하면 치가 떨리면서도 두려움으로 아직까지 가슴이 서늘했다.

그런 장청의 정체를 아는 자가 아무도 없었다. 표사들은 그저 아름답고 고귀한 소저로 여길 뿐이다.

그녀 또한 사람들의 이목을 의식하지 않을 수 없어서 그렇게 행동하고 있었다.

묵묵히 생각에 잠겼던 여상풍이 탄식과 함께 말했다.

"이곳에 그 청년 기협이 없다면 우리는 지금이라도 당장 떠나는 게 좋겠소. 이건 원…… 스스로 호랑이 굴에 기어들어 온 꼴이니……."

장청을 생각하고 하는 말이다.

소악 황령도 여상풍의 말에 적극 동의했다.

"형님, 여가의 말이 맞소. 그년의 마수가 뻗치기 전에 어서 떠납시다."

第五章
불타 버린 장원

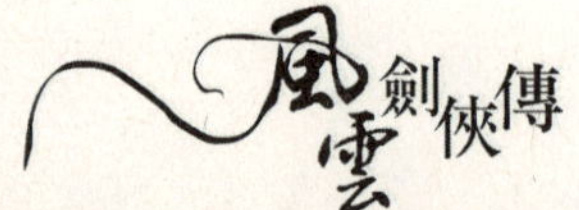

장 대인은 가볍게 혈도를 눌렸던 터라 장문량이 몇 번 주물러 주자 곧 기력을 되찾았다.

괴한이 죽일 마음이 없었기에 망정이지 그렇지 않았다면 지난밤에 이미 유명을 달리했을 것이다.

국주 장문량이 경호에 소홀했던 잘못을 백배 사죄했으나 장 대인은 그 일로 어떤 책망도 하지 않았다.

오히려 자기 때문에 부상을 입은 왕상과 이굉팔을 걱정하고, 운몽에게 좋은 약을 지어 먹이라며 열 냥의 은자까지 내주었다.

장문량과 표사들이 모두 장 대인의 넓은 마음에 감복했음은 물론이다.

아침에 길을 떠나려던 것이 뜻하지 않은 사건으로 지체되어 늦어졌다.

장문량은 거동하지 못하는 운몽을 짐수레에 태우고 길을 재촉했다.

연안에서는 용한 의원을 찾기 힘든 탓에 서둘러 유림(柳林)으로 가서 그를 의원에게 맡길 작정이었다.

그들이 무정하를 건너 유림에 도착했을 때는 한밤중이 되었다.

쟁자수들은 늘 그랬듯이 네 명이 한 조가 되어서 좁은 객방을 가득 메우고 새우잠을 잤다.

새벽이 다가올 무렵. 칠흑 같은 어둠 속에서 미세한 기척이 느껴지더니 창문을 통해 한 사람이 연기처럼 소리없이 스며들었다.

장청이었다.

곤한 잠에 빠져 있는 쟁자수들이 그것을 알 리가 없다.

퀴퀴한 사내들의 냄새가 역겹다는 듯 코를 쥐고 살짝 얼굴을 찌푸렸던 그녀가 운몽에게로 다가갔다.

그의 낯빛은 창백하고 호흡이 고르지 못했다.

잠시 그런 운몽을 내려다보던 장청의 눈이 차갑게 번쩍였다. 그리고 천천히 손가락을 펴 그의 미간으로 가져갔다.

한줄기 실낱같은 내력을 튕겨내기만 하면 운몽은 그 즉시 머리에 구멍이 뚫려 목숨을 잃고 말 것이다.

장청이 붉은 입술을 잘근 깨물었다.

손가락이 파르르 떨리는 것이 내력을 잔뜩 끌어 모은 게 틀림없다.

운몽은 아무것도 모른 채 잠에 빠져 있었다. 이마에 식은땀이 배어 있고, 간간이 고통스러운 신음을 흘릴 뿐이다.

호— 하고 낮은 한숨을 내쉰 장청이 천천히 손을 거두었다. 그리고 이번에는 운몽의 옷자락을 들추었다.

맨 가슴이 드러났다. 그곳에 찍혀 있는 손자국이 붉게 부풀어 있다.

잠시 망설이던 그녀가 가만히 손을 상처 자국에 올려놓았다.

뜨거운 열기가 느껴진 듯 움찔 놀란다.

다시 한 번 운몽의 창백한 얼굴을 내려다본 장청이 갈등했다.

그녀의 머릿속에서는 그 순간에도 두 개의 생각이 수없이 뒤바뀌고 있었다.

'아무래도 의심스러운 이놈을 단번에 죽여 버릴까? 하지만 아니라면? 이놈이 정말 아무것도 모르는 쟁자수에 불과하다면?'

그렇다고 살심을 품은 그녀가 망설일 리는 없을 것이다. 그러나 장청이 쉽게 손을 쓰지 못하고 있는 건 운몽이 한 일 때문이었다.

그는 제 몸을 돌보지 않고 아버지를 위해 복면의 괴한에게 달려들었다가 이처럼 부상을 입었지 않은가.

잔혹한 심성과 솜씨를 감추고 있는 장청이지만 완전히 인성을 잃은 마귀는 아니었던 것이다.

망설이던 그녀가 마음을 정한 듯 가만히 운몽의 상처를 누르고 상태를 느껴보았다.

확실히 내기(內氣)가 옥당혈에 뭉쳐서 제대로 소통되지 않고 있었다.

속히 어혈을 풀고 기운이 소통되게 해주지 않는다면 오래 고생할 것이다.

'아니었단 말인가?'

그런 생각이 들었다. 그녀 또한 운몽을 의심하고 있었던 것이다.

그날 밤 황제릉에서 싸워보았던 놈은 자기가 상대할 수 없을 만큼 뛰어난 고수였다.

그런 자가 복면의 괴한을 가장한 청명 노도 따위에게 당해 이처럼 중한 부상을 입었을 리가 없다.

낮게 한숨을 내쉰 장청이 쓴웃음을 짓고는 품에서 한 알의 환약을 꺼내 운몽의 입 안에 넣어주었다. 그리고 다시 한 번 그를 바라보더니 창문을 통해 소리없이 빠져나갔다.

그녀가 사라지자 운몽이 눈을 떴다.

빙긋 웃은 그가 물고 있던 환약을 뱉어내고 옷자락을 여몄
다.

"고약한 아가씨로군. 외간 남자의 가슴을 주물러 놓고는
옷도 안 여며주고 그냥 가버리다니. 쯧쯧……."

날이 밝자 장문량은 운몽을 의가에 데려다 놓았다. 유림 성
중에서도 용하기로 이름난 의원이라니 조금은 마음이 놓이기
도 했다.

"부상을 입은 너를 이렇게 두고 간다는 게 영 마음에 걸린
다."

장문량의 말에 운몽이 고통을 참고 웃어 보였다.

"표행에 짐이 될 뿐이니 그렇게 하시는 게 당연한 일입니
다."

"어혈을 풀었다만 이상하게도 막혀 있는 기운은 풀 수가
없구나."

"그자의 손속이 워낙 악독했던 모양입니다. 하지만 이곳의
의원이 용하다니 무언가 방법이 있겠지요."

"이곳에서 정양하고 있어라. 돌아오는 길에 들러서 표국으
로 데려가마."

"그전에라도 상처가 완쾌되면 곧 뒤따라가겠습니다."

운몽이 침상에 누운 채 포권했다.

측은해하는 눈길로 그를 바라보던 장문량이 탄식하고 돌

아섰다.

다음날, 예정대로 표행은 태원부(太原府)를 향해 떠났다. 그러자 의가에 홀로 남겨졌던 운몽이 자리를 털고 일어났다.

"어쩌려고 이러나? 아직 그렇게 움직여서는 안 되네."

늙은 의원이 깜짝 놀라 말리자 운몽이 멀쩡해진 얼굴로 환하게 웃었다.

"선생님의 의술이 고명하긴 고명한 모양입니다. 하루 침을 맞고 약을 먹었더니 거뜬해지는군요."

"그래?"

의원이 좋아하면서도 미심쩍은 눈길을 보낸다.

운몽이 보란 듯이 팔다리를 힘차게 흔들고 옷자락을 풀어 가슴을 드러냈다.

붉게 찍혀서 부풀어 있던 손자국이 말끔하게 사라지고 없다.

의원이 그것을 보며 흐뭇하게 웃었다.

"허허, 하긴 내 침술이면 고치지 못하는 병이 없지. 자네는 나같이 용한 의원을 만나게 된 걸 행운으로 알게."

그는 한동안 이 일을 자랑 삼아 떠들 것이다.

'잘된 일이다.'

의가를 떠나며 운몽은 그렇게 스스로에게 말해주었다.

그동안 표국 사람들과 정이 많이 들었지만 처음부터 표사 노릇을 하며 살 생각은 없었다.

결국 떠나야 할 때인데 절묘하게 시기가 맞은 것이다.

운몽은 표행에 더 이상 어려움은 없을 것이라고 생각했다. 태백쌍악과 철선공자 여상풍이 동행하고 있지 않은가.

물론 장청이 흉성을 드러낸다면 그들은 물론 낙성표국의 식구들 모두가 위험할 것이다.

하지만 자신을 감추어야 하고, 목적지인 혼원현까지 가는 동안 표국의 힘을 빌려야 하는 그녀가 어리석게 그런 짓을 할 리도 없다.

굳이 그녀가 살수를 펼친다면 그 대상은 태백쌍악 등이 될 것이다.

잠시 생각하던 운몽이 빙긋 웃었다.

그녀가 적어도 목적지에 다다를 때까지는 아무 짓도 하지 않을 것이라고 믿었기 때문이다.

'그것을 알기에 태백쌍악과 철선공자는 아직 표국 사람들과 섞여 있는 거야. 지금으로서는 그게 가장 안전한 길이라는 걸 그들이 생각하지 못할 리가 없지.'

그들은 강호에서 닳고 닳은 노련한 사람들이라 목적지에 도착하기 전에 미리 몸을 뺄 것이고, 함부로 떠들고 다니지 못할 게 분명했다.

그날 밤 황제릉 앞에서 했던 그녀의 지독한 말을 잊을 리가 없지 않은가.

'그녀의 정체가 뭘까?

다시 그런 궁금증이 들었다.

아름답고 고귀해 보이는 그녀의 심성이 그처럼 악독해진 데에는 원인이 있을 것이다.

운몽은 이제 홀가분해진 몸으로 그녀를 지켜보기로 했다.

그녀가 지니고 있다는 비급 따위에 대한 관심은 처음부터 없었다.

다만 그녀가 가지고 있다는 비급을 한 번 보고 싶은 마음이 있을 뿐이다. 그 안에 삼양신공이 있다니 그렇다.

혹시 그것이 정말 사문의 신공구결이라면 이렇게 세상에 돌아다니도록 방관할 수 없기 때문이었다.

그럴 리가 없다고 믿지만, 만에 하나라도 사문의 절세신공이 마두의 손에 들어가 악용된다면 그자를 제거하고 신공을 회수해야 할 것 아닌가.

운몽은 강호에 나온 이상 그것이 제가 마땅히 해야 할 일이라고 여겼다.

혈영자를 찾아 제거하라는 사부의 명령 못지않게 중요한 일인 것이다.

'사부님이 이 일을 아시면 어떤 표정을 지을까?'

불쑥 그런 엉뚱한 생각이 들었다.

여전히 바위처럼, 나무처럼 무표정한 얼굴로 멍하니 난간 아래만 바라보고 있을지, 아니면 길길이 날뛰며 욕을 해댈지…….

*   *   *

항산은 산서성 혼원현에 위치하여 북강(北疆)에 웅크리고 있고 남쪽으로는 연조(燕趙:화북 일대)에 잇달아 있다.

원래 도교의 성지로 꼽히던 명산이던 것이 세월과 함께 점차 변하여 지금은 불교의 사찰과 기운이 성한 곳으로 바뀌었으니, 남악 형산과 같은 변화를 거친 것이다.

당대(唐代)의 시인 가도(賈島)는,

―천지에 오악이 있거늘 항악이 북쪽에 위치해 있도다. 암(岩)이 중첩만장(重疊萬丈)이고 기이함을 알 수가 없구나.

라고 항산의 빼어난 산세를 읊었다.

주봉은 혼원현 남쪽에 우뚝 솟은 두 개의 산봉우리인데 천봉령(天峯嶺)과 취병봉(翠屛峯)이라고 한다.

그 두 봉우리가 구름 속을 찌르고 들어가 도끼로 찍고 칼로 다듬은 듯한 가운데 금룡협(金龍峽)이 있으니, 천 길의 깎아지른 골짜기 사이로 맑고 급한 물이 흘러 산을 더욱 고요하고 깊게 해주었다.

북악으로 불리는 항산(恒山) 기슭에는 다섯 개의 현이 있는데, 혼원현(渾源縣)은 그중 가장 크고 번화한 곳이다.

항산을 찾는 사람들이 반드시 거쳐가야 하는 곳이었기에
숙박업과 요식업을 중심으로 한 상업이 번창했고, 불교적인
분위기가 짙었다.

그 혼원현에서 남동쪽으로 오십 리 떨어진 곳에 잠촌(蠶村)
이라는 작은 마을이 있다.

깊은 산에 파묻힌 듯한 곳으로써 금룡협에 이웃해 있고, 각
운사(刻雲寺)라고 하는 고찰(古刹)이 있어서 조용하고 아늑한
중에 경건한 기운이 떠도는 촌락이다.

장 대인이 새로 장만한 장원은 바로 그 잠촌 위쪽, 금룡협
입구가 바라보이는 절벽 위에 있었다.

2

밤이 깊어갈수록 적막함이 더해진다.

낯선 곳의 낯선 객방에서 홀로 밤을 맞는다는 건 쓸쓸한 일
이지만 운몽에게는 이제 익숙해진 일이기도 했다.

이곳에 오기 전, 혼원현 성중에서 하루를 묵었을 때 점소이
에게 은근히 물어본 바로는 낙성표국의 표사들이 서안으로
돌아간 지 열흘이 되었다고 했다.

그렇다면 이제 마음 놓고 돌아다녀도 될 것이다. 알아보는
사람이 없을 것이기 때문이다.

운몽은 내일 날이 밝으면 한번 잠촌에 있다는 장 대인의 장

원에 가볼 생각이었다.

장 대인의 가족 눈에만 띄지 않는다면 아무도 의심하지 않을 것이다.

운몽이 굳이 이곳에 온 것은 장청이 지니고 있다는 현천도련의 비급이 과연 제 사문과 연관이 있는지 확인하려는 것 외에도 또 하나의 목적이 있었다.

바로 그녀의 악독한 심성을 제어해 주어야 한다는 생각이 그것이다.

여살성(女殺星) 하나가 홀연히 나타나 강호를 피로 씻게 놔둘 수는 없는 일 아닌가.

만약 현천도록이 사문과 관계있는 비서(秘書)이고, 그래서 그녀가 사문의 신공을 익혀 그것으로 악행을 저지른다면 그건 사조들의 명예를 더럽히는 일이고, 사문을 모욕하는 일이 될 테니 더욱 막아야 한다.

운몽은 만약 그런 일이 일어난다면 그때는 어쩔 수 없이 그녀를 제거해서라도 많은 사람이 피 흘리는 일이 없도록 해야 한다고 생각했다.

그게 짓궂은 사부에게서 배운 협의지도였고, 사부가 늘 중얼거렸던 도(道)의 아름다움이라고 믿었다.

반정도관에 있을 때는 그리 심각하게 생각하지 않았는데, 강호에 나와 몇 달을 지내보니 운몽에게는 새삼 사문에 대한 사명감이 생겼다.

소림이나 무당, 화산, 아미 같은 거대한 문파는 아니더라도 자기에게는 반정도관이 있고 광명진인이 있으니 꿀릴 게 없다는 생각도 갖게 되었다.

홀로 세상에 나오자 제가 살던 곳과, 많이도 다투었던 사부에 대한 애정이 더욱 커졌던 것이다. 그래서 벌써 그리워지기도 한다.

그리고 그런 생각의 끝에는 항상 운지가 있었다.

아미산이 그녀 때문에 더 그리워지고, 때때로 그녀를 잊는 일이 생긴다는 게 더욱 미안해진다.

이런저런 생각들로 쉽게 잠들지 못하고 뒤척이는데 옆방에 새로운 사람이 드는 기척이 들려왔다.

이 깊은 밤중에 객잔에 든 사람들은 그 말투로 보아 강호인이 분명했다.

운몽은 호기심으로 귀를 기울였다.

'어리석은 사람들. 기껏 낡은 책 한 권에 현혹되어 부나방처럼 달려드는구나.'

그런 탄식이 절로 나왔다.

그들 또한 이곳에 오면서 마주쳤던 많은 고수들처럼 장청이 지니고 있다는 현천도련의 비급을 노리고 왔을 것이기 때문이다.

걸걸한 음성으로 한 사람이 무어라고 말하자 다른 사람이 대꾸했다.

각기 다른 음성들로 보아 모두 네 사람이 한 방에 둘러앉아 있는 것 같았다.

"제기랄, 헛걸음만 하다니."

"어떻게 된 일일까? 설마 장 대인과 그 가족들이 모두 불에 타서 죽은 건 아니겠지?"

"누가 알겠어? 도처에 흩어져 있는 게 불타 죽은 시체들인데다가 심하게 그슬려서 알아볼 수가 없으니 말이야."

"벌써 이틀이나 지났다는데도 그 고약한 냄새가 아직도 남아 있었으니……."

낮은 탄식 소리가 들리고 다른 자가 말을 받았는데, 보지 않아도 부르르 몸을 떨고 있다는 걸 알 수 있는 음성이었다.

"게다가 짐승들이 뜯어 먹어서 그야말로 눈뜨고 봐줄 수 없이 끔찍한 광경이었어. 나는 더 생각하기도 싫다."

"소문에 그 딸이 아주 아름답다던데 참 아깝게 되었어. 조금만 기다렸더라면 내가 기쁘게 해주었을 텐데 말이야. 히히―"

"대체 어쩌다가 그렇게 되었을까?"

"보물이 명을 재촉한 거지. 에휴, 그나저나 헛물만 잔뜩 켜고 돌아가게 생겼으니 우리들 장성사호(長城四虎)의 꼴이 우습게 되었군."

"우리뿐이겠어? 보물을 노리고 달려왔던 정사 양도의 무리들이 모두 닭 쫓던 개꼴이 되어서 돌아갔으니 생각해 보면 재미있지 뭐야."

그들의 말에 귀를 기울이고 있던 운몽은 깜짝 놀랐다.

'장 대인의 장원이 불에 타고 그 식솔들이 모두 죽었단 말인가?'

그런 의문과 놀람 때문에 낯빛마저 창백해졌다.

옆방에서는 자신들을 장성사호라고 한 자들의 말이 계속 이어졌다.

"그나저나 그렇다면 그렇게 잔인한 짓을 한 흉수가 누구일까?"

"그걸 알 수 있다면 보물의 행방도 자연히 알게 될 텐데 참 아쉽군."

"행한 짓으로 보아 아마도 심성이 잔혹한 흑도의 마두일 것이다."

"그렇다면 알아봐야 해만 될 뿐이야. 우리는 그만 돌아가는 게 좋겠어."

그자들은 산서의 북쪽 끝, 장성을 지키는 관문인 대동(大同)을 근거지로 삼아서 장성을 넘나들며 온갖 못된 짓을 다 하는 자들이었다.

스스로는 장성사호라고 그럴듯하게 부르지만 장성을 넘나드는 대상(隊商)의 무리는 '시체의 냄새를 쿵쿵거리는 네 마리 개'라는 뜻으로 취시사구(臭屍四狗)라고 부르며 경멸했다.

사막의 모래언덕 너머에 엎드려 있다가 만만하게 보이는 대상들을 덮쳐서 약탈과 살인을 일삼고, 무리에 여인이 끼어 있으면 욕보이는 짓을 서슴지 않았기 때문이다.

그런 자들이 우연히 현천도련의 비급에 대한 이야기를 듣고 자신들에게도 운이 있지 않을까? 하는 허황된 꿈을 품고 이곳까지 왔던 것이다.

낄낄거리며 잡담을 늘어놓던 자들이 기어이 음담패설로 이야기 방향을 잡아나가자 운몽은 더 엿듣기를 포기하고 살며시 방에서 빠져나왔다.

장 대인의 장원이 정말 불에 타서 재가 되었는지, 그 가족들이 모두 죽었는지 당장 확인해 보지 않고는 견딜 수 없었던 것이다.

'설마 장청도 타 죽었단 말인가? 그렇다면 대체 누가 그녀를 그렇게 했을까?

경신법을 발휘하여 바람처럼 달려가면서도 그런 의문이 떠나지 않았다.

그녀가 황제릉에서 태백쌍악 등 흑도의 일류고수들을 상대하던 모습이 생생히 떠올랐다.

그 많은 고수들을 혼자서 마치 고양이가 쥐 놀리듯 하지 않았던가.

그런 장청을 죽이고 장원에 불을 질렀다면 그자는 그녀보다 몇 배 더 악독한 심사를 가지고 있는 마귀일 것이며, 무공 또한 상상할 수 없이 높은 자일 거라고 생각하지 않을 수 없다. 그러자 궁금증과 함께 조급한 마음이 더 크게 일었다.

운몽은 두 발에 더욱 힘을 불어넣어 어둠 속으로 쏜살같이 달려나갔다.

잠촌은 깊은 잠에 빠져서 적막하리만큼 고요했다.

운몽은 행여 자신의 행적이 드러날까 봐 조심하며 천천히 금룡협 입구로 다가갔다.

어둠 속에 칼로 깎아낸 듯 우뚝 솟아 있는 절벽이 보였다.

들은 바로는 그 위에 장 대인의 장원이 있어야 하는데 지금은 아무것도 보이지 않았다.

가까이 다가갈수록 바람 속에서 매캐한 냄새가 맡아진다.

절벽 위로 오르려던 운몽이 움찔하더니 급히 울창한 숲 속으로 뛰어들었다.

잠시 후 가볍게 옷자락 날리는 소리와 함께 몇 사람이 바람처럼 숲을 지나 달려갔다.

운몽은 오늘 밤 이곳에 찾아온 사람이 더 있다는 걸 알고 더욱 조심했다.

몸을 숨기며 은밀히 절벽을 타고 올라가자 과연 어둠 속에 처참하게 변한 장원의 잔해들이 드러났다.

장성사호의 말로는 불이 난 지 이틀이 지났다고 했다.

그리고 몇몇 정사 양도의 고수들이 은밀히 다녀갔다지 않던가.

그렇다면 지금 저곳을 뒤져 봐야 쓸 만한 단서는 아무것도 나오지 않을 게 뻔했다.

운몽은 마음이 쓰라렸다. 자신이 며칠만 더 일찍 왔더라도 이와 같은 참상이 벌어지는 걸 막을 수 있었을 것이라는 생각 때문이다.

어째서 그 악독한 소녀의 모습이 자꾸 눈에 어른거리고, 이처럼 폐허가 된 장원의 모습을 보며 가슴이 아파오는 건지 어리둥절해지기도 했다.

장 대인은 여생을 조용하고 안락하게 보내기 위해 관직마저 버리고 이 궁벽한 산골로 이사 오지 않았던가.

그런데 고작 엿새 남짓을 살았을 뿐, 새 장원에 적응하기도 전에 그만 참변을 당하고 말았으니 인생이라는 게 너무 허무하다는 생각도 들었다.

그런 생각을 하며 끔찍한 현장을 서성이던 운몽이 한곳을 바라보았다.

캄캄한 밤중이고 온통 불에 타 시커멓게 변한 잿더미들뿐인데, 그 속에서 흐린 달빛을 받아 반짝이는 무엇이 있었다.

밝은 날이었다면 아무리 주의해 보아도 보이지 않았을 것인데, 이처럼 어둡기 때문에 드러났던 것이다.

운몽은 혹시 단서라도 되는 게 아닐까, 하는 마음에 급히 그곳으로 다가갔다.

시커멓게 그슬리고 무너져 겹겹이 쌓인 서까래 틈에서 반짝이는 빛이 비치고 있었다.

그것을 손에 넣고 입김을 불어 재를 털어내자 반짝이는 빛이 더욱 영롱해졌다.

정교하게 조각된 금장식이었다. 손톱만 한 크기로 만든 봉황에 몇 개의 쌀알만 한 홍보석을 박아 넣었고, 고리가 달려 있는 것이 여자들의 장신구가 틀림없었다.

귀고리인 것이다.

이처럼 귀한 귀고리를 지니고 있는 여자라면 보통 신분이 아닐 것이고, 젊은 여자일 게 틀림없다.

운몽은 그렇다면 장청이라고 속으로 외쳤다.

장 대인의 이 장원에서 그녀밖에는 이러한 장신구를 몸에 지닐 사람이 없을 것이기 때문이다.

작은 귀고리를 손바닥에 올려놓고 바라보는 운몽의 가슴이 두근거렸다. 그녀의 귀한 패물이 잿더미 속에 떨어져 있으니 그녀는 정말 죽은 모양이라는 생각이 들어 안타깝기도 했다.

운몽이 귀고리를 손에 쥐고 멍하니 서 있는데 저쪽에서 인기척이 들려왔다. 운몽은 마치 죄지은 사람처럼 화들짝 놀라 급히 귀고리를 품에 넣고 어둠 속으로 몸을 날렸다.

"아, 이곳은 정말 지옥을 옮겨다 놓은 것 같군요. 나는 너무 무서워요."

뾰족한 소녀의 음성이 들렸으므로 어둠 속에 웅크리고 있던 운몽이 호기심을 품고 바라보았다.

"사매, 그러기에 내가 뭐랬어. 객잔에서 기다리고 있으라고 했잖아."

"하지만 혼자서 객방에 앉아 있는 것도 무섭단 말이에요."

"하하, 이 형제, 아무리 무공이 뛰어나다고 해도 사매는 여자가 아닌가. 무서워하는 게 당연하니 너무 타박하지 말게나."

"곡 형의 말이 맞소. 그러니 우리는 여자들을 저만큼 떨어진 곳에 있게 하고 우리끼리 조사해 봅시다."

그들의 말에 다른 여인이 핀잔을 주었다.

"흥! 담 공자와 곡 사형은 여자를 무시하는군요?"

"어이쿠, 여기 여중호걸이 한 분 계셨지. 깜빡 잊었지 뭐야. 하하하— 미안하오, 상 소저."

그들은 모두 다섯 명의 젊은 남녀였다.

운몽은 그들이 자기와 마찬가지로 장 대인의 장원이 참변을 당했다는 소리를 듣고 호기심과 모험심이 발동해서 이 깊은 밤중에 여기까지 달려왔으리라고 추측했다.

운몽은 바위 뒤에서 가만히 얼굴을 내밀고 안력을 돋우어 새로 나타난 그들의 면모를 살펴보았다.

비록 칠흑 같은 어둠 속이었지만 그는 심후한 내공 덕에 이십여 장의 어둠을 뚫고 그곳에 서 있는 다섯 사람의 모습을 알아볼 수 있었다.

3

삼남이녀였는데, 그들은 모두 이십대의 영준한 젊은이들이었다.

사내들은 하나같이 기상이 늠름했으며 이목구비가 뚜렷한 것이 젊은 영웅의 기개를 드러내 보였다.

두 소녀 중 한 명은 붉은 옷 위에 역시 붉은 피풍을 두르고 있어서 마치 붉게 물든 단풍나무 한 그루가 서 있는 것 같았다.

남색의 경장 차림인 다른 한 소녀는 옷차림이 수수하고 검소했지만 그것이 타고난 그녀의 아름다움을 가리지는 못했다.

뭇 청년들의 마음을 설레게 할 두 소녀의 아름다움에는 차이가 있었다.

붉은 옷의 소녀가 도도하고 오만한 기상을 한껏 드러내고 있다면, 남색 옷의 소녀는 때 묻지 않은 순진함을 간직하고 있었던 것이다. 그것은 그녀들의 옷차림과 태도에서도 잘 드러났다.

세 명의 청년 중 이 형이라 불린 자는 강호에 이름 높은 태을산장의 사람으로서 태을신군(太乙神君) 장무혁(張武赫)의 제자인 이청풍(李淸風)이다.

태을산장은 안휘성 제일의 백도 문파로 정파를 이끄는 한 개의 기둥이었다. 그러니 태을신군의 제자인 그는 만만치 않은 후기지수가 분명했다.

태을신군에게는 두 명의 제자가 있는데 바로 이청풍과 남색 경장의 소녀인 채시화(蔡始華)인 것이다.

담 공자라는 자는 담옥상(憺玉祥)인데, 절강성 북쪽 끝에 있는 막간산(莫干山) 천웅보(千雄堡)의 공자였다.

정파무림에서는 일보(一堡) 일장(一莊)이라고 해서 태을산장과 함께 천웅보의 위세가 여타 문파 못지않게 대단한 곳이다.

곡 사형이라고 불린 청년은 곡수린(谷水潾)으로, 화산파의 이대제자들 중 촉망받고 있는 기재이니 더 말할 것 없고, 붉은 옷의 소녀 상문경(商雯慶)은 강호의 여협으로 이름 높은 풍화곡주(楓華谷主) 교채려(喬彩麗)의 전인이었다.

교채려는 검법의 절정고수로 이름 높은 여걸이다.

그녀의 검법은 괴이 신랄하고 기묘 냉혹한 데가 있어서 강호의 일절로 꼽혔다.

게다가 성품이 열화 같고 추상같아서 사마의 무리들을 보는 족족 가차없이 죽였으므로 강호인들 사이에 독심선자(毒心仙子)라는 아름답지 못한 이름으로 불리기도 한다.

제 사부의 성품마저 고스란히 물려받아서 깐깐하고 화통한 상문경이 옷소매를 걷어붙이며 씩씩하게 말했다.

"시화야, 너는 여기서 기다리고 있으렴. 나는 저 철없는 공자님들을 도와서 단서를 찾아보겠어."

"언니, 저곳은 너무 끔찍해요. 이미 불에 타서 다 없어졌을 텐데 그냥 돌아가면 안 될까요?"

"모르는 소리. 이처럼 큰 사건이 일어났다면 더욱 세밀하게 조사해서 흉수를 밝혀내야 하는 거야. 그래서 반드시 그자를 잡아 제거해야 해. 그러지 않으면 그 나쁜 놈이 어디에서인가 또 이와 같이 참혹한 짓을 벌이지 않겠어?"

"하지만……."

"걱정하지 마. 누가 감히 우리들에게 시비를 걸겠니? 흥! 만약 그러는 자가 있다면 내 풍설검법(風雪劍法)의 맛을 톡톡히 보아야 할 거다."

홍의녀가 짐짓 오만하게 턱을 치켜들고 날카롭게 말했다. 만약 어둠 속에 숨어서 자신들을 엿보는 자가 있다면 똑똑히 들어두라는 듯했다.

그녀의 말에 세 청년이 소리 내어 웃었다.

"하하하, 상 소저의 호방함에는 과연 우리들이 따라가지 못하겠소."

"악귀나찰이라고 해도 사매의 말을 들으면 오금이 저려서 달아나고 말겠는걸? 하하하―"

크게 웃은 그들이 천천히 폐허 속으로 걸어 들어가 이곳저곳을 뒤지기 시작했다.

운몽은 상 소저의 호기로운 말을 듣고 쓴웃음을 지었다.

'저 붉은 옷의 소녀는 꽤나 자신만만하군. 과연 그럴 만한 실력이 있는지 궁금해지는걸?'

그가 그렇게 생각하는 것은 이곳에 그들 말고도 여러 명의 사람들이 몸을 숨긴 채 지켜보고 있다는 걸 알기 때문이었다.

잠깐 사이에 그들 세 명의 청년과 홍의소녀는 반쯤 무너진 담 너머로 사라져 보이지 않게 되었다.

그들의 담력은 정말 큰소리칠 만해서 곳곳에 흩어져 있는 참혹한 주검들을 뒤지고 확인하면서도 조금도 두려워하지 않았다.

"애석하다, 애석해."

폐허를 살피며 돌아다니던 천웅보의 공자 담옥상이 안타깝다는 듯 말했다.

상문경이 즉시 실쭉해진 눈으로 그를 쏘아보며 핀잔을 주었다.

"왜? 장 소저의 미모가 대단한데 일찍 죽어서?"

"아니, 내 말은 그게 아니고……."

"흥! 애석할 만도 하지. 그 아름답던 소저가 불에 타서 흉한 꼴이 되었을 테니까. 어쩌면 저기 저 시체가 그녀인지도 모르겠군. 가서 확인해 볼 테야?"

그녀가 가리키는 곳에는 과연 불에 그슬려 심하게 훼손된 시커먼 주검이 무너진 담벼락에 깔려 있었다.

누가 보든 비위가 상할 만큼 끔찍한 모습이지만 상문경은 아랑곳하지 않았다.

담옥상이 울상을 지었다.

"내 말은 장 대인이 죽었다면 우리는 비급을 구경하기 힘들어졌으니 그게 애석하다는 것이야."

"하긴……."

더 이상 그를 곤란하게 하고 싶은 마음이 없었던지 상문경이 머리를 끄덕였다. 담옥상이 안도의 숨을 쉬고 말했다.

"흉수가 이처럼 불을 질러 증거가 될 만한 것들을 남기지 않고 모두 태워 버린 건 누구도 자기를 찾지 못하도록 하려는 것이겠지. 그리고는 아무도 알지 못하는 곳에 숨어서 비급의 무공을 연마할 거야."

한쪽에서 묵묵히 생각에 잠겨 있던 화산파의 젊은 도사 곡수린이 한숨을 쉬고 천천히 말했다.

"담 형의 말이 옳아. 그 흉수는 아마도 대단히 치밀하면서 무공 또한 측량할 수 없이 높은 자였을 거야. 그렇다면 우리는 그를 찾을 수도 없겠지."

그의 낯빛이 어두워졌다.

곡수린은 할 수 있다면 자기가 그 현천도련의 신서를 얻어서 사문으로 가져가고 싶었다.

현천도련이 같은 도가 계열의 신비 문파이니 그 신서에는 세상에 알려지지 않은 도가의 심오한 공부가 담겨 있을 게 틀림없기 때문이다.

그래서 그는 그 비급을 속인이 얻는 것보다 화산파와 같이 도가의 중심에 있는 명문정파가 얻어 연구하는 게 더 유용하다는 생각을 하고 있었던 것이다.

"큰일이야."

태을산장의 이청풍이 탄식했으므로 모두 그를 바라보았다.

"이처럼 흉악한 자의 손에 비급이 들어갔다면 장차 강호에 큰 우환이 닥칠 텐데 그 일이 걱정이구나."

그의 말에 모두의 안색이 침울해졌다.

그때 어둠 속에 숨어 있던 몇 사람이 슬며시 그들에게 다가갔다.

경공신법이 뛰어나 살랑거리는 바람이 불 듯 은밀히 다가가는 그들의 기척을 이청풍 등은 까맣게 모르고 있었다.

혼자 멀리 떨어진 곳에서 두려움으로 몸을 웅크리고 있던 남색 경장의 소녀 채시화가 그것을 보고 깜짝 놀라 소리쳤다.

"조심해요!"

그녀의 외침이 미처 끝나지도 않았을 때 시커먼 그림자 하나가 소리도 없이 허공을 날아 그녀에게 덮쳐들었다.

뒤늦게 그것을 본 채시화가 아! 하는 외침을 터뜨렸다.

그와 동시에 이청풍 등도 소리없이 다가온 자들의 기습을 받았다.

경황 중에도 채시화는 민첩한 반응을 보였다.

두려움으로 오돌오돌 떨고 있던 모습과는 전혀 다르게 침착하게 대응했던 것이다.

"호호호, 앙탈해 봐야 소용없다."

흑의괴인이 음침한 소성을 흘리며 두 손을 뻗어 그녀의 어깨에 있는 견정혈(肩井穴)과 옆구리의 기문혈(期門穴)을 잡아졌다.

"저리 비켜!"

채시화가 날카롭게 소리치며 즉시 한 가닥 암경을 뽑아 좌우로 무찌르며 몸을 피했다.

그녀가 열 손가락을 빠르고 교묘하게 튕겨 괴인의 수법을 끊고 찌르며 할퀴어댔는데, 태을신군 장무혁의 절세장법인 뇌궁칠장(雷弓七掌) 중 탄뇌성하(彈雷星河)라는 초식이었다.

희고 가녀린 손가락을 튕길 때마다 쉿, 쉿, 하는 바람 소리가 허공을 가른다.

"핫하! 어린것이 제법이구나!"

괴한이 소맷자락을 펄럭여 채시화의 지력을 털어내며 껄껄 웃었다.

채시화는 괴한의 옷자락이 두 손을 감쌀 듯하자 재빨리 수법을 바꾸어 뇌기타봉(雷氣打峯)의 초식으로 응수했다. 그러자 나약한 소녀의 장력이라고는 믿기 힘든 막강한 기운이 날카롭게 뻗어나가 괴한의 손목에 있는 양지혈(陽地穴)을 두드리고 가슴 앞 기사혈(氣舍穴)에 타격을 가했다.

괴한은 감히 소녀라고 얕보지 못하고 급히 몸을 피하며 두 손을 어지럽게 휘둘러 사방으로 잠력을 뿌려댔다.

"태을신군의 장법이 무림일절이라더니 헛말이 아니었구나!"

그가 채시화의 솜씨에 감탄해서 소리쳤다.

하지만 여전히 그녀를 핍박하는 것이, 태을신군의 뇌궁칠장은 두려워할망정 일개 소녀의 솜씨에 대해서는 조금도 꺼려하지 않는다는 듯했다.

흑의괴한은 사십대의 강퍅하게 생긴 사내였다. 손속이 매섭고 장력에 깃들어 있는 내력이 고강한 것이 결코 이름없는 잡배는 아니었다.

운몽은 어둠 속에 숨어서 채시화와 괴한의 싸움을 흥미있게 훔쳐보았다.

연약하고 부끄러움 많아 보이는 채시화가 의외의 상대를 만나 꿋꿋하게 십여 초를 버티고 있다는 게 대견하고 의아한 일이었다.

폐허 위에서도 한바탕 드잡이가 벌어지고 있었는데, 그들의 싸움은 채시화 쪽보다 더 흉흉하고 위태로웠다.

이청풍 등 네 명의 남녀를 덮친 건 한 명의 노인과 두 명의 장한이었다. 그들이 갑자기 달려들어 손을 썼으므로 네 남녀는 영문을 몰라 어리둥절했다.

"대체 무슨 이유로 이러는 거요?"

이청풍이 몸을 기울여 매부리코 장한의 주먹을 흘려보내며 버럭 소리쳤다.

"호호호, 저승에 가면 먼저 온 놈들이 있을 테니 그놈들에게 물어보아라."

장한이 다짜고짜 살수를 펼쳐 핍박했으므로 이청풍은 크게 노했다.

"이런 경우도 없는 인간들이 있나!"

그가 노성을 터뜨리며 채시화와 마찬가지로 사문의 장법을 펼쳐 장한을 상대했다.

그가 사용하고 있는 것은 뇌궁칠장과 함께 태을신군의 절세장법인 십지한매장(十指寒梅掌)이라는 것이었다.

뇌궁칠장이 주로 장력의 웅장함과 두 손의 기묘함이 조화를 이루어 서서히 상대를 핍박하는 것이라면 십지한매장은 민첩한 몸놀림으로 들어오고 나가는 걸 자유롭게 하며 비각(飛脚)과 비솔(飛捽)을 주로 하는 경쾌한 수법이었다.

키가 훤칠하게 크고 날렵한 몸매를 가진 이청풍이 번개처럼 두 발을 번갈아 걷어차는 모습은 급박한 중에도 상쾌하고 깨끗해서 아름답기까지 했다.

십지한매장을 제대로 펼치기 위해서는 상대와의 거리를 자유롭게 조절할 수 있어야 했다. 그러므로 무엇보다 민첩한 신법이 중요했는데, 이청풍의 몸놀림은 그러한 비결을 충실히 따르고 있었다.

회오리치는 바람처럼 거침없이 들고 나며 걷어차고 때리는 솜씨가 자로 잰 듯 정확해서 장한은 일시에 그를 어쩌지 못하고 쩔쩔맸다.

第六章
인연을 맺다

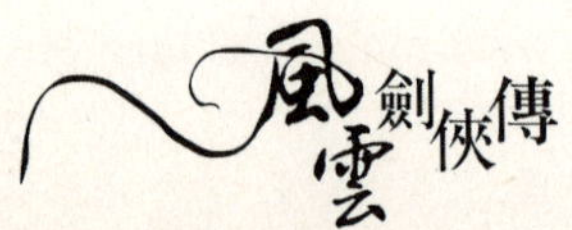

1

"염치도 없는 것들 같으니! 오늘 내 손에 죽어봐라!"

한쪽에서 상문경의 앙칼진 외침이 들려왔다.

그녀는 어느덧 손에 번쩍이는 보검을 뽑아 들고 날카로운 기합성을 터뜨리며 또 한 명의 장한을 급히 몰아치고 있었다.

그녀를 상대하고 있는 자는 몸집이 통통하고 작은 삼십대의 사내였다.

그자가 음흉한 웃음을 흘리며 이죽거렸다.

"흐흐흐, 멀리서 볼 때보다 가까이에서 보니 더욱 예쁘구나. 앙칼진 것까지 이 어르신의 마음에 꼭 든다."

"죽일 놈 같으니!"

장한의 경박한 말과 음흉한 눈길이 상문경을 더욱 화나게
했다.

그렇지 않아도 제 사부를 닮아 괄괄하고 성미 급한 그녀인
데, 희롱을 당하자 너무 화가 나서 미칠 것 같았다.

"어디, 심장에 구멍이 뚫리고서도 그 더러운 주둥이를 놀
리는지 보자!"

그녀가 표독스럽게 외치며 인정사정없이 검을 내뻗었다.
검봉이 그것에 실린 내력을 감당하기 힘든 듯 부르르 떨리며
매화꽃처럼 활짝 퍼져서 한순간에 다섯 방위를 찍었다.

싯, 싯, 거리는 매서운 바람 소리가 들렸을 때 그녀의 검은
어느새 장한을 으스스한 검광의 그물 속에 가두고 어지럽게
떨어지고 있었다.

"좋아, 좋아. 이 어르신께서 앙탈이 심한 아가씨를 더 좋아
한다는 걸 어떻게 알았지?"

장한이 여전히 천박한 소리를 하며 부지런히 두 손을 놀려
움키고 밀어냈다.

그때마다 한줄기 음산한 장력이 뻗어 나와 상문경의 가슴
을 서늘하게 했다.

상문경은 숫구치는 화를 참지 못하고 펄쩍펄쩍 뛰었다.

목숨이 오락가락하는 중에도 장한의 음흉한 눈길이 자신
의 몸을 핥아대고 있었기 때문이다.

매끄러운 목에서 불룩 솟은 가슴이며 잘록한 허리와 그 아

래에 이르기까지 장한의 음탕한 눈길은 쉬지 않고 상문경의 온몸을 더듬어댔다.

그때마다 상문경은 수많은 벌레들이 옷 속으로 파고들어 기어다니는 것 같은 징그러움 때문에 소름이 다 돋을 지경이었다.

그녀는 반드시 이 음적을 죽이고 말겠다고 작정했다.

눈알을 후벼 파고 혀를 뽑아도 시원치 않을 것 같은 분노가 그녀의 검에 고스란히 실렸다.

풍화곡(楓華谷)의 풍설검법(風雪劍法)은 변화가 괴이하고 검세의 신랄함이 악독하기 짝이 없는 것으로 정평이 난 절세의 검법이다. 때문에 정파에서는 그것을 마땅치 않게 여겼다.

풍화곡주인 독수선자(毒手仙子) 교채려(喬彩麗)가 마두들을 죽이는 일에 앞장서지 않았더라면 그녀를 정파의 협녀로 인정하지 않았을 것이다.

그런 매서운 검법이 상문경의 손에서 펼쳐지자 그 악독하고 기괴함이 결코 독수선자의 그것에 못지않았다.

살기가 짙고 분노가 커질수록 더욱 기묘한 위력을 발휘하는 게 풍화검법 속에 숨겨져 있는 독특한 특징이었다.

장한은 음탕한 소리로 희롱해서 그녀가 검법에 집중하지 못하도록 할 생각이었지만 그것은 오히려 스스로 화(禍)를 불러들인 꼴이 되었다.

휙휙거리며 검이 몇 번 변화를 일으키자 장한은 그 기괴하

고 신랄한 검초 속에 완전히 갇혀서 목숨이 위태로운 지경에
처하고 말았다.

상문경과 이청풍이 비교적 여유있는 싸움을 하며 상대를
궁지에 몰아넣고 있었지만 그들과 떨어진 곳에서 노인을 상
대하고 있는 담옥상과 곡수린의 형편은 매우 위태로웠다.

노인은 검은 장포 자락을 펄럭이며 여유있게 두 사람을 몰
아붙였다.

십여 초가 지나자 네 개의 젊은 손은 노인의 두 손에 밀려
점차 어지러워지게 되었다.

"쯧쯧, 요즘 젊은것들은 영 맥이 없군. 싱겁다, 싱거워."

노인이 왼손을 내려쳐 담옥상의 절기인 구룡장(九龍掌)을
밀어내며 오른손으로는 한풍관조(寒風貫早)의 날카로운 수법
으로 곡수린을 후려쳤다.

엄중한 장력이 곧장 가슴 앞 옥당혈로 밀려들자 곡수린은
감히 받아칠 엄두를 내지 못하고 구궁보를 밟아 이리저리 피
하기만 했다.

그러나 노인의 장력권에서 완전히 벗어나지는 못했던지
한 가닥 음침하고 선뜻한 기운이 기혈 속으로 침입해 들어오
는 걸 느낄 수 있었다.

"수라음살장(修羅陰殺掌)!"

곡수린이 크게 놀라 소리쳤다.

화산에서 무공을 수련할 때 사부님으로부터 강호의 여러

위력적인 장법들에 대해 들은 적이 있는데, 수라음살장에 대해서도 그때 들었던 것이다.

그것은 사마외도의 많은 장법들 중에서도 몇 손가락 안에 꼽히는 무서운 장법이었다.

장력에 실린 음사한 기운이 몸에 스며들면 음기가 양기를 물리치며 서서히 커져서 혈맥을 조금씩 얼게 한다.

시간이 지날수록 음기는 커지고 깊어지게 되어 결국 그것에 맞은 자는 시름시름 앓다가 죽게 되는데, 그전에 내부 혈맥이 모두 푸석푸석하게 말라 버렸으므로 겉으로는 멀쩡해도 속은 텅 비어 허깨비처럼 되는 것이다.

말로만 들었던 그 수라음살장이 괴노인에게서 펼쳐졌다는 게 충격이었다.

곡수린은 무사히 사문으로 돌아가 사부님께 이 사실을 알려야 한다는 생각에 사로잡혔다.

그러는 사이에도 노인의 두 손은 쉬지 않고 담옥상과 곡수린을 장력의 울타리 속에 가두고 으스스한 기운을 뿜어내고 있었다.

그때쯤에는 담옥상 또한 혈맥에 한기가 침입해 들어와 몸을 조금씩 떨고 있었다. 딱딱딱, 하고 두 청년의 이 부딪는 소리가 어지럽게 들려왔다.

"흐흐흐, 너희들이 제 발로 지옥에 찾아왔으니 나를 원망하지 말거라."

노인이 음침하게 웃으며 희롱했지만 담옥상과 곡수린은
이제 대꾸할 기력마저 없었다.

노인이 이게 마지막이라는 듯 천천히 손을 들어 올렸다.

저쪽에서 그것을 본 이청풍과 상문경이 동시에 날카롭게
소리쳤다.

"그들을 죽이지 마!"

이청풍은 상대에 대한 연민을 버리고 온 힘을 다해 돌개바
람처럼 맴돌며 다섯 번 걷어차고 세 번 주먹을 뻗었다.

소나기처럼 퍼붓는 그 어지러운 공세에 쩔쩔매던 매부리
코의 장한은 손발이 어지러워지고 말았다.

빠악—!

마른 박이 깨지는 것 같은 소리가 났다. 이청풍의 발이 장
한의 머리통을 부수어놓은 것이다.

그자는 비명조차 지르지 못한 채 피와 뇌수를 쏟으며 털썩
쓰러져 움직이지 않았다.

"으아악!"

폐허 위에 처음으로 처절한 단말마가 울려 퍼졌다. 상문경
또한 검을 뻗어 저를 희롱하던 장한의 가슴을 꿰뚫어 버린 것
이다.

그녀가 미친 듯이 옷자락과 머리카락을 날리며 노인에게
로 달려갔다.

그녀보다 한발 먼저 도착한 이청풍이 회풍구류 중의 절초

인 선풍비각(旋風飛脚)으로 맹렬하게 걷어찼다.

그것은 연환각의 수법을 극대화시킨 것이라 한 번 걷어차기 시작하자 두 발이 땅에 닿지도 않았다.

번개처럼 들이쳐서 순식간에 서른 번이나 맹렬하게 걷어찼으므로 노인은 그 기세에 밀려 담옥상과 곡수린을 버리고 서너 걸음 물러서야 했다.

"어린것이 제법이로군."

노인이 딱딱하게 굳은 얼굴로 중얼거리고 두 손에 한껏 수라음살공을 실었다.

막 그것을 뿌리려는데 번쩍, 하는 검이 허공을 가르고 떨어졌다. 어느새 들이닥친 상문경이 온 힘을 다해 풍설검법을 펼친 것이다.

노인은 다시 세 걸음 물러설 수밖에 없었다.

"흥! 교채려의 검법이 기묘해서 상대할 자가 별로 없다던데 어디 좀 볼까?"

화가 난 노인이 냉랭하게 말하며 허리띠를 더듬었다. 그러자 착, 하는 가벼운 소리와 함께 한 자루의 낭창거리는 검이 튀어나왔다.

"응?"

그것을 본 상문경과 이청풍이 동시에 의아해서 눈을 크게 떴다.

노인의 손에 들려 있는 것은 연검이되 연검이라고 할 수 없는 기이한 것이었다.

석 자 두 치에 이르는 검신이 회초리처럼 가늘고 둥글었는데, 끝으로 갈수록 폭이 좁아져서 검봉은 마치 뾰족한 바늘 끝 같았다.

검신 전체에 가느다란 여섯 개의 홈이 나선형으로 빙 둘러가며 나 있다는 것 또한 이상했다.

언뜻 보면 노인이 손가락 굵기의 회초리 한 개를 들고 있다고 여길 것이다.

연검이면서 연검이 아니고, 협봉검이면서 협봉검도 아닌 것 같은 그 기묘한 검 앞에서 상문경과 이청풍은 어리둥절해지고 말았다.

세상에서 그러한 검을 쓰는 자는 딱 한 명이 있을 뿐이다.

"흡혈검귀(吸血劍鬼) 손막소(孫幕燒)!"

상문경이 비로소 그 이름을 떠올리고 크게 놀라 소리쳤다.

그는 오래전부터 악명을 날리던 마두였는데, 어느 날 갑자기 강호에서 사라져 버렸다.

그것을 두고 사람들은 많은 말들을 했으나 누구도 정확한 이유를 알지 못했다.

벌써 삼십여 년이 흘렀으므로 세상에서 그의 존재가 거의 잊혀졌는데, 이 깊은 밤중에 처참한 폐허에 불쑥 나타난 것이다.

그가 누구인지 알게 된 상문경과 이청풍 등은 크게 놀라고 당황하여 어찌할 바를 몰라 했다.

운몽 역시 손막소가 뽑아 든 기이한 검에 큰 호기심을 느끼고 정신없이 바라보고 있었다.

그때 저쪽에서 '아앗!' 하는 뾰족한 비명 소리가 들려왔다.

후딱 돌아보니 남의소녀 채시화가 창백하게 변한 얼굴로 연신 뒷걸음질치고 있지 않은가.

상대하던 장한으로부터 일장을 맞은 것이다.

"으흐흐흐, 어디로 가려고? 어르신이 귀여워해 줄 테니 이리 오너라."

흑의장한이 음흉한 웃음을 흘리며 벼락처럼 채시화를 덮쳐 갔다.

그대로 두면 그녀는 두어 초식도 버티지 못하고 괴한의 손에 떨어지고 말 게 뻔했다.

운몽이 더 망설이지 않고 벌떡 일어서며 소리쳤다.

"멈춰!"

그와 함께 허공을 가르는 날카로운 소성이 들렸다.

"으헛!"

등을 때려오는 매서운 기운을 느낀 장한이 놀란 소리를 지르며 등 뒤로 벼락같이 손을 후려쳤다.

픽! 하는 작은 소리와 함께 손톱만 한 돌조각이 산산이 부서져 흩어졌다.

괴한은 자신을 암습해 온 것이 작은 돌조각에 지나지 않았다는 걸 알고 크게 놀랐다.

그것에 실린 힘이 어찌나 강맹했던지, 손바닥이 얼얼하게 저려왔던 것이다.

“웬 놈이냐?”

버럭 소리치며 돌아선 그가 더욱 놀라서 억! 하고 비명을 터뜨렸다.

어느새 운몽이 그의 등 뒤에 붙어 서 있었던 것이다.

미처 그의 얼굴을 확인해 볼 새도 없이 흑의장한은 뒤통수에 있는 옥침혈에 강한 일격을 맞고 나뒹굴었다.

“으악!”

폐허에서도 커다란 비명이 들려왔다.

돌아보니 이청풍이 어깨를 억누른 채 정신없이 물러나고 있는 중이었다.

몇 초식 겨루지도 못하고 손막소의 협봉검에 깊이 찔린 것이다.

이제 혼자 남게 된 상문경이 가쁜 숨을 헐떡이며 온 힘을 다해 검을 휘둘러 노인이 더 이상 이청풍을 찌르지 못하게 했다.

“호호호, 한발 빨리 가나 늦게 가나 차이가 없어. 그러니 보채지 말거라.”

손막소가 여유있게 응대하며 이죽거렸다.

2

상문경의 풍설검법은 과연 기괴하고 신랄하기 짝이 없었으나 노련함과 내력 면에서 손막소의 상대가 되지 못했다.

게다가 이처럼 빠르게 찌르는 게 전부인 검법은 처음 대하는 터라 어떻게 응대해야 할지 막막하기도 하다.

그에 비해 손막소의 손은 재빠르기가 이루 말할 수 없었다.

쉿쉿거리며 뻗어나가는 검봉이 눈에 보이지도 않을 지경이니 상문경의 검법이 지닌 수많은 변화가 무색해지고 만다.

창! 하는 소리와 함께 그녀의 검이 허공 높이 날았다. 손막소가 검봉에 막중한 내력을 실어서 부딪치자 상문경이 더 견디지 못하고 그만 검을 놓치고 만 것이다.

그때 채시화 쪽에서 운몽의 외침과 비명 소리가 들려왔으므로 손막소는 잠깐 손을 멈추고 돌아보았다. 그 틈에 상문경은 가까스로 몸을 빼낼 수 있었다.

"어?"

운몽을 발견한 손막소가 외마디 소리를 냈다.

이곳에 찾아온 자들이 이청풍 일행 다섯 사람뿐인 줄 알았는데 의외의 인물이 뛰어들었기 때문이다.

게다가 그자의 손속이 매우 빠르고 위력적이라 흑의장한이 맥없이 고꾸라지지 않는가.

운몽은 마음이 급해졌다.

“어서 운기조식하시오.”

어리둥절해 있는 채시화에게 빠르게 말하고 곧 몸을 날려 손막소를 덮쳐 갔다.

비로소 새롭게 나타난 자 또한 이십대의 청년이라는 걸 알아본 손막소가 코웃음을 쳤다.

“대체 어찌 된 거냐? 오늘 이곳이 아이들의 놀이터라도 되었단 말이냐?”

운몽이 허공을 격하고 손을 당겼다. 그러자 허공 높이 날아올랐던 상문경의 검이 방향을 틀더니 빨려들 듯 운몽의 손안으로 들어가는 것 아닌가.

그것을 본 손막소가 더욱 놀라서 한 걸음 물러서며 소리쳤다.

“헛! 격공섭물(隔空攝物)!”

새파란 애송이가 그러한 절기를 펼치는 걸 제 눈으로 보았지만 믿을 수 없다는 얼굴이다.

내력이 심후한 절정의 내가고수가 아니고서는 선보일 수 없는 게 그와 같이 허공을 격하고 물건을 빨아들이는 신공이었다.

거꾸로 기운을 내쏘면 담을 격하고 사람을 상하게 할 수 있는 격산타우(隔山打牛)의 신공이 된다.

그것을 본 이청풍 등도 경악하여 눈을 부릅뜨고 갑자기 뛰어든 낯선 청년을 바라보았다.

자신들 또래밖에 되어 보이지 않는데 그와 같은 신공을 아무렇지도 않게 펼치고 있다는 게 믿어지지 않았다.

검을 받아 든 즉시 운몽이 매섭게 들이쳤다.

손막소는 눈앞의 상대가 새파란 청년이었지만 방금 그의 신공을 본지라 감히 경시하지 못하고 신중하게 응대했다.

급히 평생 갈고닦은 자신의 절초를 펼쳐 맹렬하게 몰아치기 시작하자 검봉이 바람을 가르며 뇌전처럼 운몽의 온몸으로 쏘아들었다.

운몽은 침착하게 검을 떨쳐 맞섰다. 강호에 나온 이래 처음으로 검을 쥐고 사문의 분광검법을 펼치기 시작한 것이다.

전반부 여섯 가지 초식을 하나씩 풀어내자 금방 싸늘한 검광이 사방을 온통 에워싸고 손막소의 신랄한 검격을 두텁게 가로막았다.

원래 분광검법은 천하제일의 쾌검법인데, 운몽은 그것을 천천히 풀어내고 있었다.

제딴에는 손막소라는 마두를 상대로 제 초식의 완숙함을 시험해 보려는 의도였다.

그래서 원래의 검법이 지니고 있는 쾌속함의 반 정도만 시전했는데도 손막소를 놀라게 하기에 충분했다.

"어린것이 과연 한 수가 있었구나!"

손막소가 감히 경시하지 못하고 더욱 매섭고 빠르게 검을 찔러 넣었다.

회초리처럼 얇은 검신이 웅웅 울며 센바람을 맞은 버드나무 가지처럼 어지럽게 흔들리니 찔러오는 방향을 종잡을 수 없다.

운몽은 침착하게 제일초인 뇌기영곡(雷氣映谷)에 이어 이초인 설광승풍(雪光乘風)으로 상대했다.

검광이 번쩍이는 곳에 신묘한 변화가 구름처럼 일어서 오히려 손막소의 검봉에 실려 있는 기묘한 꿈틀거림을 압도했다.

분광검법 속에 은류팔변(隱流八變)을 담은 것이다.

정신없이 빠르게 공수가 교차하는 중에도 손막소가 머리를 갸웃거렸다. 그에게 운몽의 검초가 낯설지 않았기 때문이다.

'어디에서 보았더라?'

그런 의문이 쉬지 않고 일었다.

드디어 운몽이 제삼초인 성광분천(星光紛天)으로 초식을 바꾸었을 때 손막소는 자기가 오래전에 이와 같은 검법을 본 적이 있다는 사실을 떠올렸다.

그가 크게 놀라 운몽의 검봉을 밀어내며 버럭 소리쳤다.

"너는 그 검법을 어디에서 배웠느냐?"

'그가 사부님의 이 검법을 안단 말인가?'

운몽은 의아했다.

사부님이 강호에서 떠난 지 오십여 년이나 되었으니 당연히 이 검법을 알아볼 사람이 없을 것이라고 여겼던 것이다.

광명존자가 활동하던 시기에 같이 활동하던 사람들이라면 혹시 분광검법을 알아볼 수 있을지도 모른다. 하지만 지금쯤 그들은 모두 죽었거나 광명존자처럼 강호를 떠나 은둔하고 있을 것이었다.

손막소가 비록 육십을 넘긴 노인이라고 해도 광명존자가 활동하던 시기에는 십여 세의 꼬마였을 테니 존자의 검법을 보았을 리가 없지 않은가.

그런데도 손막소는 몇 초식 보지 않고도 검법을 아는 것 같았다.

운몽이 어리둥절해서 주춤거리자 자연히 검법의 틈이 벌어진다.

머릿속이 어지러워지자 저도 모르게 검초의 예리함이 사라졌던 것이다.

그의 돌연한 변화를 본 손막소는 그가 겁을 먹었기 때문이라고 여겼다.

"이놈!"

손막소가 벼락처럼 소리치며 달려들었다.

'그가 어떻게 나의 검법을 알아본단 말인가?'

운몽에게는 오직 그 의문이 떠오르고 있을 뿐이었다. 그래서 멍하니 손막소를 바라보기만 할 뿐, 그의 공격을 느끼지 못하는 것 같았다.

"소협, 위험해요!"

저쪽에서 지켜보고 있던 상문경이 깜짝 놀라 소리쳤고, 운몽은 그때서야 제 코앞에 닥쳐 있는 손막소의 검을 보았다.

"앗!"

그가 당황하여 본능적으로 유운신법 중의 회풍전륜(廻風轉輪)을 펼쳤다.

팽이가 돌 듯이 맹렬하게 도는 중에 어지럽게 좌우로 흔들리니 손막소의 벼락같은 검격은 그의 그림자 사이로 아슬아슬하게 흘러가 버렸다.

"엇?"

이번에는 손막소가 깜짝 놀랐다.

'이 어린놈이 신법 또한 이토록 고명할 줄이야.'

십성의 공력을 실은 자신의 흡혈검을 지척에서 이렇게 매끄럽게 피하는 자는 처음 대한다.

하지만 한 번 잡은 기회를 쉽게 포기할 손막소가 아니었다. 고수들 간의 싸움에서 선수를 잡는다는 게 얼마나 중요한 일인지 잘 알고 있기 때문이다.

그가 더욱 매섭게 들이치니 형세가 조금씩 기울어갈 수밖에 없었다.

몇 초가 더 지나자 손막소는 완전히 싸움의 주도권을 잡았다.

하지만 운몽은 위기가 닥칠 때마다 절묘한 신법과 검법으로 아슬아슬하게 손막소의 검을 피하고 있었다.

상대는 흑도의 거마로 꼽히는 손막소 아닌가.

정파와 사파를 불문하고 현재의 강호에서 그와 맞서 싸울 만한 고수는 그리 흔치 않을 것이다.

그런데 운몽이 정체를 알 수 없는 백면서생의 몸으로 손막소를 맞이해서 이처럼 잘 싸우고 있다는 건 모두를 놀라게 하기에 충분했다.

운몽은 이와 같이 목숨을 걸고 싸우는 일이 두 번째다.

장청과의 싸움이 있었지만 그때와 지금은 형편이 달랐다. 장청의 솜씨가 무섭기는 했으나 그녀 또한 아직 경험이 일천한 탓에 상대하기가 훨씬 나았던 것이다. 하지만 지금 싸우고 있는 자는 흑도의 거마였으니, 운몽은 손막소의 노련함과 지독함에 눌려서 제 솜씨를 반도 발휘하지 못하고 있었다.

위기에 처할 때마다 고명한 수법으로 간신히 넘기고 있을 뿐, 좀체 한 번 기울어진 열세를 만회하지 못했다.

아직 미숙한 대적 경험으로 인한 일이다.

어느덧 그의 옷자락에는 몇 개의 구멍이 뚫리게 되었다. 피부를 긁히기도 했다.

"죽여 버리세요!"

손에 땀을 쥐고 그들의 싸움을 지켜보던 상문경이 소리쳤다.

그녀는 결정적인 순간마다 운몽이 마음껏 검을 찌르지 못하고 주저하는 걸 보았던 것이다.

어찌 된 영문인지 알 수 없으나 운몽이 검초를 제대로 펼치지 못하는 것 같았다.

'설마 아직 검법을 다 배우지 못한 걸까?

그런 의심이 들면서 마음이 초조해졌다.

운몽이 패한다면 자신들 모두 저 마두의 손에서 무사하지 못할 것이다. 그러니 지금 운몽의 손에 자신들의 목숨이 걸려 있는 거나 마찬가지라는 생각이 그녀를 더욱 안타깝고 두렵게 했다.

그런 마음은 어느덧 곁에 다가와 바라보고 있는 남의소녀 채시화도 마찬가지였다.

그녀는 부상을 입어 창백해진 안색으로 숨을 할딱이면서도 주먹을 꼭 쥔 채 운몽을 응원하고 있었다.

십여 초가 지나자 운몽의 패색이 짙어졌다.

이제 그는 손막소의 흡혈검이 뿌리고 있는 검광 속에 갇혀서 허둥거렸다.

찬란한 빛을 발하며 사방을 제압하던 검의 반경이 점점 좁아져서 겨우 자신의 코앞을 가릴 뿐이다.

운몽은 막상 싸움에 임하자 대적의 경험이 없다는 게 이처럼 제약이 된다는 걸 처음 깨달았다. 제가 지닌 실력의 반도 제대로 발휘하기 힘들었던 것이다.

그건 장청과 싸울 때와는 또 다른 경험이었다.

그때는 장청의 검법 초식을 훤히 보고 있었으므로 여유있게 상대할 수 있었다.

그러나 오직 단순하게 찔러대는 수법만 있을 뿐인 손막소의 요사한 검법 앞에서는 그런 여유를 부릴 수가 없었다. 그게 그를 당황하게 했다.

단순한 수법이 실전에 임해서는 그 어떤 정교한 수법보다 무서울 수 있다는 걸 비로소 절실히 느끼는 계기가 되었다.

귓전에 문득 사부의 말이 떠올랐다.

"이놈아, 이 겉멋만 잔뜩 든 바람둥이 같은 놈아. 내 말을 잘 들어라. 목숨을 걸고 하는 싸움은 이기는 것이 중요하지 보여주는 게 중요한 게 아니다. 죽여야 할 자의 가슴을 찌르는 데는 딱 한 가지 방법이 있을 뿐이니라. 검을 곧게 뻗어 그냥 찌르는 거지. 아무리 그 동작이 화려하고 요란해도 결국 찌르는 순간에는 다 소용없는 거야."

운몽은 그때는 잘 몰랐는데, 손막소의 단순하고 명쾌한 검법 앞에서 비로소 그 말이 의미하는 바를 절실히 깨달았다.

사부는 쾌검법의 오의(奧義)를 몇 마디 말에 담아 전해주었는데 자신은 그저 건성으로 들었을 뿐이라는 뉘우침이 커진다.

하지만 지금의 위기가 운몽에게는 새로운 깨우침을 가져

다주는 좋은 계기가 되기도 했다.

운몽은 사문의 절세신법으로 아슬아슬하게 손막소의 검봉을 피하면서 그의 검법 속에서 제가 익힌 분광검법의 참뜻을 보고 기뻤다.

더 이상 시간을 끌 수 없다고 여긴 운몽이 이를 악물었다.

"이얍!"

요란한 기합성을 터뜨리며 검에 내력을 한껏 실어서 미간을 찔러오는 손막소의 흡혈검에 붙이면서 동시에 왼손을 번개처럼 뻗어 가슴을 움켜쥐려 했다.

위기의 순간을 맞자 절로 분광검법 중의 은류팔변(隱流八變)이 펼쳐진 것이다.

"헛!"

손막소가 놀란 외침을 터뜨렸다. 자신의 검을 밀어내는 운몽의 힘이 엄청났고, 가슴을 잡아오는 손의 교묘함이 뜻밖이었기 때문이다.

그가 지체하지 않고 몸을 빼며 힘껏 일장을 후려쳤다.

쏴아아, 하는 소리와 함께 한줄기 음산한 장력이 곧장 운몽의 가슴으로 밀려 나갔다.

운몽은 그와 지척의 거리에 있었으므로 장력을 피할 수가 없었다.

펑! 하는 소리가 그의 가슴 복판에서 터져 나왔다.

그 순간 운몽의 손도 상대의 가슴에 닿았다.

그 즉시 한줄기 뜨거운 장력이 손막소의 화개혈(華蓋穴)로 스며든다.

깜짝 놀란 손막소가 급히 몸을 뺐다.

운몽은 검을 움켜쥔 채 멍하니 서 있었는데, 안색이 창백했다.

손막소 역시 가슴이 울렁거리고 숨 쉬기가 거북해졌다.

자신의 내상이 심상치 않다고 여긴 그가 더 머뭇거리지 않고 쏜살같이 어둠 속으로 달아났다.

"어린놈, 오늘은 운이 좋은 줄 알아라!"

멀리서 그의 음산한 외침이 들려왔다.

잠시 후 운몽이 휴, 하고 긴 숨을 내쉬었다. 창백해졌던 안색이 비로소 제 빛을 되찾았다.

수라음살장의 음랭한 기운이 혈맥 속으로 스며들었는데 잠깐의 운기조식으로 모두 해소한 것이다.

3

'이상한 일이다.'

운몽이 살짝 눈살을 찌푸렸다.

삼양신공을 일으켜 수라음살기를 밀어내자 그것이 밖으로 빠져나가지 않고 얼음이 녹아 물이 되듯 삼양신공 속에 스며들어 사라졌기 때문이다.

부상을 입기 전보다 정신이 한결 맑아지고 몸이 개운해졌
다.

손막소의 수라음살기가 해가 되기는커녕 오히려 도움이
된 것이다.

상생상극의 묘한 원리였지만 운몽은 아직 그 이치를 알지
못했다.

"소협, 괜찮으신가요?"

걱정스럽게 그를 바라보고 있던 남의소녀 채시화가 다가
와 물었다.

제 상념에서 퍼뜩 깨어난 운몽이 아! 하고 탄성을 터뜨렸
다.

돌아보니 성한 사람이라고는 상문경 한 명뿐이었는데, 그
녀는 어쩔 줄을 모르고 발만 동동 구르고 있었다.

다들 크고 작은 부상을 입었지만 가장 위태로운 사람은 손
막소를 상대하던 담옥상과 곡수린이었다.

그들은 이제 온몸을 사시나무 떨 듯 심하게 떨고 있었다.
이빨 마주치는 소리가 요란하게 난다.

수라음살기가 이미 온몸에 퍼져서 혈맥을 얼리고 있었던
것이다.

음산한 기운이 곧 심장에 이르게 될 텐데, 그렇게 되면 대
라신선이 손을 쓴다고 해도 구할 수가 없다.

운몽은 잠시 망설였다.

그들을 구하기 위해 섣불리 내력을 운용해서 진기의 흐름을 이끌어주다가는 음산한 기운이 오히려 자신에게까지 옮겨 올 수 있다는 걸 알기 때문이다.

양강지기를 품은 영약을 복용시켜 음기의 발작을 억누르고 극양신공을 연성한 사람을 찾아 그의 신공으로 체내의 음한지기를 태워 버리도록 하는 게 가장 좋은 방법이다.

운몽은 자신의 신공이 바로 그 극양신공이라는 걸 알지만 한 번도 사람을 구하는 데 써보지 않았으므로 미심쩍었다.

과연 나의 내력이 그들의 몸에 깃든 지독한 음기를 제압할 수 있을 만큼 높은지 확신할 수 없었던 것이다.

현재의 무림에서 운몽과 내공을 다툴 만한 사람은 다섯 손가락으로 꼽을 정도일 것이다. 하지만 그는 아직 자신의 공력이 어느 정도인지조차 제대로 파악하지 못하고 있었다. 그래서 망설여진다.

그의 눈앞에 있는 두 사람은 지금 당장 손을 쓰지 않으면 죽고 말 게 뻔했다.

망설이기만 하고 있을 시간이 없는 것이다.

'한 번 시험해 보자.'

운몽은 마음을 굳게 먹었다.

눈앞에서 사람이 죽어가는데 위험을 무릅쓰고서라도 구해주지 않는다면 어찌 사내대장부라고 할 수 있을 것인가.

"소생이 해보겠소."

그가 나서자 어찌할 바를 모르고 있던 상문경이 얼른 비켜
섰다. 운몽을 바라보는 그녀의 얼굴에 간절한 빛이 가득하다.
"부탁해요, 소협."
상문경은 운몽에게 일말의 희망을 가졌다.
손막소를 쫓아낼 만큼 무공이 뛰어나고, 그자의 수라음살
기에 맞았으면서도 무사하니 운몽에게는 어쩌면 좋은 방법이
있는 건지도 모른다고 여긴 것이다.
운몽은 담옥상과 곡수린을 나란히 앉히고 그들의 등 뒤에
앉아 두 손을 명문에 댔다.
두 사람의 등을 누르고 있는 그의 얼굴이 엄숙하고 장중해
서 이청풍과 채시화, 상문경은 숨조차도 크게 쉬지 못하고 지
켜보았다.
운몽은 서서히 삼양신공을 일으켜 뜨겁고 청량한 기운을
두 사람의 체내로 흘려보냈다. 곧 그들의 혈맥을 따라 돌며
무서운 기세로 증폭되어 가고 있던 수라음살기가 느껴졌다.
극성인 삼양신공을 만나자 주춤했던 그것이 반격을 하듯
맹렬한 기세로 부딪쳐 왔다.
운몽의 어깨가 흠칫, 떨리고 안색이 창백해졌다.
그들의 등에 붙이고 있는 두 손바닥을 통해 살을 에는 듯한
한기가 무섭게 밀려들었기 때문이다.
운몽은 어금니를 악물고 내공을 더욱 끌어올렸다. 시전자
의 내공이 부상자의 내상을 제압할 수 있을 만큼 크지 못하다

면 오히려 해를 입게 된다.

심성의 내력을 끌어올려 삼양신공을 흘려보내자 비로소 한기의 침입을 막을 수 있었다.

두 개의 기운이 팽팽하게 대치했다.

어느덧 운몽의 이마에는 땀방울이 맺혔고, 담옥상과 곡수린은 더욱 고통스러운 듯 몸을 심하게 떨며 신음을 흘렸다.

그들의 입가로 한줄기 선혈이 천천히 흘러내리기 시작했다.

향 한 자루가 탔을 만큼 시간이 흘렀을 때 비로소 두 사람의 몸속에 가득 찼던 수라음살기가 운몽의 신공에 흡수되기 시작했다. 그 진행은 아주 느렸지만 서두를 수 없는 일이다.

중요한 때에 이른 걸 안 운몽은 더욱 정신을 집중해서 신공을 운용했다.

흡(吸)자결로 음살기를 빨아들여 자신의 혈맥 속으로 돌리며 그것이 삼양신공 속에 완전히 녹아들도록 하기를 얼마쯤 했을까.

담옥상과 곡수린의 떨림이 조금씩 가라앉기 시작하더니 멍든 것처럼 푸르게 변했던 얼굴색도 서서히 본래의 혈색을 되찾아갔다.

다시 반 자루의 향이 탔을 만한 시간이 흐르고, 운몽이 긴 숨을 내쉬며 비로소 두 사람의 명문에서 손을 떼어냈다.

자신을 지켜보고 있는 이청풍과 채시화, 상문경에게 머리를 끄덕여 보인 운몽이 곧 지그시 눈을 감고 운기조식에 들어 갔다.

"아, 정말 그가 해냈군!"

채시화가 감탄성을 터뜨리고 멍한 눈길로 운몽을 바라보 았다. 제 눈으로 보았으면서도 믿기 힘들었던 것이다.

운몽은 신공을 몸 안으로 돌려 대주천시키며 자신의 상태 를 세밀하게 점검했다. 그러자 내공이 오히려 두어 푼 증진된 것 같아 이상한 생각이 들었다.

삼양신공은 극양신공이고 수라음살기는 극음신공이다. 그 것이 충돌하자 큰 것이 작은 것을 흡수하는 이치대로 삼양신 공이 수라음살기의 음기를 흡수해 버린 것이다.

운몽의 내력이 극히 고강해 손막소보다 뛰어났기 때문에 생긴 결과였다. 그렇지 않았다면 오히려 손막소의 음기에 의 해 삼양신공이 흩어졌을 것이다.

운몽의 신공 앞에서 수라음살기는 견디지 못했다.

그것이 비록 악독하고 음사하기 짝이 없는 기운이었지만 폭발하는 화산에 뿌려지는 폭설에 지나지 않았던 것이다.

폭설이 아무리 지독하다고 해도 화산의 불길에 닿으면 녹 아 없어질 뿐이다.

그러한 이치를 추리하게 된 운몽은 기뻤다.

자신의 내공을 빠르게 증진시킬 수 있는 방법을 터득했기 때문이다.

세상의 모든 음한기공(陰寒氣功)에 대한 천적.

그것이 바로 삼양신공이었으니, 남들이 두려워하는 음한기공일수록 운몽에게는 영약을 만난 듯 반가운 일이 될 것이다.

한결 가뿐해지고 정신이 맑아진 운몽이 환한 미소를 지으며 눈을 떴다.

"이 은혜를 어찌 갚아야 할지……."

운몽이 채시화의 내상마저 치료해 주고 나자 그를 둘러싸고 있던 이청풍 등이 감격하여 일제히 말했다.

"다행히 모두 무사할 수 있었으니 이는 하늘이 도와준 것이지요. 소생이 한 일이 아닙니다."

"그렇다고 해도 우리는 결코 소협으로부터 받은 구명지은을 잊지 못할 것이오."

"아직 은인의 이름 석 자도 모르고 있으니 이런 결례가 없소이다."

담옥상과 곡수린이 동시에 말하고 손을 모았다. 그들의 상태가 가장 위중했으므로 운몽에 대한 고마움도 가장 컸던 것이다.

성격 급한 상문경이 즉시 나서서 모두를 운몽에게 소개했다.

한 사람 한 사람에게 일일이 포권하고 난 운몽이 빙긋 웃었다.

"소생은 운몽이라고 합니다. 강호에 처음 나온 터라 사고 무친이나 다름없이 외로웠는데 이처럼 뛰어난 소영웅들을 만나게 되어 반갑기 짝이 없습니다."

그의 겸손함이 모두를 더욱 기쁘게 했다.

모두 호탕하게 웃으며 즐거워하는데 이청풍은 홀로 인상을 찡그려야 했다. 외상 때문이다.

숨을 크게 쉬기만 해도 손막소의 흡혈검에 찔린 상처의 고통이 심해져서 참기 힘들었던 것이다.

"제기랄, 다들 웃는데 나 혼자서 울고 있어야 하니 답답하군. 자, 자, 이럴 게 아니라 어디 가서 밤새 술이라도 마시며 정을 나누어봅시다."

그의 말에 모두 손뼉을 치며 좋아했다.

*　　　*　　　*

몇 순배의 술이 돌고 나자 다들 긴장이 풀리고 마음이 느긋해졌다.

운몽은 그들과 함께 혼원현 서쪽의 유상촌(柳常村)으로 와 있었다.

그곳은 장 대인의 장원이 있던 잠촌으로부터 왼쪽으로 삼십여 리 떨어진 곳에 있는 마을로써, 혼원현에서 항산으로 가

는 서쪽 길목에 있었으므로 촌이라고 볼 수 없을 만큼 번화했
다.

 외지인의 왕래가 빈번한 탓에 그들을 상대로 한 객잔이며
주루가 몇 군데 있었는데, 이청풍 등은 그중에서 가장 큰 객
잔인 '항산반점(恒山飯店)'의 후원을 통째로 빌려 사용하고
있었다.

 회랑으로 연결되어 있는 두 채의 객사 앞에 연못과 가산,
정원이 있는 아늑한 곳이다.

 주청과는 정원을 사이에 두고 담으로 가로막혀 있어서 그
곳이 아무리 시끄러워도 후원의 별채는 아늑하고 조용했다.

 서쪽 객사를 상문경과 채시화가 썼고, 남쪽 객사에 이청풍
과 담옥상, 곡수린이 묵었다.

 "이곳에는 아직 몇 개의 방이 남아 있으니 운 형이 쓰기에
불편하지 않을 것이오."

 그들 일행 중 은연중에 좌장 역할을 하고 있는 담옥상이 그
렇게 말했으므로 운몽은 거절하지 못하고 받아들였다.

 그리고 즉시 술과 안주를 내오게 했지만 외상을 입고 있는
이청풍은 물론 내상을 입은 채시화, 담옥상, 곡수린 등이 모
두 먹고 마시는 걸 자제했으므로 술은 상문경과 운몽의 차지
였다.

 상문경이 술기운에 붉어진 얼굴 가득 웃음을 띠고 다시 한
잔을 권했다.

"우리는 고작 은인의 성과 이름 한 자를 알 뿐 내력에 대해
서는 한 가지도 알지 못하니 안타까워요."

"내력이라고 밝힐 만한 게 없으니 부끄러울 뿐이오."

"사부님은 계실 것 아니겠어요? 그렇지 않다면 어찌 그렇
게 고절한 무공을 익힐 수 있었겠어요?"

상문경의 그 질문은 모두를 대신한 것이나 마찬가지였다.

호기심으로 반짝이는 눈들이 운몽에게 집중된다.

그러나 운몽으로서는 대답하기 곤란한 질문이었다. 난처
해질 수밖에 없다.

그가 망설이는 걸 본 이청풍이 아픔을 참고 억지로 웃으며
말했다.

"우리에 대해서는 이미 운 형에게 다 말해 드렸소이다. 하
지만 정작 운 형에 대해서는 아는 게 없으니 이건 불공평한
것 아니겠소?"

"피치 못할 사정이 있어 그런 것이니 용서해 주시오."

운몽이 곤란해하자 남의소녀 채시화가 방긋 웃고 나서 그
를 위해 말해주었다.

"여기 운 소협이 있으면 그만이지 그의 사문이 뭐가 그렇
게 궁금해요? 소협의 무공이 뛰어나고 협의지심이 훌륭하니
그것보다 더 좋은 보증이 어디 있겠어요?"

"하하, 사매의 말이 맞다. 우리는 모두 운 소협에게 큰 신
세를 졌으니 그를 더 이상 곤란하게 해서는 안 되지."

이청풍이 그렇게 말하자 모두 동의하고 다시 한 번 운몽을 치켜세워 주었다.

"힘든 싸움을 하고 난 뒤라 피곤할 테니 이제 그만 쉬는 게 좋겠군요."

운몽이 마지막 잔을 비우고 말했다. 모두들 부상을 입은 터라 많이 지치고 피곤할 것이라고 생각해서였다.

"운 형은 언제나 그렇게 남에 대한 배려가 깊소?"

넌지시 바라보며 묻는 담옥상의 말에 운몽이 멋쩍은 웃음을 지었다.

"사람은 언제나 내 처지보다 남의 처지를 먼저 살펴야 하지요."

"하하, 운 형의 말은 과연 인의군자답소."

담옥상이 거듭 감탄했다는 듯 엄지손가락마저 세워 보이자 상문경이 술기운으로 더욱 붉어진 입술을 나풀거리며 말했다.

"그는 오늘 처음 알았지만 인품과 무공에서 우리 모두를 많이 깨우쳐 주는군요. 우리는 앞으로 더욱 분발해야 운 소협에게 부끄럽지 않을 거예요."

그녀의 눈길이 운몽에게 머물러 떠나지 않는 걸 바라보는 곡수린의 안색이 좋지 못했다.

그는 시종일관 있는 듯 없는 듯 조용히 앉아 있으면서 남모르게 상문경을 훔쳐보고 있었는데, 그녀의 시선이 운몽에게만 고정되어 있는 걸 보고 우울해져 있던 참이었다. 그러다 그녀가 운몽을 극찬하는 말까지 듣게 되자 이제는 가슴이 아파왔다.

'그녀는 아직까지 나에게 한 번도 저와 같은 말을 해준 적이 없다. 아니, 나뿐만 아니라 모든 사람들에게 그랬다. 도도하고 안하무인이었지. 그런데 오늘 처음 만난 운 소협에게만은 전혀 다른 사람이 된 듯 대하는구나.'

그런 생각이 그를 서운하고 쓸쓸하게 했다.

그가 벌떡 일어나 포권했다.

"운 소협의 말씀이 옳소. 그러잖아도 나는 벌써 쉬고 싶던 참이었다오. 실례하오."

그가 원망스런 눈길로 상문경을 한 번 바라보고는 횅하니 제 방으로 가버렸으므로 모두는 머쓱해지고 말았다.

第七章
장청, 강호로 나오다

밤이 깊도록 한숨도 자지 못했기에 피곤하련만 막상 침상에 눕자 이런저런 생각들이 밀려들어 더욱 잠이 오지 않았다.

운몽은 오늘 밤에 있었던 일들을 곰곰이 생각해 보았다.

'그곳에 왜 갑자기 손막소가 나타났던 것일까? 그는 왜 상관없는 청년들을 죽이려 했던 것일까?'

그런 의문이 그의 잠을 더욱 빼앗아갔다.

'그자가 어쩌면 장 대인 장원의 참극을 주도한 흉수가 아닐까?'

그런 생각은 운몽을 놀라게 했다. 하지만 그렇다고 해도 의문은 여전히 남았다.

흉수라면 굳이 그곳에 다시 나타나 담옥상 등을 죽이려고 할 필요가 없었을 것이기 때문이다.

이미 원하는 걸 손에 넣었는데 왜 범죄의 현장을 어슬렁거리고 있을 것인가.

게다가 그 흉악한 마두가 자신의 검법을 알아보았다는 게 더욱 의심스러웠다.

어쩌면 손막소와 장청 사이에 관련이 있을지도 모른다는 데에까지 생각이 미쳤다.

그러자 손막소를 놓친 일이 더욱 분했다. 그자를 잡았더라면 의문의 실마리를 풀 수 있었을 것이기 때문이다.

"어떤 자들인지는 몰라도 지독한 사람들인 건 틀림없어."

그때의 일을 떠올린 운몽이 부르르 몸을 떨었다.

옥침혈을 때려 쓰러뜨린 장한 때문이다.

그곳에 왔던 자들 중 두 명은 죽고 손막소는 달아났으므로 살아 있는 자는 그자 한 명뿐이었는데, 스스로 천령개를 깨뜨려 죽었던 것이다.

비밀을 지키기 위해서일 것이고, 살아 돌아간다면 실패한 데 대한 문책을 받아야 할 텐데 그것이 두려워서였을 것이다.

그렇다고 해도 스스로의 목숨을 그처럼 가벼이 여길 정도라면 어지간히 지독하지 않고서는 불가능한 일 아닌가.

그런 자들이라면 앞으로 상대하기가 쉽지 않을 것이라는 생각에 우울해지기도 한다.

운몽은 끊임없이 떠오르는 이런저런 생각들로 인해 뜬눈
으로 밤을 보내고 다음날을 맞았다.

아침 일찍부터 이청풍 등은 떠날 채비를 했다.

상문경이 여전히 붉게 물든 단풍 빛깔의 옷을 입고 다가와
운몽에게 동행할 것을 권했다.

"어디 급히 갈 곳이라도 있나요?"

"정해놓은 곳은 없소."

"그렇다면 우리와 함께 가는 게 어떻겠어요?"

"어디로 말이오?"

"강호를 유람하면서 마도의 무리들을 소탕한다면 얼마나
통쾌하겠어요?"

"응?"

너무 허황된 말이라 운몽은 그녀가 저를 놀리는 게 아닌가
하고 생각했다.

한쪽에서 그들의 말을 듣고 있던 담옥상이 웃으며 다가왔
다.

"하하, 상 소저의 말은 장차 그렇게 하겠다는 거라오. 손막
소에게도 못 당하는데 지금이야 어디 그러고 싶어도 그럴 수
있겠소?"

운몽은 상문경을 위해 대신 변명해 주고 겸손하되 비굴하
지 않은 담옥상에게 새로운 호감을 느꼈다. 그는 젊은 나이임

에도 불구하고 사려가 깊으며 대범한 청년이었던 것이다.

"담 형 등은 모두 인중지룡이니 머지않아 반드시 그렇게 될 것이오."

"말씀만이라도 고맙소. 실은 정주로 염 노야를 뵈러 가는 길이라오."

"염 노야라면……."

"정말 운 형은 강호에 처음 나온 모양이구려? 최명판관(催命判官) 염숭(廉崇), 염 대인을 모르다니?"

그는 강호에 이름 높은 노고수였다. 불의를 보면 참지 못하고 반드시 처단했는데, 정과 사를 가리지 않았다.

그런 면에서 상문경의 사부인 풍화곡주 교채려와 비슷한 면이 있었다.

그러나 염숭은 정파와 사파의 인물을 가리지 않고 옳고 그름만으로 구별한다는 점에서 그녀보다 더욱 엄격하고 까다로웠다.

"그 염 대인께서 정주 외곽에 장원을 세우고 은거해 계신다오. 보름 뒤가 칠순이시라 일부러 뵈러 가는 길인데 함께 갑시다. 그곳에 가면 백도의 다른 여러 친구들과도 사귈 수 있을 것이니 좋지 않겠소?"

정주라면 소림사와 가까운 곳 아닌가.

운몽은 반정도관을 떠나기 전 사부가 했던 말을 기억하고 있었다.

소림사에 가서 혜원 선사(慧元禪師)를 찾아 한 가지 물건을 받으라고 하지 않았던가.

그래서 언제든 한 번 가야 하는 곳인데, 마침 그들이 정주로 갈 예정이라니 반가웠다.

최명판관이 누구인지는 모르나 더 많은 백도의 청년 협사들을 만날 수 있다는 말에도 마음이 끌린다.

저쪽에서 채시화가 잔뜩 기대하는 눈길로 바라보았고 이청풍도 그와 눈이 마주치자 웃으며 턱을 끄덕였다. 곡수린만이 무표정한 얼굴로 아침 하늘을 바라보며 서 있다.

장청을 찾는 일도 중요하다.

하지만 그녀가 살았는지 죽었는지도 알지 못하는 상황이고, 살았다면 또 어디로 갔는지 알 수 없지 않은가.

무작정 찾아다닌다는 건 어리석은 일이었다.

운몽은 이 기회에 이청풍 등과 함께 세상을 두루 돌아다녀 보는 것도 좋겠다고 생각했다. 새로운 경험도 쌓을 수 있을 것이고, 그러다 보면 다시 그녀의 소식을 들을 수 있게 될지도 모르는 일이기 때문이다.

*　　　*　　　*

항산 북쪽 금룡협.

굽이굽이 꺾어지는 골짜기를 한참 들어간 곳에 아무도 알

지 못하는 천연의 동굴이 깎아지른 절벽 사이에 숨겨져 있었
다.

바위와 나무, 잡풀이 입구를 뒤덮고 있어서 동굴이 바로 앞
에 있다고 해도 찾아낼 수 없을 것이다.

한 사람이 뱀처럼 기어서 겨우 들어갈 수 있는 십여 장의
좁은 통로를 지나면 세외별원(世外別院) 같은 신비한 종유동
굴의 비경이 펼쳐진다.

적게는 십여 명에서 많게는 백여 명이 들어설 수 있는 넓은
지하 광장이 다섯 개나 있고, 천연의 석실과 호수가 있으며
폭포와 기암괴석이 난립해 있는 동굴이었다.

들어가다 보면 수많은 길로 갈라지고 또 갈라지기 일쑤인
데, 한 치 앞이 보이지 않는 칠흑 같은 어둠 속이라 자칫 잘못
하면 길을 잃고 영영 빠져나오지 못한다.

그 동굴 광장 한쪽, 지하 폭포수가 떨어지는 동굴 호수 앞
에 한 사람이 서 있었다.

한여름에도 으스스한 동굴 속이라 두터운 옷을 입고 털모
자까지 썼지만 여자가 분명했다. 그것도 가녀린 소녀다.

무언가에 잔뜩 화가 난 것처럼 보인다.

작은 돌 부스러기를 발로 차 투명한 호수에 퐁당퐁당 빠뜨
리고 있던 소녀가 신경질적으로 돌아섰다.

장청이었다.

"손막소!"

그녀가 함부로 부르는 날카로운 소리가 동굴 안에 웅웅 울렸다.

광장 끝 어둠 속에 두 사람의 장한이 서 있었는데, 한 명이 급히 허리를 굽히고 말했다.

"오시고 있는 중일 것입니다."

"흥!"

장청의 싸늘한 코웃음 소리에 두 장한이 부르르 몸을 떨었다. 그녀가 다시 소리친다.

"이제는 늙어서 팔다리가 뻣뻣해진 모양이지? 냉큼 달려오지 않고 뭘 이렇게 꾸물거리는 거야!"

"제가 다시 가보고 오겠습니다."

장한이 허리를 굽실하고는 몸을 돌려 재빨리 어둠 속으로 달려갔다.

장청은 잔뜩 불만스런 모습으로 볼을 부풀리고 서서 호수를 노려보고 있었는데, 그녀의 그런 모습이 차가운 설화(雪花) 같은 아름다움으로 눈부시게 빛났다.

잠시 후 광장 건너의 어둠 속에서 바삐 달려오는 발소리가 나더니 손막소가 모습을 드러냈다.

광장을 건너오는 그의 걸음이 불안하고 힘이 없어 보이는 것이, 운몽의 일장을 맞고 입은 내상을 아직 완전히 치료하지 못한 게 분명했다.

운기요상을 하고 있다가 그녀의 부름을 받고 급히 달려온 것이리라.

가까이 다가온 노인의 창백한 얼굴을 바라보는 장청이 더욱 차가운 얼굴이 되었다.

"흥!"

그녀의 코웃음에 손막소가 어쩔 줄 모르고 쩔쩔맸는데, 창백한 얼굴에 식은땀마저 흘리고 있었다.

그는 강호에서의 악명과 달리 이 작은 소녀를 몹시 두려워하는 것이다.

장청에게는 손막소가 육십 줄에 접어든 노인이라는 게 아무 문제도 되지 않는 듯했다.

그를 노려보는 눈길에 혐오와 경멸이 있을 뿐 조금의 인정도 없었던 것이다.

"어떻게 됐다고?"

그녀의 날카로운 말에 손막소가 바튼기침을 몇 차례 하고 나서 힘없는 음성으로 겨우 대답했다.

"찾아오지 못했습니다."

"그 말은 들었어!"

"속하는, 속하는……."

진땀만 뻘뻘 흘릴 뿐, 최선을 다했다는 말을 하지 못했다. 이 종잡을 수 없는 소녀 앞에서는 변명이 통하지 않는다는 걸 누구보다 잘 아는 것이다.

과연 장청이 서릿발이 앉은 듯한 눈으로 손막소를 노려보며 한쪽 입술을 질끈 깨물고 있었다.

그걸 본 손막소의 가슴이 서늘해졌다.

그녀가 살기를 품었다는 걸 알기 때문이다.

"죄송합니다."

노인이 흰 머리를 조아리며 연신 사죄하고 있지만 그를 내려다보는 장청의 싸늘한 얼굴은 조금도 달라지지 않았다.

"나에게는 그게 반드시 필요하다고 몇 번이나 말했지?"

"속하가 무능한 탓입니다."

"데리고 갔던 수하들마저 모두 잃고 혼자서 겨우 목숨을 건져 허둥지둥 도망쳐 왔다던데?"

"그 어린놈의 내력이 그처럼 고강할 줄 미처 짐작하지 못했기 때문에 방심했던 탓입니다. 모든 게 속하의 불찰이니 벌하여 주십시오."

"흥, 그런다고 내가 용서할 줄 알아?"

손막소는 감히 대꾸하지 못하고 연신 머리만 조아려 댔다.

2

장청은 불같이 화를 내면서도 내심 이상한 일이라고 생각했다.

손막소는 강호의 마두로 이름을 날린 지 오래되지 않았는가. 누가 감히 그의 흡혈검을 무시할 수 있으랴. 그런데도 고작 어린것에게 호되게 당해 이 모양이 되었다니 정말 믿을 수 없는 일이었다.

장청 또한 강호에서의 손막소의 명성을 잘 아는 것이다. 그래서 그를 믿는 마음이 컸는데도 이 작은 일 하나 제대로 처리하지 못하고 도망쳐 왔으니 더욱 실망스럽다.

그런 중에도 의아한 생각은 남았다.

'강호의 후기지수 중에 사형과 나 말고 또 누가 있어서 손막소를 꼼짝 못하게 할 수 있단 말이지?'

그런 생각 중에 문득 제가 황제릉에서 당했던 일이 떠올랐다.

장청이 급하게 물었다.

"그자가 어떻게 생겼어? 무슨 수법을 썼지? 이름은 뭐래?"

"그건…….'

손막소가 우물쭈물했다. 어둠 속이라 얼굴을 똑똑히 보지 못했고, 보았다고 하더라도 번개처럼 손속을 주고받는 중이었던지라 얼굴에 신경을 써서 기억해 둘 틈이 없었던 것이다.

서로 통성명을 할 사이도, 그런 상황도 아니었을뿐더러, 이름을 물어볼 새도 없었지 않은가.

장청이 다시 신경질을 내려는데, 저쪽에서 검은 옷의 장정 한 명이 급히 달려와 고개를 숙였다.

"주인께서 손 노사를 부르십니다."

장청이 눈살을 찌푸렸다.

“아버님이?”

“오늘 일로 물어볼 게 있다고 하십니다.”

“으음—”

장청이 쓴 입맛을 다셨다. 손막소를 더 다그치고 싶지만 아버님이 그를 찾으신다니 지체할 수가 없기 때문이다.

손막소는 남모르게 안도의 한숨을 내쉬었다. 저승사자의 손에서 풀려난 것만 같았던 것이다.

“나는 믿을 수가 없구나.”

휘장이 드리워진 보료 위에 비스듬히 앉아 있는 사람은 서안의 명 추관(推官)으로 오랫동안 이름을 날렸던 그 꼬장꼬장한 노인이었다.

그의 보료 주위에는 이글거리는 숯불이 가득 담긴 세 개의 화로가 놓여 있어서 훈훈했다. 젊은 사람들에게는 덥게까지 느껴질 것이다.

단 아래에 몇 사람이 서 있었는데, 중앙에는 손막소가 공손한 모습으로 시립해 있었고 왼쪽에는 두 명의 백발노인이 엄숙한 신색으로 서 있었으며 오른쪽에는 장청이 두 명의 영준하게 생긴 흑의청년들을 거느리고 서 있었다.

그녀는 여전히 차가운 눈길로 손막소를 노려보고 있는데, 분이 아직도 풀리지 않은 것 같았다.

무거운 침묵이 흐른 뒤 보료 위의 장 대인이 다시 말했다.

"고작 젊은 청년이었단 말이지?"

"그렇습니다."

손막소가 떨리는 음성으로 대답했다.

한동안 생각하던 장 대인이 다시 물었다.

"너는 그 청년이 쓰던 검법을 알아보았다고 했는데?"

"그렇습니다. 제 눈이 틀리지 않았다면 그건 분명 분광검법이었습니다."

"너는 그걸 어떻게 확신할 수 있지?"

"외람되오나 주인께서 그 검법을 연구하실 때 수도 없이 되풀이하여 시연하곤 하셨지 않습니까? 그때 제가 곁에서 모시고 있었으므로 자연히 눈에 익게 된 것입니다."

"으음—"

손막소의 말에 장 대인이 깊은 침음성을 흘렸다. 그리고 무엇을 생각하는 모습으로 침묵한다.

그는 자신이 분광검법을 익히기 위해 무진 애를 썼던 때를 떠올렸다. 벌써 오래전의 일인데 손막소는 아직 그때의 일을 잊지 않고 있었다.

젊었을 때부터 자신을 주인으로 섬기며 따라온 손막소에 대한 애정과 함께 연민이 그의 가슴을 적시며 흘렀다.

석실 안에 오랫동안 무거운 적막이 흘렀다.

참지 못한 장청이 빠르게 말했다.

"아버님, 분광검법이라면 예전에 말씀하신 적이 있었던 것 같은데, 그건 이미 세상에서 사라졌다고 하시지 않았어요?"

"그랬지."

보일 듯 말 듯 머리를 끄덕였을 뿐, 장 대인은 다시 침묵했다. 그의 생각이 길어지고 깊어지는 모양이어서 장청도 감히 다시 말할 엄두를 내지 못했다.

볼을 잔뜩 부풀린 채 여전히 매서운 눈길로 손막소를 노려볼 뿐이다.

한참의 시간이 지난 뒤에 장 대인이 다시 물었다.

"너는 그 청년이 누구인지, 어떻게 생겼는지 똑똑히 기억하지 못한다고 했다. 지금도 그러한가?"

"그, 그렇습니다. 속하가 아둔한 탓이니 벌하여 주소서."

"그자가 쓰는 게 분광검법이 틀림없다고 생각했다면 어째서 그자의 정체를 밝혀볼 생각을 하지 않았느냐?"

"그것을 알아보았을 때 속하는 그 애송이의 장력에 당해 내상을 입고 말았습니다. 급히 수라음살장을 날려 반격하고는 그만……."

"뒤도 돌아보지 않고 달아났다는 말이지?"

"죄송합니다."

손막소가 털썩 무릎을 꿇었다.

하지만 장 대인에게는 그 일로 손막소를 책망할 마음이 없는 것 같았다. 그가 부드러운 말투로 다시 물었다.

"그럴 수 있지. 너는 그때 네가 받았던 그 청년의 장력에 대하여 자세히 말해보아라.”

“뜨거운 불덩이 같았습니다. 마치 태양의 한 조각이 몸속으로 뚫고 들어온 것 같아 크게 놀랐습지요. 정신이 아뜩해지는 중에 기경팔맥이 열기로 인해 죄다 타 들어가는 것 같았습니다.”

“지금은 어떠하냐?”

“금동(禁洞)에 돌아온 즉시 운기요상했는데, 속하의 음살기를 한껏 끌어올려서야 가까스로 열기가 퍼지는 것을 막을 수 있었습니다. 하지만 아직도 가슴이 뜨겁고 숨이 답답한 것이 완전히 해소하지 못한 듯합니다.”

“으음—”

장 대인이 다시 깊은 침음성을 흘렸다.

청년의 내력이 이미 손막소를 앞지를 만큼 높다는 걸 알 수 있었기 때문이다.

강호에는 손막소보다 내공이 높은 고수가 적지 않을 것이다. 하지만 약관의 청년으로서 벌써 그런 경지에 이른 자가 과연 몇 명이나 될 것인가.

장 대인은 자신의 그런 의문에 대한 답은 오직 한 가지뿐이라는 걸 스스로 잘 알고 있었다. 그러나 그걸 인정하고 싶지 않았다.

‘그가 정말 제자를 키웠단 말인가?

그렇게 믿고 싶지 않은 건 자기 대에서의 불행이 또다시 되풀이되지 않을까, 하는 불안감에서였다.

'그놈들 중 하나가 가져갔을 거야. 틀림없어.'

아버지의 석실에서 먼저 나온 장청이 속으로 중얼거렸다.

그녀는 손에 작은 귀고리 한 개를 쥐고 만지작거리고 있었는데, 불에 탄 폐허에서 운몽이 찾아냈던 귀고리와 한 쌍을 이루는 것이었다.

그녀에게는 그것이 매우 소중한 물건이었다.

마음속으로 사모하고 있는 사형으로부터 받은 최초의 선물인 때문이다.

불타는 장원에서 급히 빠져나오느라고 그것이 떨어진 것도 몰랐다가 뒤늦게 알고 부랴부랴 되찾으려 했던 것인데 손막소는 오히려 일을 망쳐 놓고 말았다.

"무슨 낯으로 사형을 본담. 그를 만났을 때 그 귀고리를 꼭 하고 싶었는데 말이야. 정말 못됐어. 그리고 멍청한 늙은이야. 쓸데가 하나도 없잖아."

못됐다는 말은 그것을 찾기 위해 간 손막소를 쫓아버린 자에게 하는 말이고, 손막소를 욕하는 건 귀고리를 찾아오지 못했기 때문이다.

장청은 속이 상했다. 사형이 물어본다면 대체 뭐라고 변명한단 말인가, 하고 생각하자 눈앞이 깜깜해진다.

지독하기 짝이 없는 그녀였지만, 한 가닥 연정 앞에서는 나약하고 섬세한 소녀에 지나지 않았던 것이다.

벌써부터 마음속으로 제 사형에 대한 사모의 정을 품고 있었으면서도 그에게 아직 한 번도 그런 저의 마음을 제대로 말하지도 못했다.

그를 보면 가슴이 두근거리고 얼굴이 달아올라서 입이 얼어붙었던 것이다.

장청은 제가 직접 그것을 찾아야 한다고 생각했다.

하지만 아버님께서 밖으로 내보내 주실지가 걱정이었다. 어떻게든 핑계를 대야 하는데, 지금으로서는 마땅한 핑곗거리가 없으니 걱정이다.

다음날, 장청의 그런 걱정은 말끔히 가셨다. 장 대인이 그녀를 부른 것이다.

아버지의 석실 안으로 들어선 장청은 우선 손막소가 멀쩡한 모습으로 서 있는 걸 보고 놀랐다.

어제만 해도 그는 곧 죽을 것처럼 보였는데, 하룻밤 사이에 오히려 내상을 입기 전보다 더 기력이 충실해져 있었던 것이다.

"아가씨를 뵙니다."

장청을 본 손막소가 한껏 공손한 얼굴로 그렇게 말하고 머리를 숙였다.

"너는 그와 함께 강호로 나가라."

불쑥 장 대인이 그렇게 말했으므로 장청은 제 귀를 의심해야 했다.

"예? 갑자기 그게 무슨 말씀이세요?"

"가서 손막소와 싸웠다는 그 청년을 찾아라."

장청의 입가에 절로 웃음이 떠올랐다. 그러잖아도 그 젊은 놈들을 찾아가 요절을 내고 싶은 마음이 굴뚝같았는데 아버지가 마치 그것을 안다는 듯 말했기 때문이다.

장청은 그놈들을 잡아서 족치면 반드시 잃어버린 한쪽의 귀고리가 나올 것이라고 믿고 있었다.

장 대인이 다시 말했다.

"손막소 혼자서는 그 청년을 감당하지 못할 것이다. 하지만 네가 도와준다면 가능하겠지. 그자를 반드시 사로잡아서 이리로 데려와야 한다."

"알겠어요. 그런데 정말 죽이면 안 되나요?"

"흥."

장 대인이 코웃음을 치고 매서운 눈길로 장청을 바라보았다.

"내가 손막소를 동행하게 하는 이유가 바로 그래서이다. 그자를 알아볼 사람이 손막소밖에 없는 탓이기도 하지만 너의 급하고 사나운 성정에 제동을 걸라는 의미가 더 크지. 너는 그자를 죽여서는 안 된다. 반드시 산 채로 데려와야 해. 이 일은 중요하고 또 중요한 일이다. 절대로 애비의 말을 허투루 듣지 마라."

"하지만……."

장청이 잔뜩 낯을 찌푸렸다. 마음에 걸리는 게 있어서이다.

그것을 안다는 듯 장 대인이 다시 말했다.

"세상에서는 모두 네가 죽은 줄 알 테니 본래 모습으로 돌아다닐 수는 없겠지."

"……."

"손막소에게 준비시켜 두었다. 너는 그에게 의지해서 매사를 처리해야지, 네 마음대로 해서는 안 된다. 나의 말을 새겨들어라. 너는 성격이 제멋대로이고 급한 데다가 강호에서의 경험이 부족하니 자칫 실수하기 쉽다. 하지만 손막소라면 그럴 염려가 없지."

장청은 아버지가 몇 번씩이나 강조하는 말을 새겨들을 수밖에 없었다. 아버지가 이렇게 말할 정도로 이 일이 중요하다는 걸 느꼈던 것이다.

"잘 알겠습니다."

마음에 불만이 있었지만 아버지의 말이 하나도 틀리지 않다는 걸 잘 아는 장청은 그렇게 하겠다고 약속할 수밖에 없었다.

손막소가 웃으며 말했다.

"아가씨, 아무 걱정 마십시오. 속하가 최선을 다해 아가씨를 모시겠습니다.”

“흥.”

장청이 아버지 앞이라 감히 큰 소리로 코웃음을 치지 못했지만 여전히 싸늘하게 손막소를 흘겨본다.

손막소가 품에서 인피면구를 꺼냈다.

“답답하겠지만 아가씨께서는 이것으로 본래의 면목을 가리시는 게 좋겠습니다.”

“그게 뭐죠?”

“아가씨의 꽃보다 아름다운 얼굴에는 미치지 못하겠지만, 그래도 추하지는 않을 테니 부디 참아주시기 바랍니다.”

방금 아버지의 당부를 듣기도 한 터라 장청은 아무 소리 못하고 손막소가 건네주는 인피면구를 받아 얼굴에 붙였다.

손막소가 다가오더니 품에서 몇 개의 자기병을 꺼냈다. 그 안에 들어 있는 약물로 깔끔하게 마무리를 해준다.

장청은 전혀 새로운 얼굴로 다시 태어났다.

아무리 노련한 자가 보더라도 그것이 인피면구라는 걸 알아챌 수 없을 만큼 완벽했던 것이다.

품에서 손거울을 꺼내 바뀐 제 모습을 들여다본 장청이 그것을 내던졌다.

쨍그랑, 하는 요란한 소리를 내며 거울이 깨졌고, 그보다 더 날카로운 장청의 목소리가 석실 안에 쩡쩡 울렸다.

“이게 뭐야! 나더러 이런 추한 몰골로 돌아다니라는 거야!”

깨끗하기는 했지만 평범하기 짝이 없는 얼굴이 되었던 것이다.

시골의 작은 지주 댁 둘째 딸 같은 모습이다. 평범하고 무난해서 누구도 눈여겨보지 않을 것이다.

손막소가 달래듯 말했다.

"사람들의 이목을 끌지 않기 위해서이니 불편하더라도 참아주시기 바랍니다."

"그의 말을 들어라."

장 대인마저 손막소의 말을 거들었으므로 장청은 입을 다물 수밖에 없었다. 하지만 얼굴에는 여전히 불만이 가득하다.

얼마나 정교하게 만들어진 인피면구인지, 그런 그녀의 표정까지 낱낱이 드러났다.

"그것을 계속 쓰고 계셔야 합니다. 세수를 해도 변하지 않으니 걱정하실 것 없지요. 당분간은 그게 아가씨 본래의 얼굴이라 여기고 생활하시는 게 편할 것입니다."

"끄응—"

장청이 강아지 앓는 소리를 냈다. 보료 위에서 장 대인이 희미하게 웃었고, 손막소의 눈에도 간지러운 웃음이 깃들었다.

3

다음날 두 사람이 잠촌을 벗어나 천천히 서쪽으로 걸어갔는데, 늙은 하인이 주인댁 작은 아씨를 모시고 나들이를 가는 듯한 모습이었다.

날렵한 몸매가 돋보이는 아가씨는 수수한 복장에 길쭉한 등짐 하나를 메고 있었고, 늙은이는 큼직한 보따리를 등에 짊어진 것이 먼 길을 나선 듯했다.

장청과 손막소였는데, 그들이 그런 차림으로 하직 인사를 하러 왔을 때 장 대인마저 냉큼 알아보지 못했다. 그만큼 완벽하게 변한 모습이었던 것이다.

장청이 수수한 시골 처녀의 모습이었다면, 손막소는 병색이 깃든 촌 노인의 모습이었다. 그 또한 인피면구로 자신의 본래 모습을 감추었던 것이다.

툭 튀어나왔던 광대뼈가 감쪽같이 사라졌고, 날카롭게 빠졌던 하관도 둥그렇게 퍼져서 본래의 모습을 어디에서도 찾아볼 수 없었다.

게다가 세 가닥 염소수염이 궁색하게 나 있고, 시커먼 피부에 검버섯이 드문드문 박혀 있는 것이 영락없이 뙤약볕에 나가 종일 일하는 시골 노인의 인상이었다.

손막소는 낡은 무명 허리띠에 길쭉한 장죽 한 개를 꽂고 있었다. 손때가 묻어서 반질거리는 그것은 보통 장죽보다 길이가 반 자쯤 더 길었다. 그래서 무려 두 자 길이에 육박한다는 걸 빼고는 특이한 게 없다.

그들이 향하는 곳은 잠촌 서쪽 삼십여 리 밖에 있는 유상촌이었다. 며칠 전 운몽과 담옥상 등이 묵어갔던 곳이다.

객잔에 들어 잠시 쉬어가는 그들을 눈여겨보는 사람은 아무도 없었다.

밖으로 나갔던 손막소가 천천히 걸어 들어와 장청과 마주 앉았다. 주위의 눈치를 살피면서 한 잔의 차를 마시고 나더니 비로소 낮게 소곤거린다.

"그자들이 나흘 전에 이곳의 항산반점 후원을 통째로 빌려 하룻밤 묵었다고 하는군요."

"홍."

"그 때문에 점소이가 아주 잘 기억하고 있었습니다. 원래 그들은 삼남이녀였는데, 청년 한 사람이 더 늘어나서 사남이녀였다니 그 젊은 놈이 합류한 게 틀림없습니다."

"잘됐군."

"정주로 간다고 했답니다."

"정주?"

"나흘 전에 떠났으니 서두르면 따라잡을 수 있을 것입니다."

"왜 정주로 갔을까?"

"짐작 가는 바가 있습니다."

말해보라는 듯 장청이 물끄러미 바라본다.

손막소가 무언가 꺼림칙한 얼굴로 머뭇거리다가 할 수 없이 말했다.

"열흘쯤 뒤가 염 노인의 칠순 잔치가 있는 날입니다."

"염 노인?"

"최명판관 염숭이라는 자인데, 강호에 위명이 쟁쟁한 괴팍한 늙은이입죠."

"흥."

"강호를 떠나 은거한 지 십여 년이 되어가는데 이번 칠순 잔치에는 강호의 친구들을 대거 초대한 모양입니다. 아마 그놈들은 그 염가의 잔치를 구경하러 간 모양입니다."

"그래?"

장청이 눈을 반짝였다.

"그곳에 가면 강호의 고수라는 자들을 많이 볼 수 있겠군?"

"그럴 것입니다."

"잘됐어. 그럼 우리도 그곳으로 가자. 서두를 것 없어, 그놈들이 도착할 때쯤 우리도 도착하면 될 테니까."

"하지만……."

손막소가 망설인다. 장청이 눈을 부릅떴다.

"왜?"

"염가와 저는 원수지간이나 마찬가지랍니다. 서로 죽이지 못해 안달을 하는 사이라 만나기가 꺼림칙해서 그럽지요."

"쳇, 이런 꼴인데 누가 우리를 알아보겠어?"

　장청이 제 옷을 잡아 늘이며 볼을 부풀렸다. 잠시 생각하던 손막소가 빙긋 웃었다.

　"그것도 그렇군요. 끝까지 우리가 시치미를 떼고 있으면 아무도 알지 못할 것입니다."

　"됐어. 그럼 가."

　결정되었다는 듯 장청이 발딱 몸을 일으켰다.

　그 시각, 담옥상 등은 심원(沁源)에서 배를 타고 심하(沁河)를 따라 순조롭게 남하하고 있었다.

　운몽은 담옥상과 이청풍의 씀씀이를 보고 속으로 적잖게 놀랐다. 그들은 객잔에 들면 후원을 통째로 빌렸고, 가장 좋은 음식과 술만을 골라 먹었으며, 배 또한 커다란 유람선 한 척을 통째로 빌렸던 것이다.

　담옥상의 천웅보와 이청풍의 태을산장은 강호에서 일보일장이라 불리며 한껏 위세를 떨치는 곳이었다.

　천웅보의 보주인 일검진천(一劍振天) 담가기(憺珂奇)와 태을산장의 장주 태을신군(太乙神君) 장무혁(張武赫)은 그 무공과 명성으로 강호에서 어깨를 나란히 했는데, 때문에 서로에 대한 경쟁심을 가지고 있는 터였다.

　그러한 마음이 알게 모르게 후인들에게까지 전해져서 담옥상과 이청풍은 서로 우의를 다지면서도 속으로는 치열하게 경쟁하고 있었던 것이다.

화산수재(華山秀才)로 불리는 곡수린(谷水潾)은 내내 말이 없었다. 깨끗한 얼굴에 한 가닥 수심이 드리워서 묵묵히 강물만 바라보고 있다.

두 아가씨, 풍화곡(楓華谷)의 단심냉옥(丹心冷玉) 상문경(商雯慶)과 태을산장(太乙山莊)의 태을교려(太乙皎麗) 채시화(蔡始華)는 그림자처럼 운몽의 곁을 맴돌았다.

상문경이 활달하고 적극적인 데 비해 채시화는 머뭇거리며 부끄러워하면서도 운몽을 바라보는 눈길만큼은 열기를 담고 있었다.

그녀들 또한 서로 다정하게 말하고 웃음을 나누면서도 속으로는 치열하게 경쟁하고 있었는데, 운몽에게는 그게 부담스러운 일이기만 했다.

곡수린이 우울해하는 원인이 바로 저 때문이라는 걸 눈치 챘기 때문이기도 하고, 스스럼없이 다가와 팔을 붙들기도 하며 교태롭게 웃고 재잘거리는 상문경이 두렵기도 했던 것이다.

채시화는 상문경처럼 적극적이지 못했으나, 운몽과 눈이 마주치면 볼을 붉히며 배시시 웃어주곤 했다. 운몽에게는 오히려 그런 채시화의 수줍음과 은근함이 더 매력적이었다.

목까지 빨개져서 고개 숙이는 그녀를 보면 때로는 왈칵 안아주고 싶다는 충동을 느끼기도 했던 것이다.

그러면 운몽은 깜짝 놀라 스스로를 꾸짖었다.

'너는 대체 어찌 된 놈이란 말이냐? 너는 소령 사태의 말처럼 정말 바람둥이가 될 작정이냐? 운지는 아직도 절연암에 갇혀서 눈물로 세월을 보내고 있을 텐데 너는 강호에 나와 벌써부터 여자들에게 한눈을 팔고 있구나. 운지에게 미안한 마음도 없단 말이냐?'

그런 생각이 들면 운몽은 애써 그녀들을 멀리했다. 슬며시 자리를 피해 선미(船尾)로 나가 수려한 강변 풍광을 감상하거나 아니면 담옥상 등과 어울려 일부러 큰 소리로 웃고 떠들기도 했던 것이다.

하지만 아무리 그가 피한다고 해도 좁은 배 안이다. 하루에도 수십 번씩 그녀들과 마주치지 않을 수 없었다.

그때마다 사근사근하게 달라붙는 상문경과 수줍은 눈길을 보내오는 채시화 때문에 가슴이 두근거리고 입 안이 말랐다.

그러면 운몽은 짐짓 화난 사람처럼 무뚝뚝하고 냉랭하게 그녀들을 대하곤 했는데, 그것이 두 아가씨의 가슴에 상처를 주는 일이라는 건 조금도 생각하지 못했다.

그녀들은 운몽의 그런 모습에 서로 다른 반응을 보였다.

채시화는 때로 눈물마저 글썽거리며 쓸쓸히 바라보다 돌아서곤 했고, 상문경은 운몽이 무정하게 대할수록 더욱 적극적으로 그와 가까워지려 했다. 하지만 운몽의 냉담함에 대하여 속으로 서운하고 안타까워하는 건 그녀 또한 채시화의 마음과 같았다.

심하를 따라 내려간 지 이틀 뒤에 배는 무릉현(武陵縣)에 이르렀다. 드디어 정주를 지척에 둔 것이다.

그들은 배에서 내려 가장 크고 화려한 객잔의 후원에 들었고, 배부르게 먹고 마신 뒤에 한참을 떠들고 나서야 각자의 방으로 들어갔다.

침상에 누워 이리 뒤척, 저리 뒤척 하던 운몽은 기어이 벌떡 일어났다. 창문으로 흘러드는 교교한 달빛이 너무 밝았기 때문이다.

후원의 뜰로 내려서자 하얀 달빛이 폭포처럼 쏟아진다. 보름을 사흘 앞둔 달인 것이다.

텅 비어 적막한 뜰을 홀로 서성이면서 운몽은 울적한 마음이 되어 한숨을 쉬었다.

'사부님은 식사라도 거르지 않으시는지, 반정도관의 삐걱거리는 문은 고치셨는지, 말상대할 사람이 하나도 없는 텅 빈 산속에서 홀로 외롭지는 않으실지…….'

그런 생각들이 그를 더욱 울적하게 했다. 당장이라도 다 때려치우고 학정봉으로 달려가고 싶었다.

하지만 혈영자를 찾아서 죽이지 않으면 아미산이 불타 버린다니 그럴 수가 없다.

아미산을 생각하면 무엇보다 운지가 떠올랐다. 그녀를 보지 못한 지가 벌써 사 년이나 되지 않았던가.

절연암에 갇혀 있던 그녀의 모습을 마지막으로 보았던 일이 떠올랐다.

창백했다. 더 야윈 것 같았고, 다듬지 않은 머리카락이 무성하고 길게 자라 버림받은 여자의 상심한 마음을 느끼게 해주었다.

얼마나 적막하고 쓸쓸할 것인가, 하고 생각하자 가슴이 미어지는 것 같았다.

오 년의 폐관이라는 벌을 받았다니 앞으로 일 년이 더 남았다.

머리 위의 달을 바라보고 손을 모은 운몽은 그녀가 일 년 뒤에는 강호로 나오게 되기를 간절히 빌었다.

일 년 뒤에 그녀의 소식을 듣기만 한다면 모든 걸 내팽개치고 달려갈 작정이었다.

이 넓은 땅의 이쪽 끝과 저쪽 끝에 서로 떨어져 있다고 해도 상관없다.

"상공, 야심한 밤에 홀로 무엇을 하시나요?"

문득 낭랑한 음성이 들려왔다. 상문경이다.

그녀가 회랑의 난간에 기대선 채 물끄러미 운몽을 바라보고 있었다. 한참을 그렇게 서 있었는지도 모른다.

"무엇을 그렇게 간절히 기원했지요?"

반짝이는 그녀의 두 눈이 운몽에게서 떠나지 않았다. 무언가 잔뜩 기대하고, 희망과 기쁨에 차 있는 그런 눈빛이었다.

第八章
숭의산장(崇義山莊)의 군웅들

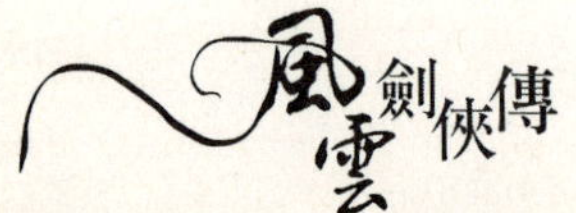

상문경의 말에 운몽은 당황했다. 제가 달을 보고 간절히 소원을 비는 걸 그녀가 다 지켜보았다니 부끄러웠던 것이다.

"별거 아니었소."

"그렇지 않은 것 같았는걸요? 설마 아름다운 인연을 맺게 해달라고 기원한 건 아니었나요?"

상문경이 천천히 뜰로 내려오며 나긋나긋하게 말했다.

"청춘남녀가 달을 보고 기원하는 건 바로 그런 소망을 품었을 때라고 해요. 달님이 무엇보다 청춘남녀의 애틋한 소망을 잘 들어준다지요?"

"그, 그런…… 말이 있소?"

"저도 달님에게 빌 소망이 있으니 우리 함께 빌어요."

운몽이 무어라고 말하기도 전에 덥석 그 손을 잡은 상문경이 꾸벅꾸벅 머리를 숙여가며 중얼거렸다.

"남녀의 연을 맺게 하고 자녀를 생성하게 하며 복은 빨리 내려주시고 화는 더디 내시는 자애로우신 항아(姮娥)님께 비옵니다."

그녀의 말은 듣기에 따라서는 낯뜨거운 것이었다.

운몽은 무안해서 절로 얼굴이 붉어졌다.

그런 걸 아는지 모르는지 상문경은 머뭇거리지 않고 기원의 말을 중얼거렸는데, 마치 미리 연습이라도 해두었던 것처럼 막힘이 없었다.

"꽃이 피면 벌이 날아드는 게 누가 시켜서 되는 일이 아니고, 가을이 되면 밤송이가 절로 벌어지는 게 누가 시켜서 되는 일이 아닙니다. 남녀가 소년, 소녀 티를 벗으매 서로 바라보는 마음이 애틋해지고 새로운 정이 싹트는 것도 그와 같은 줄 압니다. 애초에 조화옹께서 세상을 만드실 때 이미 그렇게 정하셨으니 인간이 어찌 그것을 거스를 수 있으리오. 항아님께서는 이런 저의 정과 마음을 애틋하게 여기사 부디 가연(佳緣)을 맺게 허락해 주소서."

그 뒤에는 저 혼잣말로 중얼거렸으므로 잘 알아들을 수 없었으나, 운몽은 그녀가 제 이름도 중얼거린 것 같아서 더욱 당황했다.

빌기를 마친 상문경이 달처럼 환한 얼굴로 미소 지으며 운몽의 손을 흔들었다.

"자, 이젠 운 공자께서도 빌어보세요. 월궁의 항아님께서 반드시 그 소원을 들어주실 거예요."

"아니, 나는…… 그게, 저기……."

운몽은 어디에 눈을 두어야 할지 몰라 얼굴만 붉혔다.

달빛을 받아 더욱 아름답고 요염하게 반짝이는 그녀를 보고 있자니 가슴이 두근거리고 입 안이 버석거렸던 것이다.

그녀에게 잡혀 있는 손을 통해 부드럽고 따뜻한 온기가 흘러들어 왔다.

느끼지 못하고 있었던 것인데 한 번 느끼기 시작하자 마치 이글거리는 숯덩이를 쥐고 있는 것 같았다.

깜짝 놀란 운몽이 그녀의 손을 뿌리치려고 했지만 상문경이 더욱 꼭 잡았으므로 그러지 못했다.

"운 상공."

그녀가 그윽한 눈길로 바라보며 속삭이듯 말했다.

"저는 상공께 구명지은을 입었으나 그것 때문에 상공을 마음에 담아두고 있는 건 아니랍니다."

노골적인 말이다. 운몽의 볼이 더욱 붉어졌다. 어쩔 줄을 모르고 쩔쩔매기만 할 뿐, 무어라 한마디도 말할 수 없었다.

상문경이 더욱 은근하고 달콤한 음성으로 속삭였다.

"상공의 떳떳하고 순박한 그 마음이 좋았기 때문이지요.

이 험악한 강호에서 상공과 같은 마음을 가지고 있는 사람은 정말 찾기 힘들 거예요. 인의가 무엇인지 상공은 잘 알고 있으니 더욱 고귀하답니다."

"과찬이오, 과찬이올시다. 나는……."

"제 눈이 틀림없어요. 그렇지 않다면 상공이 스스로의 위험마저 무릅쓰고 저희들을 구해주었을 리가 없지요. 사악한 마두의 음기에 담 사형과 곡 사형 두 사람이 중상을 입었을 때 상공이 그들을 위해 음기를 해소해 주었어요. 그게 얼마나 위험한 일이었는지 저는 잘 안답니다. 그때 상공이 보여준 용기와 희생정신은 저를 감격시키고도 남았어요."

"과찬이오. 감당할 수 없소이다."

그녀의 말에 운몽은 마치 꾸중 듣는 아이처럼 쩔쩔매기만 할 뿐이었다.

그의 그런 모습이 상문경의 마음을 더욱 뜨겁게 했다.

"게다가 겸손해서 조금도 스스로를 내세우려고 하지 않으니…… 과연 운 상공과 같은 사람이 또 있을까요?"

이제는 운몽의 가슴에 스스로 안겨들 기세였다.

'큰일 났다, 큰일 났어.'

운몽은 그녀가 기대오면 어떻게 해야 할지 생각해 낼 수가 없었다. 그러기 전에 그녀에게서 떨어져야 하는데 상문경이 꼭 붙잡고 있는 손을 놓아주려 하지 않으니 그것마저 여의치가 않다.

매정하게 뿌리친다면 그녀가 마음에 얼마나 상처를 받을 것인가, 하는 생각도 들었던 것이다.

아미산을 떠나던 날 학정봉에서 마주친 소령 사태는 말하지 않았던가.

"남자로서 한 여인의 마음에 상처를 주는 것은 백 사람, 천 사람의 몸에 검상을 입히는 것보다 크고 심중한 일이다. 그녀의 고통은 영원히 사라지지 않기 때문이지."

그 말이 지금 이렇게 질긴 동아줄이 되어서 저를 옭아매리라고 그때는 조금도 알지 못했었다.

이 난감한 상황에서 벗어나려고 발버둥 치는 운몽에게 기회가 왔다.

"어? 채 소저 아니오?"

두리번거리던 그의 눈에 저쪽, 달빛이 그늘진 회랑의 난간에 숨듯이 서서 바라보고 있는 채시화가 가득 들어온 것이다.

"어머나."

깜짝 놀란 상문경이 급히 운몽의 손을 놓고 한 걸음 물러섰다. 저의 이런 모습을 채시화가 낱낱이 지켜보았을 거라는 생각에 얼굴이 홍당무처럼 붉어진다.

그런 한편, 마음속에는 그녀에 대한 노여운 감정도 들었다. 눈치도 없이 이런 상황에 불쑥 나타나 저의 달아오른 마음에

찬물을 끼얹었다는 원망 때문이다.

채시화는 달 그늘에 반쯤 몸을 감춘 채 아무것도 보지 못하는 사람처럼 멍하니 이쪽을 바라보고만 있었다.

운몽이 주춤주춤 그녀에게 다가갔다. 그러나 채시화는 그것도 보지 못하는 것처럼 여전히 멍한 시선을 정원 복판에 두고 서 있기만 했다.

운몽을 보는 것도 아니고 상문경을 보는 것도 아니다.

그녀는 달빛이 하얗게 내려앉아 반짝이고 있는 한 그루 향나무 그루터기를 바라보고 있었다.

그녀의 귀에는 바람 소리가 들리고, 그녀의 가슴에는 급히 흐르는 개울물 소리가 가득 찼다.

'이럴 줄 알았다면 무엇 때문에 사부님을 졸라 강호에 나왔을까?

그런 생각이 그녀의 마음을 슬프게 했다.

태을산장에 돌아온 지 얼마 되지도 않아서 사형이 다시 강호로 나간다고 하자 채시화는 사부를 조르고 졸라 겨우 허락을 받고 사형 이청풍을 따라왔던 것이다.

산장을 내려올 때는 강호에 대한 기대와 동경으로 한껏 마음이 부풀었는데, 지금은 적막하고 쓸쓸하기만 하니 산장에 있을 때보다 못했다.

그래서 그녀는 마음속 가득 제가 자란 태을산장의 바람 소리와 골짜기의 물소리를 듣고 있었다.

"언제부터 나와 있었소?"

난간 아래에서 운몽이 뜻없는 말을 물었다.

채시화가 천천히 눈길을 돌려 그를 내려다본다.

그녀의 얼굴을 보고 눈빛을 대한 운몽은 가슴이 철렁했다.

말하지 않았어도 그녀의 얼굴과 눈 속에 가득한 슬픔이 보였던 것이다.

운몽은 기어이 저 때문에 한 여자가 가슴에 상처를 입은 건 아닐까? 하는 생각에 탄식했다.

"당신은 왜 한숨을 쉬나요?"

채시화가 쓸쓸한 어조로 낮게 묻는다.

그녀의 음성에 운몽은 제 가슴마저 답답해지는 것 같았다.

"소협은 달밤의 운치를 아는 풍류공자이시군요."

"아니, 그건 저……."

"남자들은 그렇다고 들었어요."

뜬금없는 말이라 운몽은 어리둥절해서 그녀를 바라보기만 했다.

채시화가 흘러내린 귀밑머리를 쓸어 올리며 그의 시선을 외면하고 담담하게 말했다.

"바람과 같다지요? 한곳에 머물지 못하고, 잡을 수도 없고, 내게 왔다가도 곧 다른 곳으로 가버린다죠? 벌과 나비가 이 꽃 저 꽃을 부지런히 오가는 것과도 같다고 들었어요. 정말 그런가요?"

"채 소저, 그건 소생에게 어울리는 말이 아닌 것 같소이다."

"그럼 아니란 말인가요?"

"소생은 바람이 아니고, 벌과 나비가 되고 싶은 마음도 없소이다. 소생은 다만 한곳만을 바라보며 우두커니 서 있는 망부석일 뿐이라오. 비가 오고 바람이 불고 눈이 내려도 망부석은 아무 말이 없지요. 한곳만 바라보고, 한 가지만 생각하는데 눈비가 무슨 소용이고 바람이 무슨 소용이겠소?"

어느덧 운몽의 말에도 쓸쓸함이 묻어나고 있었다. 그의 얼굴이 적막해지고 눈빛이 아득해졌다.

운대봉 정상에 서서 운지를 생각하며 절연암이 있는 방향을 하염없이 바라보고 있던 자신의 모습이 떠오른 것이다.

채시화가 깜짝 놀랐다.

"아, 당신은 이미 마음속에 담아두고 있는 사람이 있었군요?"

운몽의 독백은 저쪽에 우두커니 서 있는 상문경에게도 충격이었다. 그녀 또한 '아!' 하고 놀란 소리를 내더니 빠른 걸음으로 다가왔다.

"정말 그런가요? 채 동생의 말처럼 당신에게는 이미 마음을 준 여자가 있나요?"

"그렇소."

운몽이 담담한 얼굴이 되어 말했다.

"오래전부터 마음 깊이 담아두고 있는 사람이 있답니다."

"아!"

채시화와 상문경이 동시에 놀람의 탄성을 터뜨렸다. 얼굴
가득 실망이 깃든다.

2

다음날 그들은 다시 길을 떠났는데, 상문경도 채시화도 우
울한 얼굴을 한 채 내내 말이 없었다.

늘 쾌활하고 호기가 사내 못지않던 상문경의 그런 모습이
모두를 의아하게 했다.

운몽도 말이 없고 화산수재 곡수린도 말이 없으니 이청풍
과 담옥상도 덩달아 입을 다물었다.

지난밤, 곡수린은 채시화처럼 회랑에 나와 있었다. 아무도
그것을 알지 못했는데, 그는 밝은 달 아래에서 상문경이 운몽
의 손을 잡고 다정하게 말하는 걸 모두 보았으며, 채시화가
하는 말도 모두 들었던 것이다.

그의 마음은 상심으로 인해 깊이 병들어갔다. 운몽을 바라
보는 마음이 점점 강퍅해져 간다.

수시로 상문경을 힐끔힐끔 훔쳐보았는데, 그때마다 한숨
이 절로 나왔다. 그러니 그녀에 대한 원망도 쌓여만 갈 수밖
에 없다.

친자매처럼 꼭 붙어 다니면서 다정하던 채시화와 상문경은 마치 다툰 사람들 같았다. 여전히 말 머리를 나란히 하고 있지만 입을 꼭 다문 채 서로 다른 곳을 바라보고 있었던 것이다.

이청풍은 그들 두 쌍의 남녀 사이에 흐르고 있는 미묘한 기류를 눈치 챘다. 그러나 담옥상은 그렇지 않았다.

남녀 관계에 있어서만큼은 운몽 못지않게 아둔한 담옥상은 하룻밤 사이에 분위기가 왜 이렇게 썰렁해졌는지 어리둥절할 뿐이다.

이청풍이 섬세한 감정의 소유자인 반면, 그는 호방하고 대범한 성품을 가지고 있었던 것이다.

정주가 지척에 다가왔다.

반나절을 더 나아가 유유히 흐르는 누런 황하를 건너자 이제부터는 정주 땅이었다.

*　　　*　　　*

"이 공자, 담 공자, 와주었군요. 곡 사부는 처음 만나지만 낯설지가 않소이다."

얼굴 가득 웃음을 띠고 반갑게 맞는 사람은 점잖게 생긴 사십대의 중년인이었다.

최명판관 염숭의 숭의산장(崇義山莊)을 관장하는 총관 나대헌(羅大憲)이다.

강호에서는 그를 신필수사(神筆秀士)라고 했는데, 학식이 여느 학자 못지않을뿐더러, 한 자루의 판관필을 기막히게 쓰는 고수로도 이름이 높았다.

그가 스스로 몸을 굽혀 염숭의 장원지기로 들어온 것은 마음 깊이 염숭을 흠모해서였다.

그래서 아직 젊은 나이임에도 불구하고 강호에서의 공명을 헌신짝처럼 내버린 채 장원지기로 만족하며 살고 있었던 것이다.

신필수사 나대헌이 아직 젊은 곡수린을 사부라고 부른 건 곡수린이 도사의 복장을 하고 있기 때문이었다. 늙고 젊고를 떠나서 속인이 도사에 대한 존경심을 표현하는 호칭인 것이다.

"채 소저와 상 소저는 볼 때마다 더욱 미모가 출중해지니 놀라울 따름입니다."

그가 두 아가씨에게 말을 건네며 살갑게 웃었다. 강호에서 몇 번 만난 적이 있기 때문인데, 신필수사 나대헌은 인품이 넉넉해서 나이를 떠나 사람 사귀기를 좋아하는 호인이기도 했던 것이다.

운몽은 한쪽에서 그들이 서로 반가운 인사말들을 주고받는 걸 물끄러미 바라보기만 했다.

그들과 저 사이에 이처럼 차이가 있다는 게 쓸쓸했다. 강호에서의 위상이라는 것이다.

그들은 모두 명문세가의 자제이거나 제자들이고 자신은 이름없는 무명소졸이 아닌가.

숭의산장 입구에 차일이 쳐 있고 접객을 담당한 사람들이 나와서 방문객을 일일이 확인하며 명부를 작성하고 있었는데, 담옥상 등이 왔다는 것을 안에 기별하자 즉시 총관인 나대헌이 달려나와 직접 그들을 맞이했던 것이다.

그것만 보아도 담옥상 등이 강호에서 얼마나 명성을 얻고 있는지, 그들의 사문이 얼마나 쟁쟁한지 능히 알 수 있다.

운몽은 어쩌면 저 총관이라는 사람은 자신을 담옥상이나 이청풍을 따라온 종 정도로 여길 것이라고 생각했다. 그랬기에 저에게는 눈길 한 번 주지 않는 것이리라.

쓸쓸한 웃음이 절로 나온다.

그때 담옥상이 큰 소리로 운몽을 불렀다.

"운 형, 이리 오시오. 내가 나 선배를 소개시켜 드리리다."

"응?"

그 말에 비로소 나대헌이 깜짝 놀라 운몽을 돌아보고 담옥상을 바라보았다.

이 도도한 후배가 후줄근한 모습으로 서 있는 청년을 형이라는 호칭으로 불렀기 때문이다.

나대헌은 제가 혹시 아는 사람인가 하여 유심히 운몽을 바라보았다. 하지만 기억을 아무리 더듬어도 본 적이 없는 청년이었다.

그 운몽이 천천히 다가왔다. 담옥상이 그의 어깨를 감싸듯 하며 소개했다.

"이분께서 강호에 신필수사로 대명이 쟁쟁한 나대헌, 나대협이십니다."

운몽이 가볍게 포권했다.

"운몽입니다."

"운 공자이셨구려. 미처 알아보지 못해 죄송하오."

나대헌이 정중하게 예를 차렸다. 나이를 의식하지 않는 그의 깍듯한 응대에 운몽은 얼굴이 붉어졌다.

"그런데 운 공자에 대한 말은 들어보지 못했으니 아무래도 내가 산장에만 틀어박혀 있느라 눈이 어두워지고 귀가 어두워진 모양이군."

은근히 떠보는 말이다.

한쪽에서 빙글빙글 웃으며 서 있던 이청풍이 즉시 받았다.

"심산의 은거 고인에게서 수학하고 이제 막 강호에 나왔으니 알아보지 못하시는 게 당연하지요. 하지만 소생이 장담하건대 앞으로 강호에 운몽 형의 위명이 우렛소리처럼 울릴 것입니다. 그때는 우리 모두 달빛 아래의 반딧불 신세가 되겠지요. 하하하―"

그의 너스레에 나대헌은 더욱 곤혹스러워졌다.

'대체 어찌 된 일이란 말이냐? 사부와 가친의 후광을 믿고 평소에 오만하기 짝이 없는 젊은 도령들 아니던가. 그런데 이렇게 겸손을 떨다니?

그런 생각이 들어 운몽을 더욱 유심히 바라본다. 하지만 그저 평범한 청년으로 보일 뿐이었다. 어디에도 고수다운 기개라던가 분위기가 느껴지지 않았던 것이다.

나대헌은 설마 운몽이 젊은 나이에 벌써 스스로를 감출 수 있는 반박귀진(返璞歸眞)의 경지에 들었단 말인가? 하는 의문이 절로 들었다.

그게 아니라면 담옥상 등이 자신을 놀리는 것이라고밖에는 생각할 수 없다.

하지만 담옥상이나 이청풍은 물론, 성정이 까다롭고 오만하기로 이름난 풍화곡의 상문경조차 운몽을 바라보는 눈에 은근한 정을 품고 있으니 어리둥절하기만 했다.

운몽이 방명록에 제 이름을 적어 넣는 걸 보며 신필수사 나대헌은 머리를 갸웃거릴 수밖에 없었다.

3

장원은 작은 성을 방불케 할 만큼 크고 넓었다. 그 장원이 방문객들로 넘쳐 날 지경이었으니 과거에 최명판관 염숭의 명성이 어떠했는지 능히 짐작할 수 있다.

운몽 등은 서편의 객사로 안내되었는데, 후원에 면해 있어서 비교적 조용하고 아늑했다.

후원과 별원에는 각지에서 온 강호의 명숙들이며 각 문파의 장로 급 인물들이 머물렀고, 운몽 등이 머물게 된 서편 객사는 명망있는 가문이나 문파의 후기지수들에게 할당된 곳이었다.

자연히 이미 와 있는 십여 명의 젊은 남녀들과 만나게 되었는데, 그들은 모두 담옥상 등과 앞 다투어 인사를 나누기에 여념이 없었다.

운몽은 또 한 번 강호에서 천웅보와 태을산장, 그리고 풍화곡의 위세가 어떤지 잘 알 수 있었다. 결코 정파의 기둥이라는 구대문파에 뒤지지 않았던 것이다.

그들보다 급이 처지는 일반 강호의 하객들은 정문 광장 주변의 객사로 안내되었고, 이름도 배경도 없는 삼류 급 인물들은 광장 구석에 급조한 천막을 숙사로 사용해야만 했으나 불만을 말할 수도 없었다.

워낙 많은 하객들이 몰려왔다는 걸 그들도 잘 알기 때문이다.

장원의 하인이며 관리자들은 말할 것도 없고, 최명판관 염숭 본인조차도 자신의 칠순잔치에 이처럼 많은 사람들이 찾아올 줄 몰랐던 터라 적잖이 당황하고 있는 형편이었던 것이다.

염숭은 몇몇 지인들과 강호의 명숙들에게 초대장을 보냈

을 뿐인데, 그들을 통하여 알게 된 사람들이 계속 찾아왔다.

은거에 든 노고수 염숭은 감격했다.

자신이 강호에서 활동할 때에는 사람을 가리지 않고 오직 선악만을 따져서 냉엄하게 심판했을 뿐이라 원한을 가진 자도 적지 않을 것이었다.

흑도와 백도 양쪽에 모두 적이 있는 셈인데, 정파와 사마의 무리가 꺼려하지 않고 하객으로 찾아와 주었으니 감격하기도 했다.

그의 냉엄한 처사에 앙심을 품은 사람이 많은 만큼 그에게 고마움을 느끼는 사람도 많았던 것이다.

운몽은 여태까지 아미산 중에서 제 사부와 둘만의 시간을 가져왔던지라 이처럼 많은 사람이 북적거리는 분위기에는 적응하기 힘들었다. 그는 차라리 혼자 있는 시간이 더 편하게 여겨지는 사람이 되어 있었던 것이다.

그래서 운몽은 하루 종일 방 밖으로 나가지 않았다. 밖에만 나가면 제 또래이거나 몇 살 많아 보이는 젊은 남녀들이 힐끔거리며 수군거리는 걸 보는 게 싫었던 것이다.

그들은 하나같이 명문가의 자제나 제자들이었으므로 생면부지에다가 어수룩해 보이는 운몽에게 눈살이 찌푸려지는 건 당연했다.

담옥상과 이청풍, 곡수린도 오랜만에 만난 낯익은 얼굴들과 어울리느라고 운몽에게는 소홀할 수밖에 없었다.

운몽은 담옥상, 이청풍과 한 방을 쓰고 있었는데, 그들이 종일 밖으로 나돌았으므로 독방을 차지하고 있는 것이나 마찬가지였다.

그는 그것을 다행으로 여기며 온종일 방 안에서만 뒹굴었다.

때로는 밥을 먹는 것조차 걸렀는데, 그러면 즉시 상문경과 채시화가 찾아와 어디 아픈 건 아니냐, 시장하지 않느냐, 이것저것 묻고 위로했다.

그녀들로서는 진심으로 걱정해 주는 것인데 운몽에게는 그러한 그녀들의 관심과 친절도 이제는 부담스럽고 귀찮기만 했다.

'괜히 따라왔나 보다.'

그래서 절로 그런 생각이 들곤 했다.

처음에는 많은 사람들을 만날 수 있고, 강호의 얘기를 들으면 도움이 될 것 같아서 좋아했는데, 막상 와보니 자신은 개밥그릇 속의 도토리와 같은 신세였기 때문이다.

유유상종(類類相從)이라는 말 그대로였다. 새는 새와 어울리고 토끼는 토끼와 어울리게 마련 아니던가.

명문가의 젊은이들은 저희들끼리만 몰려다니며 으스대고 즐거워했을 뿐, 출신이나 배경이 시원치 않은 사람이라고 판단되면 제 또래라고 해도 별 망설임 없이 배척했던 것이다.

그런 그들에게 운몽은 '별난 놈'이라거나, '담옥상 등의

덕을 보는 놈' 정도로 여겨질 뿐이었다.

그들의 그런 태도가 저를 바라보는 시선에 노골적으로 드
러나곤 했으므로 운몽은 크게 실망했다.

같은 또래의 친구를 사귈 수 있으리라고 믿었던 기대가 실
망으로 바뀌더니, 그들에 대한 원망으로까지 발전했다.

그렇다고 해서 운몽은 애써 자기 자신을 그들에게 드러내
보이고 싶지도 않았다. 그들이 자기를 무시하니 나도 그들을
무시하면 그뿐이라고 생각한 것이다.

이틀이 지났을 때 숭의산장으로 몇 사람이 또 찾아왔다.

그들을 본 접수대의 사람들이 눈살을 찌푸렸고, 소식을 들
은 신필수사 나대헌도 잔뜩 긴장해서 바쁘게 달려나왔다.

세 사람이 나 보란 듯이 접수대 앞에 버티고 서 있는 중이
었다.

그들을 본 나대헌의 눈살이 절로 찌푸려졌다.

'저 망나니들이 어쩐 일이란 말인가? 호사다마라더니, 설
마 좋은 날을 망쳐 놓으려고 일부러 찾아온 건 아니겠지?

반갑기는커녕 그런 생각부터 들었던 것이다.

그들은 오래전부터 강호에 그 악명이 쟁쟁한 태백쌍악과
망나니로 이름난 철선공자 여상풍이었다.

한 사람만 와도 골치 아픈 일인데 세 명이 한꺼번에 들이닥
쳤으니 나대헌은 물론 장원의 사람들이 모두 긴장하는 건 당

연했다.

나대헌을 본 소악 황령이 대뜸 손가락질을 하며 소리쳤다.

"나가야, 몇 년 보지 못한 사이에 네 위세가 이렇게 당당해졌더란 말이냐?"

나대헌이 쓴웃음을 지으며 포권했다. 어쨌거나 제가 강호에서 활동할 때 태백쌍악과는 안면을 튼 적이 있고, 그들과 별다른 원한을 맺지도 않았기에 문전박대할 수 없었던 것이다. 게다가 강호의 배분으로 따져도 태백쌍악은 자신보다 한참 선배가 되지 않는가.

"소생이 어찌 태백산의 두 어르신 앞에서 위세를 떨겠습니까?"

그의 겸손한 말에 소악 황령이 눈을 부라렸다.

"그렇다면 어째서 우리 형제를 이처럼 대한단 말이냐?"

"죄송하게 되었습니다."

나대헌이 머리부터 조아렸다. 어찌 되었든 좋은 날이 코앞에 닥쳤으니 이 태백산의 늙은 망종들을 잘 구슬려 놓고 볼 일이었기 때문이다.

그는 머릿속으로 부지런히 생각했다.

'대체 이 세 사람을 어떻게 대우해야 좋을 것인가? 백도의 명숙들과 함께 기거하도록 할 수는 없고, 흑도의 고명한 자들을 묵게 한 숙사는 이미 다 찼지 않은가. 그렇다고 서쪽 객사의 젊은이들에게 방을 내주라고 할 수도 없다. 아직 여분이

있지만 광장 한쪽에 마련된 삼류 급 인물들과 함께 있도록 할
수도 없으니 이거 정말 큰 골칫덩이로구나.'

그런 생각 때문에 나대헌은 암담하기만 했다.

평소에 태백쌍악이나 철선공자 여상풍이 제 주인인 최명
판관 염 대인과 안면이 있다는 말을 듣지도 못했는데 이렇게
불쑥 찾아왔으니 대책을 세웠을 리도 없다.

쩔쩔매는 나대헌을 바라보던 대악 염창이 껄껄 웃었다.

"집사 직을 맡았다더니 그게 그리 쉬운 게 아니지?"

"예?"

나대헌이 깜짝 놀라 염창을 바라본다.

그가 이처럼 부드러운 어조로 말할 줄이야 꿈에도 생각하
지 못했던 것이다.

염창이 다시 말했다.

"보아하니 우리가 너무 늦게 온 모양이군. 그래서 묵을 곳
이 마땅치 않은 게야. 그렇지 않은가?"

"그, 그렇습니다. 하지만 걱정 마십시오. 두 분께서 먼 길
을 마다 않고 이렇게 찾아오셨는데 제 방이라도 내드리지 않
는다면 후배 된 도리가 아니지요."

"그럴 것 없네."

"예?"

염창의 말은 거푸 나대헌을 놀라고 당황하게 했다.

염창이 전혀 그답지 않게 빙긋 웃으며 다시 말했다.

"여기 운몽이라는 젊은이가 왔지? 우리를 그와 한 방을 쓰게 해주면 어떻겠나?"

"예?"

그들은 이곳에 온 직후 부지런히 방명록부터 확인했던 것이다. 그 속에서 운몽이라는 이름을 찾아내는 건 쉬운 일이었다.

'운몽? 운몽이 누구지?'

나대헌은 부지런히 눈을 굴리며 제 기억을 더듬어야 했다. 그리고 겨우 그가 이틀 전에 담옥상 등과 함께 온 젊은이라는 걸 기억해 냈다.

"아, 그 운 공자 말씀이군요."

나대헌이 반색을 하자 소악 황령이 머리를 갸웃거리고 제 형인 대악에게 물었다.

"그가 언제부터 공자 소리를 듣게 되었을까? 일개 표국의 쟁자수에 불과했는데 말이야."

"흘흘, 아무려면 어떠냐? 어쨌든 우리가 바로 찾아왔으니 되었지."

"하긴."

그들의 곁에서 아무 말 없이 허공만 응시하고 있던 철선공자 여상풍이 도도하고 오만한 얼굴로 나대헌을 바라보았다.

그는 평소에 늘 화려한 옷을 입고 여유만만한 태도로 한껏 풍류공자의 멋을 내기 좋아하는 사람이었는데, 어찌 된 일인지 지금은 수수한 복장에 낯빛마저 엄숙해져 있어서 전혀 다른 사람인 것 같았다.

강호의 선배인 나대헌을 보았으면서도 인사는커녕 눈길 한 번 제대로 주지 않고 있었으니, 그의 화려하던 기질이 오만하고 도도한 것으로 바뀐 것 같았다.

나대헌은 그런 철선공자를 보면서 고약한 일이라고 속으로 중얼거렸다. 젊은 놈에게 무시당하고 있는 것 같아서 화가 났지만 철선공자라는 이름을 얕잡아볼 수 없으니 참는 수밖에 없다.

철선공자 여상풍이 무심한 어투로 말했다.

"운 공자가 이곳에 있다면 우리를 그에게 안내해 주시오. 그러면 아무 일도 없을 것이오."

말하는 게 지극히 오만하고 무례했다. 나대헌이 눈살을 찌푸렸다.

'이 어린 녀석은 정말 고약하구나. 들리는 말에는 풍류공자를 자처하면서 뒤로 온갖 추잡한 짓을 하고 다닌다던데 소문이 잘못된 것이었군. 제 잘난 맛에 사는 철부지에 지나지 않아.'

속으로 그렇게 욕했지만 한편으로는 놀라지 않을 수 없었다.

'고작 서른 남짓한 청년으로서 강호에 이름을 드날리고 있으니 확실히 놀라운 일이기는 해. 장강의 뒤 물결이 앞 물결

을 밀어낸다더니 강호에도 그동안 많은 변화가 있었어.'

건드리지 말아야 할 골칫덩이로 꼽히는 철선공자 여상풍이 고작 서른 살이 되었을까 말까 한 청년이라는 게 나대헌에게는 뜻밖이었던 것이다.

좋든 나쁘든 그 나이에 그 정도의 명성을 얻었다는 건 결코 무시할 수 없는 일 아닌가.

게다가 그 오만방자한 자가 운몽을 깍듯이 공자라고 부르며 존중하고 있으니 더욱 모를 일이기만 하다.

망설이던 나대헌이 머뭇거리며 말했다.

"운 공자는 강호의 후기지수들이 묵고 있는 숙사에 있습니다. 천웅보의 소공자 담옥상과 태을산장에서 온 이청풍 등과 한 방을 쓰고 있으니 먼저 그들의 동의를 구해야 하는데, 잠시 참고 기다려 주시겠습니까?"

"무엇이? 나가야, 네가 정말 우리를 이렇게밖에 대하지 못한단 말이냐!"

그 말에 잔뜩 비위가 상한 소악 황령이 대뜸 눈을 부라리며 고함쳤다. 나대헌의 이마에 식은땀이 솟는다.

그는 울고 싶을 만큼 마음이 불안했다. 태백쌍악의 흉악함이 어떤지, 그들의 못된 성격이 어떤지 잘 알고 있기 때문이다.

이곳에 이미 강호의 몇몇 명숙들이 와 있으니 태백쌍악이 난리를 피운다면 결국 제압이야 할 수 있겠지만 한바탕 소란을 면치 못할 것이고, 그러면 숭의산장의 명성에 흠이 될뿐더러, 무엇보다 장주의 체면을 구기는 일이 되지 않겠는가.

그런 생각으로 이러지도 못하고 저러지도 못해 쩔쩔매는데 이번에도 대악 염창이 나서서 그의 체면을 세워주었다.

"우리는 초대받지 못한 손님이니 그 정도 불편이야 감수해야지. 수고스럽겠지만 자네가 가서 그 청년들에게 양해를 구해주게."

"고맙습니다. 정말 고맙습니다."

나대헌이 두 손을 맞잡고 절레절레 흔들며 연신 고맙다는 말을 했다. 대악 염창이 이렇게까지 양보하고 참아줄 줄은 몰랐던 터라 더욱 감격했던 것이다.

第九章
분란의 전조

"아니, 뭐라고요?"

담옥상이 펄쩍 뛰며 크게 소리쳤다. 이청풍도 입을 딱 벌린 채 눈을 부릅떴고, 마침 그 방에 놀러 와 있던 상문경과 채시화 또한 경악해서 나대헌을 바라보았다.

"태백쌍악이라니? 게다가 철선공자란 말입니까?"

"그렇다네."

"아니, 아니, 그들이 왜?"

담옥상이 경악한 얼굴로 운몽을 돌아보았다.

운몽은 난감하기만 했다. 그들이 제가 이곳에 있는 줄 어떻게 알고 찾아왔는지 모르지만 하필 저를 지목한 이유는 알 것 같았기 때문이다.

'그렇게 감쪽같이 속였건만 대체 내가 바로 황제릉에서 저희들을 구해준 사람이라는 걸 어떻게 알아냈을까?'

그런 의문이 들었다.

하지만 그건 운몽 혼자만의 생각일 뿐이다.

강호의 경험이 없는 그가 제 딴에는 정체를 감춘다고 노력했지만 노련하기가 능구렁이 같은 태백쌍악을 끝까지 속일 수는 없었던 것이다.

이청풍이 의심이 깃든 눈으로 물었다.

"운 형은 태백쌍악과 교분이 있었소? 게다가 철선공자까지 말이오."

모두의 눈길이 운몽에게 모아졌다. 다들 이상하게 여기는 듯해서 운몽은 난처해지고 말았다.

자신이 표국의 쟁자수로 있었다는 것부터 말해야 할 텐데 너무 사연이 길고, 그 안에는 말하지 못할 일들도 있지 않은가.

운몽은 그들의 질문에 시원하게 대답해 줄 수 없어서 우물쭈물했는데, 그게 담옥상과 이청풍 등의 눈에 더욱 수상하게 비쳤다.

그가 곤란해하는 걸 지켜보던 담옥상이 의혹을 떨쳐 버리고 호쾌하게 말했다.

"나는 운몽 형을 믿소. 운 형이 태백쌍악과 교분이 있다니 이상한 일이기는 하지만 그만한 사정이 있겠지. 여기 나 대협만 해도 그렇지 않소? 그는 정사 양도에 걸쳐 많은 사람을 알고 있지만 누구도 그가 나쁜 사람이라고 생각하지는 않소.”

“담 공자는 나를 너무 치켜세워 주는군. 고맙소이다.”

나대헌이 껄껄 웃었다.

그는 은연중에 이 젊은 친구들의 우두머리 역할을 하고 있는 담옥상이 긍정적으로 생각해 주니 일이 잘 풀릴 것 같아서 기뻤던 것이다.

확실히 담옥상이 무리를 이끄는 역할을 해온 건 사실이었다. 그가 원래 호방하고 거침없는 청년이라 활달했기 때문이다.

그에 비해 이청풍은 신중하고 섬세한 청년이었다. 스스로 나서서 무리를 이끄는 일보다는 뒤에서 조용히 제 할 일을 하는 편인 것이다.

화산파의 도사인 곡수린은 그들의 의견을 존중하고 따를 뿐 한 번도 제 주장을 내세우지 않았으니 자연히 담옥상이 하자는 대로 하는 형편이 되었다.

담옥상이 엄숙한 얼굴로 다시 말했다.

“나는 운몽 형이 올바른 사람이라고 믿소. 태백쌍악이 비록 흉악하기로 이름 높고, 철선공자가 사귀기 싫은 자이긴 하지만 그들이 운 형을 찾았을 때는 또한 그만한 이유가 있어서이겠지. 우리는 운 형을 위해서 방을 비워주는 게 좋겠어. 그들과 마주칠 일도 없겠지만, 마주친다 하더라도 모른 척해 버리면 그만이니 그들로 인해서 운 형과의 우정이 깨지는 일은 없지 않은가?"

그는 곡수린과 함께 직접적으로 운몽의 도움을 받은 사람이다.

운몽이 아니었다면 흡혈귀 손막소의 수라음살장에 의해 벌써 죽었을 것이다. 그러니 운몽에 대한 믿음과 지지가 누구보다 클 수밖에 없었다.

담옥상의 말에 공감한다는 듯 이청풍이 크게 머리를 끄덕였다. 그러자 곡수린도 말없이 고개를 끄덕였다.

두 아가씨, 상문경과 채시화가 반대할 리 없었으므로 모든 일은 순조롭게 처리되었다.

그렇게 해서 태백쌍악과 철선공자가 서편 객사에 들었다.

그들을 알아본 젊은이들은 모두 경악했다. 그중에는 두려워하는 자도 있고 노여워하는 자도 있었는데, 누구도 감히 나서서 태백쌍악 등에게 시비를 걸지는 못했다.

"하하, 운 소협, 여기서 이렇게 다시 만나게 되는군."

대악 염창이 방에 들어오기 무섭게 껄껄 웃었다.

운몽은 울 듯한 얼굴을 하고 그들을 물끄러미 바라볼 뿐 아무 말도 할 수가 없었다.

소악 황령이 운몽을 이리저리 훑어보며 말했다.

"어라? 운 소협은 그때 괴한에게 심각한 내상을 입어서 회
복 불능이었는데 어느새 깨끗이 나았군? 허, 유림의 그 의원
이 신통하긴 신통했나 보다."

짐짓 의뭉을 떨며 놀리는 것이다.

그 말에 운몽은 그만 울상을 짓고 말았다.

철선공자 여상풍이 평소의 그로 돌아온 듯 얼굴 가득 화사
한 웃음을 띠고 반갑게 다가와 운몽의 손을 덥석 잡았다.

"운 형, 아니, 은공. 이렇게 다시 만났군요."

그가 반갑게 말했지만 운몽은 아무 말도 할 수가 없었다.
대체 어쩌다가 일이 이렇게 되었는지 어리둥절하고 놀랍기만
할 뿐이다.

철선공자가 다시 말했다.

"그날의 구명지은을 잊지 못했는데 황제릉에서부터 유림
에 이르기까지 동행했으면서도 조금도 알아차리지 못했으니
이만저만 부끄러운 일이 아니었답니다."

운몽은 제 정체가 그들에게 낱낱이 드러났다는 걸 인정했
다. 더 감출 필요가 없고, 그럴 수도 없게 되었다.

그가 심각한 얼굴로 말했다.

"그런데 어떻게 아셨습니까? 제가 여기 있다는 건 또 어떻
게 아셨는지……."

"쉬운 일이었지요."

철선공자가 여전히 화사한 웃음을 띤 채 그때의 일들을 설

명하기 시작했다.

그들은 표행이 목적지인 혼원현에 도착하기 전에 장청을 피해 슬며시 몸을 빼서 달아났었다.

그리고 아무래도 의심스런 마음이 들어서 유림으로 돌아와 운몽을 맡겼던 의가로 찾아갔다. 그런데 그곳에는 운몽이 없었다.

표국의 표행이 태원을 향해 떠나고 나서 운몽이 바로 일어나 어디론가 갔다는 의원의 말을 듣고 그들은 비로소 운몽이 바로 자신들이 찾고 있는 그 사람이라는 것을 확신할 수 있게 되었다.

며칠이나 동행했으면서도 전혀 몰랐으니, 그에게 감쪽같이 속았던 것이다.

어이가 없는 한편, 정체를 알게 되어 속이 시원하기도 했다.

이제는 그가 어디로 갔을까? 하는 걸 생각해 내야 하는데, 마침 강호의 소문을 타고 혼원현의 장 대인 장원이 불에 탔다는 말을 들었다.

그들은 운몽도 어디에서인가 그 소문을 들었을 것이고, 그렇다면 반드시 확인하기 위해 그곳으로 갈 것이라고 생각했다.

그래서 밤을 낮 삼아 혼원현의 사건 현장으로 찾아갔지만 그곳에는 이미 아무도 없었다.

다시 헛걸음을 하게 된 그들은 주변 마을의 객잔을 중심으로 탐문하기 시작했고, 그 결과 운몽이 몇 명의 젊은이들과 어울려 정주로 갔다는 정보를 얻을 수 있었던 것이다.

"그렇다면 최명판관 염숭의 장원이다."

대악이 그렇게 단정했다.

정주에 은거해 있는 염숭의 칠순잔치가 성대하게 벌어진다는 말이 이미 강호에 널리 퍼져 있었던 것이다.

그리고 부랴부랴 이곳에 찾아와 방명록에서 운몽이라는 이름을 확인했으니, 그 과정이야 길었지만 찾아내는 건 간단했다.

철선공자의 말을 들으며 운몽은 저에게 허술한 구석이 너무 많았다는 걸 깨닫고 부끄러웠다.

황제룽에서 얼떨결에 그들에게 제 성을 말해주었던 것부터가 실수다.

유림의 의가에서도 그렇게 서둘러 떠날 게 아니라 며칠 있으면서 천천히 상처가 회복되는 것처럼 꾸몄어야 했고, 담옥상 등과 어울려 떠들썩하게 돌아다니는 게 아니었던 것이다.

운몽은 비록 부끄러웠지만 이번 일로 얻은바 또한 적지 않았다.

강호에서 활동할 때는 서두르지 말고 언제나 조심스럽게 처신해야 하며, 세세한 것까지 관찰하고 신경 써야 한다는 걸 경험한 것이다.

태백쌍악 등이 운몽을 은공이라거나 운 소협, 운 공자라고 부르며 공경하는 걸 본 모든 사람들이 놀라고 기막혀 했다.

그 일로 인해 운몽은 어느덧 서편 객사의 젊은 고수들뿐만 아니라 숭의산장에 와 있는 모든 사람들의 주목을 받는 이상한 젊은이로 부상했다.

철선공자 여상풍은 물론, 그토록 악명이 자자한 태백쌍악이 스스로를 낮추며 운몽을 공경한다는 게 믿어지지 않는 일이었기에 수군거림은 어디를 가나 끊이지 않았다.

"운몽이라고?"

뾰족한 음성이 후원의 청운각(靑雲閣)에서 터져 나왔다.

"아니, 그 녀석이 정말 이곳에 와 있었단 말이냐?"

아미파 소령 사태의 날카로운 음성이었다.

그 말에 나긋나긋하게 대답하는 건 운수 비구니의 음성이다.

그녀들 또한 아미파를 대표해서 생사판관 염숭의 칠순을 축하해 주기 위해 와 있었던 것이다.

"저도 방금 알았습니다. 밖에 나갔더니 모두 그 녀석에 대한 얘기들뿐이더군요."

"뭐라고들 하는데?"

"정체를 알 수 없는 청년인데, 태백쌍악과 철선공자 여상풍이 그 녀석을 상전처럼 떠받든다고 합니다."

"뭐라고? 아니, 이 못된 녀석이 착한 일은 하지 않고 강호에 나오자마자 벌써 그런 무리들과 어울린단 말이냐? 장차 무엇이 되려고 그 모양이야? 가서 그 녀석을 데려와라.”

소령 사태의 어투에 노여움이 깃들었다. 운수 비구니가 머리를 조아린다.

2

후원의 별채에 머물고 있는 각파의 대표자들과 명망있는 노고수들 외에는 모두 식사를 커다란 식당에서 했다.

광장 북쪽에 천막을 치고 조리실과 식탁을 들여놓은 것이다.

비록 급조한 시설이라고 해도 구색을 모두 갖추었으며, 한번에 천여 명이나 수용할 수 있도록 큰 규모였다.

잔치가 하루 앞으로 다가온 날이라 그 어느 때보다 식당을 메우고 있는 객들이 많았다.

칠팔백 명이나 되는 사람들이 북적거렸는데, 남녀노소가 서로 섞여서 떠들어대니 큰 소리로 말해야 겨우 대화가 될 수 있을 정도였다.

운수 비구니는 식당에 들어선 즉시 눈살을 찌푸렸다.

‘대체 이 많은 사람들 속에서 어떻게 운몽을 찾는단 말인가?’

하지만 그런 걱정은 곧 사라졌다. 남쪽 구석진 곳이 훤하게 비어 있어서 눈에 금방 띄었는데, 거기 운몽이 태백쌍악 등과 동석해 있었던 것이다.

태백쌍악의 명성이라면 굳이 이처럼 붐비는 곳에서 식사를 하지 않아도 되었다.

후원의 별채에 들어 있는 강호의 명숙들과 어깨를 나란히 하고 느긋하고 조용하게 식사할 수 있는 것이다.

하지만 굳이 이곳에 와 있으니 그의 주변에는 다른 사람들이 얼씬거리지 않는 게 지극히 당연했다.

운몽과 가까운 곳에는 담옥상 등이 식탁을 차지하고 앉아 있었는데, 가끔씩 태백쌍악을 힐끔거리는 눈길에 불만이 가득했다.

그건 상문경과 채시화가 노골적이었다. 그녀들은 태백쌍악과 철선공자에게 운몽을 빼앗긴 것 같아 불쾌했던 것이다.

잠깐 망설이던 운수 비구니가 성큼성큼 그쪽으로 다가갔다.

"운몽."

그녀는 태백쌍악과 철선공자에게는 눈길도 주지 않고 대뜸 운몽을 불렀다.

그녀를 돌아본 운몽이 깜짝 놀라 자리에서 벌떡 일어섰다.

"어? 운수 스님 아니십니까?"

운수가 여전히 눈살을 찌푸린 채 쌀쌀맞게 말했다.

"가자. 너를 기다리시는 분이 계시다."

운몽은 한때 아미산에서 그녀와 좋지 않은 일로 얽히기도 했지만 이런 곳에서 낯익은 얼굴을 보자 우선 반가웠다.

그리고 한 사람의 얼굴이 보름달처럼 크고 밝게 떠오른다. 그래서 운몽은 멍하니 눈앞의 낯익은 비구니를 바라보기만 하고 있었다.

그의 머릿속에는 온통 운지의 모습만 가득했고, 그의 귀에는 운지의 음성만 쟁쟁 울렸으며, 그의 가슴은 운지에 대한 그리움으로 가득 찼던 것이다.

넋이 빠진 듯한 얼굴이 되어 있는 운몽을 바라보던 운수 비구니가 혀를 찼다.

'대체 이 녀석이 속이 있는 녀석인지 바보인지 알 수가 없구나.'

"사태를 뵈옵니다."

운몽이 정중하게 인사하지만 소령 사태의 굳어진 얼굴은 풀리지 않았다.

"대체 어찌 된 일이냐? 왜 네 녀석이 태백쌍악과 어울리고 있는 거야?"

"그게 저기……."

"그놈들은 상종하지 말아야 할 대마두들이다. 네가 그런 놈들과 어울린다는 건 너 역시 간교하고 사악한 놈이기 때문이냐?"

"억울합니다."

운몽이 울상을 했지만 소령 사태의 얼굴과 말투는 변하지 않았다.

운몽으로서는 눈앞의 꼬장꼬장한 노사태에게 그들을 만나게 된 일을 말할 수가 없었다. 그래서 설명할 일이 막막해 우물쭈물하니 오히려 소령 사태의 노여움을 샀다.

"너는 산에서 내려오자마자 벌써 그런 망종들과 어울리기나 하니 될 말이냐? 내가 네 사부를 대신해서 너를 벌 줄 테다."

강호에 불같은 성격으로 유명하고, 악을 제 원수처럼 미워해서 조금의 인정도 베풀지 않는 것으로 유명한 소령 사태 아닌가.

그런 그녀의 눈에 운몽이 곱게 보일 리가 없다.

"당장 엎드려서 죄를 빌지 못해?"

운몽이 멍하니 서 있기만 하자 소령 사태가 벌컥 화를 냈다.

하지만 운몽으로서는 그럴 수 없는 일이었다.

비록 아미산에서 몇 번 마주쳤다고 해도 소령 사태가 제 사문의 존장도 아니지 않은가.

머뭇거리던 그가 소령 사태의 노여움은 외면한 채 떨리는 음성으로 엉뚱한 걸 물었다.

"운지는, 그녀는 잘 있습니까? 여전히 절연암에 갇혀 있나요?"

"뭐라고? 네가 지금 뭐라고 지껄이는 것이냐?"

소령 사태가 더욱 화가 나서 소리쳤다. 청운각 밖에서까지 그녀의 음성이 들릴 정도였다.

운몽에게 운지에 대한 그리움이 슬픔으로, 그리고 그 슬픔이 노여움으로 서서히 변해갔다.

운지에게 오 년 폐관이라는 가혹한 벌을 내린 소령 사태에 대한 원망 때문이고, 이곳에서 그녀의 소식이라도 듣기를 원했는데 버럭버럭 화만 내고 있는 노사태에 대한 미움이 새롭게 자리한 것이다.

운몽이 머리를 꼿꼿이 들고 소령 사태를 바라보며 말했다.

"하실 말씀이 그것뿐이라면 소생은 일행에게로 돌아가겠습니다. 그들이 기다리고 있으니까요."

가볍게 포권하고 선뜻 돌아선다.

그런 운몽의 태도가 소령 사태에게는 뜻밖의 일이었고, 그녀를 기막히게 하는 당돌한 일이기도 했다.

"너, 너, 거기 서지 못해!"

뾰족하게 소리쳤지만 운몽은 듣지 못한 것처럼 뚜벅뚜벅 문가로 걸어갈 뿐이다.

문 앞에 서 있던 운수가 두 팔을 활짝 벌리고 운몽을 가로막았다.

"사부님께서 허락하지 않으셨다."

"비키지 않으면 밀치고 나가겠습니다."

"흥, 네 마음대로 잘될까?"

"에잇!"

운수의 말이 채 떨어지지도 않아서 운몽이 버럭 소리치며 어깨를 불쑥 내밀었다.

"엇?"

그의 돌연한 행동에 운수가 깜짝 놀라 급히 두 발에 힘을 주어 버티며 좌장을 뻗어 힘껏 운몽의 어깨를 후려쳤다.

펑!

요란한 소리가 났을 때 운수는 비틀거리며 두 걸음 물러섰고, 운몽은 아무 일도 없었다는 것처럼 유유히 청운각을 벗어나고 있었다.

"이, 이게, 이게 대체……."

운수는 믿을 수 없었다.

운몽을 쳤던 제 손을 물끄러미 들여다보고, 멀어지는 그의 뒷모습을 멍하니 바라본다.

운몽과 부딪쳤을 때 운수는 힘껏 버텼지만 밀어오는 그의 커다란 힘을 당하지 못했던 것이다.

내력을 실어 후려친 일장도 그의 어깨에 닿은 순간 젖은 찰흙덩이를 때린 것처럼 스르르 미끄러져 버려서 아무런 위력도 발휘하지 못했다.

운몽의 내력이 어느새 자기를 가볍게 밀칠 만큼 커졌고, 그

의 호신기공이 그처럼 위력적이리라고는 생각하지 못했기에
운수 비구니나 소령 사태는 모두 멍한 얼굴로 운몽이 사라진
빈 공간을 바라보기만 했다.

　운몽이 소령 사태와도 잘 아는 사이라는 소식이 순식간에
장원 구석구석까지 퍼졌다.
　사람들은 더욱 어리둥절해질 수밖에 없었다.
　그가 담옥상 등의 청년 협사들과 친밀한 사이이더니 태백
쌍악이나 철선공자와도 가깝고, 이제는 아미의 소령 사태라
는 선대 고인과도 가까운 사이이지 않은가.
　알 수 없는 그의 정체를 두고 말들이 분분해졌다. 세 명만
모이면 화제가 온통 운몽의 신분에 대한 것으로 이어졌을 정
도인 것이다.
　하지만 정작 운몽 본인은 그런 일을 까맣게 몰랐다. 관심이
없기 때문이다.
　남들이 저를 뭐라고 하든, 그의 마음속에는 온통 운지에 대
한 그리움과 안타까움뿐이었다.
　이곳에 와서 시끌벅적한 분위기 때문에 잠시 잊고 있었는
데, 운수 비구니와 소령 사태를 만나고 나서 다시 병이 깊어
진 것이다.
　상문경과 채시화가 태백쌍악의 눈치를 보며 가끔씩 찾아
와 말벗이 되어주었지만 운몽에게는 그것조차 부담스러울 뿐

이었다. 그녀들에게 미안한 마음만 커지니 더욱 그렇다.

"흥, 운몽이라고?"
소녀가 뽀드득 이를 갈았다.
수수한 아가씨로 변해 있는 장청이다.
그녀의 눈빛이 표독해졌다.
"아직은 때가 아닙니다. 조금 더 지켜봐야지요."
촌로로 변한 흡혈검귀 손막소의 말에 장청이 잡아먹을 듯
그를 노려보았다.
"그 못된 놈이 나를 감쪽같이 속인 걸 생각하면 지금도 치
가 떨리는데 얼마나 더 참아?"
"아가씨."
손막소가 눈짓하며 머리를 가로저었다.
식사를 마친 사람들이 천막으로 돌아오고 있었던 것이다.
그들은 어젯밤에 숭의산장에 도착했었다.
방명록에는 아무렇게나 적어 넣고 들어왔는데, 이름도 얼
굴도 알려지지 않은 삼류 급 인물로 분류되어 광장 서편의 임
시 천막에 기거하게 되었던 것이다.
장청이 가만히 있을 리 없었지만 손막소가 어르고 달래서
겨우 진정시켰는데, 오늘 운몽에 대한 말을 듣고, 식당에서
그를 확인하고 나서는 다시 이를 박박 갈아댔던 것이다.
손막소는 비록 얼굴을 똑똑히 기억하고 있지 못했지만, 운

몽을 보자 그가 바로 제가 그날 밤 싸웠던 그 정체불명의 청년이라는 걸 즉각 알 수 있었다.

장청 또한 운몽이 낙성표국의 쟁자수 신분으로 황제릉까지 동행했던 자라는 걸 한눈에 알아보았다.

그렇다면 황제릉에서 저를 방해했던 자가 바로 저 운몽일 게 틀림없었다.

그에게 감쪽같이 속았다는 게 장청을 분노하게 했다.

황제릉에서 묵을 때, 쟁자수들의 방에 몰래 들어가 그의 상처를 직접 확인하기도 했었지 않은가. 그랬는데도 까맣게 몰랐다.

"그놈이 그렇게 교활할 줄이야."

이를 뽀도독 가는 그녀를 보며 손막소가 심각한 얼굴이 되어 물었다.

"그러니까 저 운몽이라는 놈이 바로 황제릉에서 아가씨를 패하게 했던 그놈이란 말씀이지요?"

"흥, 틀림없어."

"하지만 한 번 더 확인해 보시는 게 어떨까요? 이 일은 매우 중요한 일입니다."

"나도 잘 알아."

아버지가 저를 내보낸 건 바로 운몽의 무공 때문이라는 걸 장청은 잘 알고 있었다.

무슨 일인지 모르지만 아버지는 손막소의 말을 들은 것뿐

인데도 그 괴청년, 운몽의 무공에 대하여 지나친 관심을 가졌
던 것이다.

아니, 장청이 보기에 그것은 관심의 정도를 넘어서서 질시
와 경계와 두려움이기도 했다.

장청은 아버지가 이 일에 왜 그렇게 민감하게 반응하는 건
지 이해할 수 없었지만 아무튼 운몽과 관련된 이번 일이 심히
중요하다는 건 잘 알고 있었다.

때문에 그녀는 제 성질대로 하지 못하고 꾹꾹 눌러 참고 있
는 중이었다. 그러자니 속에서 열불이 치솟아 화병이 날 지경
이다.

3

그날 밤 늦게 또 한 사람이 찾아왔다.

젊은 미공자였는데, 그를 맞이한 접객대의 무사가 깜짝 놀
라 벌떡 일어섰다.

"아니, 화 공자 아니십니까?"

"그렇습니다."

접객대의 무사가 수하에게 황망히 손사래를 쳤다.

"어서 총관께 보고해라. 낙산 신검장의 공자님이 몸소 오
셨다."

전령을 담당한 무사가 부리나케 달려가는 걸 보면서 미공

자, 화운평이 빙그레 웃었다.

아미산에서 운몽과 처음 만났을 때 그는 열네 살의 준수한 소년이었는데 이제는 어엿한 청년이 되어 있었다.

늠름한 기상이 절로 우러나고 위엄이 강호의 노고수와 같아서 눈부실 지경이다.

운몽이 스무 살의 청년이 되어 있듯이 그 또한 어느새 스물 다섯 살의 미공자로 바뀌어 있었던 것이다.

또한 그의 명성은 벌써 몇 해 전부터 강호에 진동하고 있었다.

사람들은 낙산(落山) 신검장(神劍莊)에 용 한 마리가 났다고들 말했다.

강호의 그 많은 후기지수들 중에서도 화운평은 단연 독보적인 존재로 두각을 나타냈던 것이다.

사람들은 그런 화운평을 두고 신룡검협이라고 불렀다.

신룡검협(新龍劍俠) 화운평(華雲平).

어느덧 강호에서 그 이름을 모르는 사람은 없었다. 어디를 가든지 그는 명숙들과 어깨를 나란히 하는 신성(新星)이었던 것이다.

낙산 신검장이 천웅보, 태을산장 등과 함께 강호에서 일보 이장(一堡二莊)으로 불리는 대단한 곳이라는 것을 제외하고도 화운평은 그 자체로서 유명했다.

천웅보의 담옥상이나 이청풍 등과 동년배이면서도 그들보

다 뛰어난 청년이었던 것이다.

그래서 말하기 좋아하는 사람들은 화운평의 대에 이르러서 신검장이 일보이장 중 으뜸이 되리라고 성급하게 예언하기도 했다.

그 말은 곧 신검장이 강호제일의 세가로 떠오를 것이라는 예측이기도 하니 천웅보나 태을산장에서 들으면 기분이 상할 말이기도 했다.

하지만 천웅보나 태을산장은 그 말에 대해서 반응하지 않았다.

분하지만 화운평이 담옥상이나 이청풍보다 뛰어나다는 걸 인정하지 않을 수 없었기 때문이다.

비단 무공과 인품이 뛰어날 뿐 아니라 그 용모 또한 관옥 같아서 강호의 뭇 여협들의 방심을 흔들어놓기도 한다.

그 화운평이 낙산 신검장을 대신해서 부랴부랴 왔다는 것만으로도 최명판관 염숭의 체면이 한층 살아나는 일이었다.

담옥상 등이 찾아왔을 때와 마찬가지로 화운평 또한 총관 나대헌이 몸소 나와 객사로 안내해 주었다.

총관은 그의 명성과 배경을 생각해서 후원의 별채를 권했으나 화운평이 한사코 다른 청년들과 똑같은 대접을 받기 원했던 것이다.

그가 온다는 소식에 청년 협사들과 여협들은 들떠서 모두 회랑으로 나와 구경했다.

"화 공자가 온대요, 그를 보러 가지 않겠어요?"

상문경이 옷자락을 흔들며 권했지만 운몽은 심드렁하기만
했다.

"함께 가봐요. 운 소협에게 그를 소개시켜 줄게요."

채시화도 보챘다. 그러나 운몽을 이끌어 내지는 못했다.

화 공자가 누구인지도 모르거니와, 관심도 없는 것이다.

그녀들이 못내 아쉬운 얼굴로 나가고 나자 그들을 지켜보
던 철선공자 여상풍이 빙긋 웃으며 다가왔다.

"운 공자, 이제 보니 공자는 여협들에게도 아주 인기가 많
구려?"

"여 형, 나를 놀리지 마세요."

운몽이 얼굴을 붉혔다.

여상풍이 섭선을 활짝 펼쳐서 호기롭게 부치며 껄껄 웃었
다.

"사람들은 나를 가리켜 풍류공자라고 하지. 하지만 이곳에
와서 보니 운 공자야말로 풍류공자로 불려야 하겠던데? 그래
서 은근히 샘이 난다오."

"여 형."

"강호에 단심냉옥 상문경과 태을교려 채시화 두 아가씨를
모르는 청년이 누가 있겠소? 모든 후기지수들의 염원이자 우
상이나 다름없는 두 소저가 운 공자 곁에 꼭 붙어서 떨어지지
않으려 하는데도 운 공자는 담담하기만 하니 나는 정말 감탄

했소."

그가 입맛을 다시며 아쉽다는 듯 두 아가씨가 사라진 곳을 바라보았다.

운몽이 한숨을 쉬고 말했다.

"나는 바람둥이라는 비난을 받고 싶지 않을 뿐이랍니다."

"바람둥이라고?"

여상풍이 눈을 휘둥그레 떴다.

운몽의 담담한 말이 그의 귀에 들어왔는데, 어딘지 울적한 심정이 깃들어 있는 듯한 어조였다.

"남자는 한평생 한 여자만을 마음속에 품고 사랑해야 하는 거랍니다. 사람의 일생이 길어야 백 년인데 그중에 청춘은 고작 이십여 년에 불과하지요. 한 사람을 사랑하기에도 부족한 짧은 세월 아닙니까? 그런데 어찌 이 사람 저 사람을 집적대고, 한결같이 사랑한다고 말할 수 있겠어요? 그런 자가 있다면 한 여자에게도 충실하지 못한 자이니 그야말로 바람둥이라는 비난을 받아 마땅하지요."

운대봉에서 소령 사태에게 들었던 말인데, 그것이 운몽의 가슴에 깊이 새겨져 있었던 것이다. 그 스스로가 소령 사태의 그 말에 깊이 공감했기 때문이다.

"어허—"

운몽의 말에 여상풍이 어이없다는 얼굴로 탄식했다.

"운 공자가 어떤 일로 그런 생각을 하게 되었는지 모르겠지만 그건 대단히 고루한 사고방식이외다."

"어째서요?"

"사람의 사랑이라는 것을 마치 땅의 경계에 말뚝을 박듯이 요지부동으로 고정시켜 버렸으니 그렇지요."

이해할 수 없다는 듯 운몽이 머리를 갸웃거렸다.

여상풍은 진지했다. 그가 웃음기 가신 얼굴로 열변을 토했다.

사랑이라는 주제라면 상대를 가리지 않고 사흘 밤을 새우면서라도 토론할 자신이 있는 그였던 것이다.

"생각해 보시오. 평생 누구를 열심히 사랑할 시간이 고작 이십여 년에 지나지 않다면 그동안 많은 사람들에게 사랑을 나누어주는 게 봉사정신이고 희생정신 아니겠소?"

"뭐라고요?"

"가진 떡이 한 덩어리뿐인데, 배고파하는 사람들은 열 사람이 있다고 칩시다. 내가 그중 한 사람에게만 그 떡을 통째로 던져 주어버리는 건 나머지 아홉 사람을 괴롭게 하는 일 아니겠소? 나 같으면 조금씩일망정 열 사람에게 고루 떼어서 나누어 주겠소이다. 그게 바로 자비라는 것이고, 보시(普施) 한다는 것 아닐까요?"

운몽이 머리를 갸웃거렸다. 여상풍의 말을 듣고 보니 또 그럴듯했던 것이다.

그가 운몽을 설득시키기로 작정한 사람처럼 다시 말했다.

"벌과 나비가 꽃을 찾아서 이리저리 날아다니는 건 저 혼자 꿀을 탐해서 그러는 게 아니라오. 그로 인해서 꽃들은 더욱 많이 퍼지고 향기가 더욱 짙어지니 결국 꽃을 이롭게 하는 일도 되지 않소?"

"……."

"만일 벌과 나비가 평생 한 꽃만을 택해 머물렀다면 이 땅에서 꽃이란 꽃은 벌써 모두 사라지고 없을 것이오."

갈등하는 운몽의 눈치를 한 번 살피고 난 여상풍이 확정적으로 말했다. 운몽에게 제 말의 의미를 강렬하게 전달하는 것이다.

"남자의 사랑도 그와 같은 거라오. 주어진 짧은 시간 동안 많은 여자에게 정을 나누어 주고 사랑을 나누어 주는 것이야말로 자연의 이법을 따르는 일이지요."

'내가 그렇게 할 수 있을까?'

운몽은 여상풍의 이상한 말을 듣고 머릿속이 혼란해진 중에도 그런 생각을 떠올렸다.

운지를 생각하고 그리워하는 것만으로도 이처럼 감당하기 힘들 만큼 괴롭고 벅찬데 다른 여자를 또 생각할 여력이 어디 있단 말인가? 하는 생각이 들었던 것이다.

그는 자신의 생각처럼 괴로워하고 있었다. 그래서 다른 아가씨들의 관심과 사랑이 부담스럽고 귀찮은 것이다.

한 사람 때문에 이런 시련을 겪는 것도 그에게는 감당하기 힘든 일이었다.

그러니 두 사람, 세 사람을 사랑하고, 그래서 똑같은 시련을 겪어야 하는 것이라면 차라리 사랑을 하지 않는 게 행복할 것이라는 생각이 든다.

"여 형의 생각은 틀렸어요. 저는 받아들일 수 없군요."

운몽이 머리를 설레설레 흔들었다. 여상풍이 아쉽다는 듯 입맛을 다셨다가 빙그레 웃었다.

"과연 운 공자는 군자이시오. 하긴, 내가 그런 성품에 반해서 이렇게 운 공자를 추종하는 것이지. 만약 운 공자가 나와 같이 풍류를 찾는 사람이었다면 나는 경쟁상대로 여길 뿐 절대로 운 공자를 높이 흠모하지 않았을 것이오."

엄지손가락을 치켜세워 보인 그가 아쉽다는 얼굴을 했다.

"아깝다, 아까워. 상 소저와 채 소저가 어찌 나처럼 넓은 마음을 가진 사람을 곁에 두고도 외곬수인 운 공자를 사모해서 스스로 괴로움을 자초하는 것일까."

"여 형, 그 말씀은?"

"그저 그렇다는 말이외다. 보아하니 그녀들로 인해 가슴 아파하는 청년들이 한둘이 아닌 것 같은데 그녀들은 운 공자로 인해 가슴 아파할 것이니 안타까운 일이오. 그런데 운 공자는 또 다른 사람으로 인해 그처럼 괴로워하고 있으니 과연 이래서 세상은 공평하다고 하는 것일까?"

그가 하하, 웃었다.

운몽은 그럴지도 모른다고 생각했다.

고통은 돌고 돌아서 저에게 돌아오는데 어째서 행복은 그렇지 않을까? 하는 엉뚱한 생각마저 들었다.

제가 이렇게 괴로워하는 것처럼 운지도 그럴 것이니 그렇다.

고통이 너무 부지런해서 이 사람 저 사람에게로 재빨리 돌아다닌다면, 행복이라는 건 게을러터져서 어디 한곳에 머물면 그냥 눌러앉아 버릴 뿐, 좀체 돌아다니지 않는 건지도 모른다.

第十章
화운평(華雲平)과의 재회

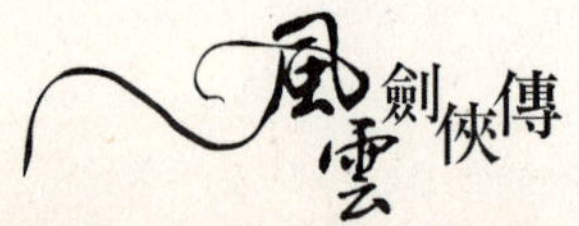

운몽이 우울한 생각에 빠져 시무룩해 있는데 바깥이 시끌 벅적해졌다.

여상풍이 섭선을 부치며 슬그머니 일어섰다.

"어디, 나도 그 신룡검협이라는 친구를 한번 구경하러 가 볼까?"

"유명한 사람인 모양이군요?"

"그렇다오. 지금 강호에서 그를 모르면 멍청이 소리를 듣지."

너를 두고 하는 말이라는 듯 여상풍이 슬며시 웃음을 흘리며 바라본다.

"강호의 그 많은 후기지수들 중 단연 으뜸으로 꼽히면서 장차 절세고수가 되어 강호를 이끌어갈 지도자 감으로 꼽히는 청년이라오."

"그래요? 그렇게 대단한 사람이 있군요?"

"하하, 신룡검협 화운평이 과연 그렇게 될지는 더 두고 봐야 알 일이기는 하지요. 나는 그보다 오히려 운 공자가 그렇게 될 사람이라고 믿으니까."

그가 위로의 말을 흘렸다. 하지만 운몽은 기뻐하지 않았다. 오히려 불에 덴 것처럼 놀라 펄쩍 뛴다.

"누구라고요? 화운평?"

"왜 그러시오?"

"그 사람의 이름이 정말 화운평이란 말입니까? 낙산 신검장 출신이고요?"

"그렇다오. 역시 운 공자도 그에 대한 소문을 들어 알고 있었군요?"

"아!"

운몽이 창백해진 얼굴로 털썩 주저앉았다.

그에게 잊을 수 없는 한 사람의 얼굴이 가득 떠올랐던 것이다.

아홉 살 무렵 홀로 복호사를 찾아갔을 때의 일을 그는 잊지 못하고 있었다.

낙산 신검장의 화운평이라고 했던 소년.

운몽은 저보다 다섯 살 위였던 그를 그곳에서 처음 만났다.

그리고 운지 앞에서 그 소년에 의해 참을 수 없는 부끄러움을 당하지 않았던가.

내내 울면서 학정봉으로 돌아오던 일이 생생하게 기억되었다.

얼마나 원망스러웠던 자였던가.

화운평에게 잡혀 내던져지면서 제 자신의 부족함이 얼마나 원통했던가.

절대로 잊을 수 없는 그때의 일이고, 그때의 이름인데 이런 곳에서 뜻하지 않게 그의 이름을 듣게 되자 묵었던 감정들이 봇물 터지듯 쏟아져 나왔다.

그 화운평이 천하제일의 기린아가 되어서 나타났다니 놀랍기도 하고 분하기도 했다.

잠시 망설이던 운몽이 슬며시 일어나 여상풍의 뒤를 따라나섰다.

후원이 강호의 내로라하는 후기지수들로 꽉 찼다.

그 중앙에 한 사람이 의연하게 서서 웃는 얼굴로 일일이 인사를 나누고 있었다.

여협들이 그와 인사를 나누기 위해 서로 밀치고, 청년들은 한 번이라도 그의 눈길을 더 받기 위해 목을 길게 뺐다.

회랑의 난간에 서서 그런 모습을 바라보는 운몽의 입가에 절로 싸늘한 웃음이 떠올랐다.

"어떻소?"

여상풍이 턱짓으로 화운평을 가리키며 넌지시 묻는다.

운몽은 그들과 떨어져 한쪽에 서서 기다리고 있는 담옥상과 이청풍, 곡수린을 가리켰다.

"내가 보기에는 저 세 사람이 결코 그만 못지않을 것 같은데요?"

"물론 담가나 이가도 뛰어나고 화산수재라는 곡수린도 인중룡 같은 기재이지. 하지만 강호의 인심은 그들보다 화운평을 택했으니 어쩌겠소?"

"무엇이 그렇게 하는 걸까요?"

"글쎄, 지닌바 인품이나 실력도 중요하겠지만 타고난 그의 운이라고 할 수 있겠지요. 세상의 흐름이라는 것도 있을 테고."

"알 수 없군요."

운몽이 쓴웃음을 지으며 머리를 흔들었다.

운이니 흐름이니 하는 것들에 편승해서 명성을 얻은 거라면 그게 과연 참된 것일까? 하는 의문이 든 것이다.

그것보다는 저 화운평에게 담옥상이나 이청풍 등보다 뛰어난 무엇이 있기 때문이라고 보는 게 옳을 것이다.

그건 잘생긴 그의 외모만이 아닐 게 분명했다.

가문의 후광 때문도 아닐 것이다.

가문이라면 일보이장이 모두 강호를 오시할 만큼 대단한 곳 아니던가.

그런데도 천웅보의 담옥상이나 태을산장의 이청풍이 그의 그늘에 가리고 만다는 건 그만큼 화운평이 뛰어나다는 반증이 될 것이다.

운몽은 철선공자 여상풍이 그를 폄하하는 건 결국 저를 위로하기 위해서라는 걸 깨달았다.

"하하, 담 형, 이 형, 소제보다 한발 앞서 와 있었군요."

화운평이 멀리서 포권해 인사하고 천천히 그들에게로 다가갔다. 그러다가 문득 눈길을 돌려 회랑 위에 서 있는 운몽을 보았다.

잠깐 무엇을 생각하는 듯하던 그의 얼굴에 놀람이 스쳐 갔다.

그가 걸음을 멈추고 운몽을 가리켰다.

"거기 있는 게 혹시 운, 운…… 소협 아닌가?"

워낙 특이한 것인지라 운몽의 성은 기억하지만 이름은 잊어버렸던 것이다. 그래서 무어라 부를지 몰라 얼결에 소협이라고 호칭했다.

운몽이 무표정한 얼굴을 거만하게 끄덕였다.

"오랜만이야. 그때와 크게 달라지지 않았군."

어렸을 때의 모습 그대로 대뜸 반말을 하면서 입가에는 비웃음마저 띠고 있었다.

"엇? 이제 보니 운 공자는 화운평과 서로 잘 알고 있는 사이였군요?"

여상풍이 깜짝 놀랐고, 화원에 운집해 있던 수많은 청춘남녀들도 모두 놀라 운몽을 보고 화운평을 보았다.

운몽을 바라보는 화운평의 눈 깊은 곳에서 불길이 서서히 타오르기 시작했으나 그것을 눈치 챈 사람은 아무도 없었다.

운몽이 천천히 계단을 내려갔다. 화원을 가득 메우고 있던 젊은이들이 물이 갈라지듯 좌우로 갈라져 길을 내준다.

운몽이 앞을 지나갈 때마다 그를 바라보는 눈길에 놀람과 부러움과 경탄이 가득 깃들어 있었다.

상문경과 채시화 또한 놀라서 운몽을 바라보았다. 강호에 처음 나왔다는 그가 어떻게 이처럼 아는 사람이 많으며, 그들 하나하나가 모두 손꼽히는 고수들이라는 게 믿을 수 없기만 했던 것이다.

그런 놀람은 담옥상과 이청풍, 곡수린에게도 마찬가지였다.

그들은 운몽이 화운평에게 대뜸 반말을 해대고, 화운평이 아무렇지 않게 그것을 받아들이는 걸 보았으면서도 믿을 수 없었다.

화운평과 마주 선 운몽이 그를 노려보듯 직시했다. 화운평 또한 지지 않고 운몽을 마주 바라본다.

십 년 전에는 운몽의 키가 화운평의 어깨 어림밖에 미치지

않았는데, 지금은 그와 이마를 나란히 할 만큼 훌쩍 커 있었
다.

화운평에게는 그게 신기하고 재미있는 일이었다.

'눈물 콧물을 질질 흘려대던 꼬마 녀석이 어느새 이렇게
커서 강호로 나왔구나.'

그런 생각은 옛날에 대한 아련한 추억을 가져다주기도 했
다.

그가 마음 깊은 곳에서 피어올랐던 노여움을 얼른 감추고
아무렇지도 않는 눈으로 운몽을 바라보며 태연하게 말했다.

"오래 보지 못한 사이에 많이 컸구나. 이제는 제법 청년티
가 나는걸? 늠름해졌어."

마치 오래 집을 떠나 있던 형이 동생을 만난 것처럼 천연덕
스럽게 말한다.

운몽은 가슴이 뜨끔했다.

'나는 아직 그때의 일을 원망하고 있는데, 이 녀석은 벌써
다 잊은 모양이군.'

그런 생각이 들어 저의 옹졸함이 부끄러워지면서 한편으
로는 괘씸한 마음도 새롭게 들었다.

때린 자는 쉽게 잊어도 맞은 자는 오래 잊지 못하는 게 사
람의 정 아니던가.

화운평의 느긋한 여유 속에는 우월한 자로서의 넉넉함이
있었다. 운몽에게는 그게 불만이기도 했다.

'이 녀석은 태생부터 나를 앞질렀는데 지금도 여전히 저만큼 앞서 나아가고 있구나. 나는 대체 언제나 이 녀석을 따돌릴 수 있단 말인가?'

그런 생각이 절로 들어 풀이 죽는다.

화운평이 운몽의 손을 잡았다.

"너무 늦은 감이 있다만 그때의 일을 지금이라도 사과한다면 받아주겠느냐?"

"사과한다고?"

"그때는 나도 속이 좁고 질투가 많은 어린 소년에 지나지 않았잖느냐? 지금 생각해 보면 참 부끄러운 일이었지."

화운평의 말에 운몽은 어리둥절해졌다.

그의 기억 속에서 화운평은 독하고 음흉한 녀석에 불과했는데 지금은 전혀 다른 사람이 된 것 같으니 신기하게 여겨지기도 했다.

화운평이 먼 옛날을 더듬어 추억하는 아련한 눈빛을 하고 다시 말했다.

"생각나겠지? 너도 그때는 고집불통에 악착같기만 하던 작은 꼬마였다. 그런데 지금은 이렇게 성장하여 의젓해졌으니 세월이 나쁜 것만은 아닌 모양이다."

"너…… 네가 정말 그때의 그 화운평이 맞아? 신검장의 작은 소년이 맞는 거야?"

"하하, 그렇다. 그때와 달라진 게 있다면 네가 이렇게 자랐

듯 내 마음도 그만큼 자랐다는 것이겠지.”

그의 말속에는 여전히 운몽에 대한 우월감이 들어 있었다.

너는 덩치만 컸지 아직도 속 좁은 꼬마에 지나지 않지만 나는 몸도 마음도 함께 커졌다는 자부심이었기 때문이다.

운몽은 그것을 인정하고 받아들이지 않을 수 없었다. 분하지만 그게 지금도 메울 수 없는 화운평과 저와의 간격이라고 생각한다.

저는 아직도 마음속에 옹이를 간직하고 있는데, 화운평은 어느덧 대범한 풍모를 지니고 있지 않은가. 그때의 일을 사과하겠다고 하니 운몽으로서는 더욱 어깨가 위축될 수밖에 없었다.

지그시 그를 바라보던 화운평이 정중하게 두 손을 모으고 고개를 숙였다.

“그때는 미안했다. 내가 철이 없었던 때문이었어. 늦었지만 지금이라도 용서해 준다면 고맙겠다.”

“아!”

그것을 본 모든 사람이 일제히 놀람의 탄성을 터뜨렸다.

화운평이 누구 앞에서 저렇게 고개를 숙였다는 말을 들어본 적도 없기 때문이다.

그것도 아직 강호에 이름도 알려지지 않은 한 청년에게 그렇게 하고 있지 않은가.

운몽에 대한 화운평의 태도는 그의 체면을 깎아내리기는

커녕 모든 사람에게 자신을 더욱 크고 대범한 소영웅으로 보이게 했다. 모두의 가슴에 깊은 인상을 새겨준 것이다.

운몽이 멋쩍은 얼굴로 화운평의 손을 잡았다.

"나야말로 미안해. 그때 그렇게 고집을 부렸던 것도 다 어렸기 때문이야. 나만 알았지 다른 사람의 마음 같은 건 조금도 생각할 줄 몰랐거든. 나도 사과할게. 미안했어."

"하하하, 나는 이래서 속 넓은 사내를 만나 사귀는 게 좋다. 묵은 감정 따위야 사과의 말 한마디면 눈 녹듯이 사라져버리잖아? 대범하고 너그러운 대장부가 아니라면 어찌 그렇게 할 수 있겠어?"

그의 호기로운 말에 그들을 둘러싸고 있던 청년들이 모두 감탄하고 흐뭇해했다. 존경의 염마저 품는다. 하지만 아가씨들은 실망한 기색으로 실쭉해지거나 낙심의 한숨을 내쉬었다. 그리고 더욱 뜨거운 눈길을 그에게 보냈다.

화운평이 속으로 득의의 웃음을 지으며 그들을 오만하게 바라본다는 걸 알아챈 사람은 아무도 없었다.

"생각보다 꽤 쓸 만한 녀석이던걸?"

방으로 돌아오자 여상풍이 대뜸 그렇게 말했다.

운몽은 인정하지 않을 수 없었다.

"그만한 배경에, 그만한 명성을 얻은 젊은 놈이라면 누구나 콧대가 하늘을 찌를 만큼 높아져서 세상이 온통 제 것인

듯 뻗대고 으스대기 마련인데 전혀 그렇지 않아. 사람들이 그
를 높게 보는 이유를 알겠어."

여상풍이 혼잣말하듯 중얼거렸지만 실은 운몽에게 들으라
고 하는 소리였다.

듣고 배우라는 것이다.

2

그날 저녁 식사는 특별했다.

칠순을 하루 앞둔 노장주, 최명판관 염숭이 특별히 젊은 후
배들 몇 명을 초청한 것이다.

장차 강호의 미래를 짊어질 후배들을 격려한다는 의미였
는데, 일보이장의 담옥상과 화운평, 이청풍은 물론 채시화와
상문경은 당연히 초청받았고, 화산파의 곡수린과 몇 명의 젊
은 남녀가 함께 초청받았다.

하나같이 명문정파의 제자들이거나 명문세가의 자제, 또
는 강호에 명망이 높은 은거 고인의 후인들이었다.

그런데 뜻밖에도 그 자리에 운몽이 청해졌다.

운몽 본인은 물론, 그러한 사실을 안 모든 사람들이 놀라고
어리둥절해했다.

운몽은 아직 출신 성분도 불분명한 데다가 그곳에 초청받
은 젊은이들과 비교하자면 그 명성이나 무게감에 있어서 현

격한 차이가 있었기 때문이다.

그가 비록 정사 양도의 노고수들을 두루 알고 있고, 일보이장의 후기지수들과 친밀한 사이라고 해도 그는 아직 무명소졸에 지나지 않았던 것이다.

그런 운몽이 염숭의 만찬에 초대받았다는 말을 듣고 이를 바득바득 갈아대는 소녀가 한 명 있었다.

"그놈이 화 사형과 나란히 식탁에 앉는다고?"

처음 그 소식을 들었을 때 장청은 제 귀를 믿지 못하겠다는 얼굴이었다.

손막소가 주위를 두리번거리고 나서 속삭이듯 말했다.

"아가씨, 음성을 낮추셔야겠습니다."

그들은 광장을 따라 천천히 걷는 중이었다. 다른 사람들이 본다면 할아버지와 손녀가 다정하게 저녁 산책이라도 하는 줄 알 것이다.

저녁 식사 시간이 임박했으므로 다들 식당에 가 있는 탓에 광장에는 사람이 드물었다.

손막소가 다시 낮게 말했다.

"화 사형이라고 부르는 것까지 안 됩니다. 누가 듣기라도 하면 큰일이니까요."

"쳇, 늙으면 잔걱정이 많아진다더니 그 말이 딱 맞는군. 누가 있다고 그래?"

“낮말은 새가 듣고 밤말은 쥐가 듣는다고 하지 않습니까?
조심해서 나쁠 일은 없답니다.”

“알았으니까 그 잔소리 좀 그만둬.”

장청이 잔뜩 심통이 나서 말했다.

손막소가 빙긋 웃는다.

“명심하십시오. 여기서 화 공자를 아는 척해서는 절대로
안 됩니다. 그가 아가씨를 몰라볼수록 우리에게는 좋은 일이
니까요.”

“알았다니까.”

짜증스럽게 쏘아댄 그녀가 머리를 갸웃거렸다.

“그런데 운몽 그놈은 고작 표국의 쟁자수에 불과한데 어떻
게 그 자리에 낄 수 있었던 거지? 그놈도 끼는데 나는 왜 안
돼?”

장청은 아직도 불만을 가라앉히지 못하고 있었다.

운몽에 대한 시기심이기도 하고, 제가 그토록 사모해 마지
않는 사람, 화운평에 대한 그리움이기도 했다.

이곳에서 설마 그를 보게 되리라고는 생각지도 못했는데,
그가 왔다는 소리를 듣고 얼마나 설레었던가.

먼발치에서나마 그의 모습을 한 번 보려고 애썼지만 광장
의 천막 안에 묵고 있는 삼류 급 인물들에게는 그런 기회조차
주어지지 않았다.

그래서 장청은 화운평에게 제가 이곳에 와 있다는 걸 알리

려고 했다가 손막소에게 제지당했던 것이다.

손막소가 산이 무너지는 것처럼 놀라 급히 그녀의 입을 틀어막고 구석으로 끌고 가서는 말썽 부리는 손녀를 나무라는 것처럼 호되게 야단을 쳤었다.

장청은 얼굴이 새파랗게 질려서 입술을 깨물며 눈물만 뚝뚝 떨어뜨렸다. 감히 손막소가 저를 야단치는 게 괘씸하고 분하고 억울해서였다.

성질 같아서는 당장 죽여 없애고 싶었지만 아버지에게 단단히 약속한 게 있어서 그럴 수 없으니 제 화를 참을 수 없어서 울어버린 것이다.

하지만 마음을 가라앉히고 생각하자 역시 손막소가 옳았다는 걸 인정하지 않을 수 없었다.

장청은 제멋대로인 성정을 타고났으나 그렇다고 앞뒤 가릴 줄 모르는 망나니는 아니었던 것이다.

그렇다고 해도 그 얄미운 운몽이 화운평과 나란히 저녁 식탁에 앉아서 먹고 마시며 즐거워할 걸 생각하면 여전히 가슴속에서 열불이 치솟았다.

게다가 강호의 여협이라는 것들이 사형을 둘러싸고 앞 다투어 아양을 떨며 재잘거릴 테니 그 생각만 해도 온몸에 살기가 치솟는다.

장청의 그런 노여움을 짐짓 모르는 척하며 손막소가 알 수 없다는 얼굴로 물었다.

“그런데 화 공자는 이곳에는 웬일일까요?”

“몰라서 물어?”

장청이 한껏 눈을 흘겼다.

“내일이 염가 늙은이의 칠순 잔칫날이라잖아. 다들 축하하러 왔으니 화 사형도 그런 거겠지.”

“하긴, 천웅보와 태을산장에서도 사람을 보냈는데 신검장에서 모른 척하고 있을 수는 없겠지요.”

“흥, 염가 늙은이가 제 분수를 모르고 호사를 누리는 거야. 감히 화 사형의 축하까지 받다니 말이야.”

“쉿, 음성을 낮추셔야 합니다.”

“아무도 안 들어!”

“허―”

손막소가 혀를 찼다.

이목을 집중해 사방을 샅샅이 살펴보지만 역시 엿들을 만한 사람은 주변에 없었다. 그래도 가슴이 조마조마해진다.

손막소는 과연 그가 이곳에 찾아온 게 의례적인 일인지 아닌지 궁금했다.

제가 모시고 있는 주인의 하나뿐인 제자 아닌가.

그가 이곳에 왔을 때는 주인으로부터 어떤 밀명이라도 받은 건 아닌가 하는 생각이 자꾸 들었던 것이다.

그러나 다시 생각해 보면 주인이 화운평과 연락을 취한 게 벌써 일 년 전이었다.

그 이후로 다른 기별이 없었으니 화운평이 이번 일로 따로 명령을 받았을 리 없었다.

'그렇다면 화 공자는 역시 의례적인 강호의 격식을 차리려고 온 게 분명해.'

그런 결론을 내릴 수밖에 없다. 그래서 손막소는 더욱 마음이 조마조마해졌다.

화운평이 강호에서의 제 신분으로 찾아온 것이라면 장청이 절대로 그와 만나서는 안 되고, 아는 내색을 해서도 안 되기 때문이다.

장 대인의 신분이 서안부의 추관으로 오랫동안 세상에 알려졌듯, 화운평 또한 아직은 강호의 유력한 세가이자 명망가인 낙산 신검장의 공자로만 알려지고 있어야 하는 것이다.

그런데 장청은 이미 한차례 성질대로 난리를 친 탓에 세상에 그 면모가 드러나 있었다. 비록 아직은 몇몇 사람밖에 알고 있지 못하지만 조만간 널리 알려지게 될 것이다.

손막소는 이번 일이 꼬일지도 모른다는 불안한 마음을 지울 수 없었다. 염숭의 칠순잔치에 불쑥 찾아오는 게 아니라, 밖에서 기다리고 있다가 기회를 보아 덮치는 게 훨씬 쉬웠을 것이라는 뒤늦은 후회가 든다.

지금이라도 그렇게 하고 싶었다. 이 빌어먹을 숭의산장을 나간다고 해도 누구 하나 관심을 갖지 않을 것이다.

하지만 화운평을 본 장청이 떠나려고 할 리가 없으니 그게 문제였다.

손막소가 지끈거리는 머리를 싸안으며 한숨을 쉬는 걸 장청은 몰랐다. 관심도 없다.

그녀의 머릿속에는 오직 화운평을 어서 빨리 만나보고 싶다는 생각만 간절했다. 그러기 위해서는 그가 선물해 준 귀고리를 먼저 찾아야 한다.

사형을 만났는데, 그가 귀고리를 잃어버린 걸 알면 얼마나 실망할 것인가.

그 생각만 해도 장청에게는 끔찍한 일이었다.

정작 화운평은 제가 귀고리를 선물했었다는 것마저 잊었을지 모른다. 그러나 사랑에 눈뜨게 된 소녀에게 있어서 그보다 큰일은 또 없었다.

'그놈들을 모조리 잡아 죽이고서라도 반드시 찾아내야 해.'

장청은 그런 모진 마음을 먹었다.

담옥상이나 이청풍, 운몽, 곡수린 중 한 명이 반드시 그것을 가지고 있을 것이라고 믿는 것이다.

어쩌면 상경문과 채시화 두 여우 같은 계집애들 손으로 넘어갔는지도 모른다고 생각했다.

그래서 장청은 그들 모두를 죽여 버리겠다는 독한 마음을 품었다.

사형이 선물해 준 귀고리를 주워 가졌다는 것만으로도 그녀에게 그들은 용서할 수 없는 자들이었다.

*　　　*　　　*

염숭의 만찬장에 모인 사람들은 모두 혈기 왕성한 강호의 젊은이들이었다. 그런 만큼 식사를 할 때는 물론 차를 마시는 지금도 내내 이런저런 무용담들이 오갔다.

그 자리에서 담옥상은 운몽이 금룡협의 폐허에서 흡혈검귀 손막소를 물리치고 이청풍과 곡수린, 채시화 등을 구해준 무용담을 들려주었고, 그 말을 들은 사람들은 모두 크게 놀랐다.

흡혈검귀 손막소가 다시 강호에 나왔다는 말도 놀랍지만, 그 손막소를 운몽이 거뜬히 물리쳤다는 말에는 경악하여 벌어진 입을 다물지 못했다.

염숭 또한 놀란 표정을 감추지 못하고 운몽을 뚫어지게 바라보았는데, 이 곱상하고 순박하게 생긴 청년이 정말 그렇게 했단 말인가? 하고 믿지 못하는 얼굴이었다.

"나는 운 소형제가 그처럼 유명한 사람인 줄 몰랐다."

주인석에 꼿꼿하게 앉아 있는 백발 백염의 노인, 최명판관 염숭이 카랑카랑한 음성으로 그렇게 말문을 떼었다.

그는 위엄과 자부심이 가득 깃들어 있는 오만한 노인이었다.

비록 강호에서 은퇴하다시피 하여 이 산장에 꼼짝하지 않고 숨어 산 세월이 십여 년이나 되었지만 여전히 대나무 같은 꼿꼿함을 잃지 않고 있었던 것이다.

가장 말석에 앉아 있던 운몽이 화들짝 놀라 자리에서 벌떡 일어나 포권했다.

"소생은 이름없는 무명소졸에 지나지 않습니다. 유명한 사람이라니 당치 않습니다."

"허허, 이제는 누구도 그렇게 생각하지 않을 것이다."

지그시 운몽을 바라보는 염숭의 노안이 이글거렸다.

"가깝게는 이 자리에 있는 사람들이 그렇게 생각하지 않을 것이고, 머지않아 강호의 모든 사람들이 자네의 이름을 알게 될 거야. 이제는 강호의 후기지수 중 일보이장의 청년 기협들 못지않게 유명한 청년이 되었으니 더 한층 몸가짐과 마음가짐을 신중하게 해야 할 것이다."

스승과 같은 엄한 타이름이다.

운몽이 머리를 숙였다.

"삼가 금과옥조 같은 말씀을 가슴에 새겨두겠습니다."

"그래야지."

염숭이 흐뭇한 미소를 띠고 운몽을 지그시 바라보다가 다시 엄하게 말했다.

"그런데 자네가 어째서 태백쌍악이나 철선공자 여상풍 같은 자들과 어울리는 건지 알 수가 없군."

그 말을 할 때는 눈살마저 가볍게 찌푸렸다.

그는 평생을 옳고 옳지 못함을 가리며 살아온 강호의 노기인이었다. 운몽은 그에 대한 말을 듣는 것만으로도 절로 존경심이 우러나 그를 무서워했다. 그런 염숭으로부터 꾸지람을 듣자 절로 얼굴이 붉어진다.

한숨을 쉰 운몽이 또랑또랑하게 말했다.

"말학 후배에게 다른 뜻이 있어서 그런 게 아닙니다. 후배는 사람의 심성은 모두 선하다고 믿고 있습니다. 다만 과도한 욕심이 그것을 가려서 악하게 만드는 것인데, 그래서 갖게 된 모습은 껍질에 지나지 않다고 믿습니다. 커다란 옥돌이 오래 버려지자 검은 이끼가 잔뜩 끼어 있는 것과 같지요. 그것을 걷어내 준다면 누구든 본래의 선한 심성을 되찾게 될 것입니다. 저는 다만 그들의 마음에 잔뜩 껴 있는 때를 벗겨주고 싶을 뿐입니다. 그래서 그들이 본래의 착한 심성을 되찾게 된다면 열 사람을 죽음에서 구해준 것 못지않은 공덕을 쌓는 것이라고 생각합니다."

운몽의 말에는 진정과 열정이 가득했다.

그 말을 듣고 있는 동안 최명판관 염숭은 물론이고 일보이장의 청년들과 다른 사람들 모두가 심각한 얼굴로 몇 번씩이나 고개를 끄덕였다.

잠시 무거운 침묵이 흘렀다.

염숭이 더욱 엄숙하고 근엄해진 얼굴로 천천히 말했다.

"너의 생각이 참으로 아름답구나. 하지만 나는 다른 생각을 갖고 있다. 사람의 심성은 본래 악하다는 것이지. 때문에 그 악을 끊임없이 제거해 주어야 한다고 생각한다. 그대로 두면 악이 선마저 물들이기 때문이야. 벌레 먹은 사과 한 개를 성한 사과 열 개와 함께 두면 머지않아 열 개의 사과마저 모두 벌레에 먹혀 상하고 마는 것과 같은 이치지. 그러니 아무 미련도 연민도 없이 그 벌레 먹은 사과를 집어 던져 버리는 게 열 개의 성한 사과를 위해 옳은 일 아니겠는가?"

염숭의 말 또한 옳은 말이었다. 운몽은 제 생각이 잘못되었다고 여기지 않지만 염숭의 생각 또한 틀리지 않다고 생각했다.

고민하는 그를 지그시 바라보던 염숭이 빙그레 웃었다.

"너의 생각이 어떻든 네가 이청풍과 곡수린 등을 죽음의 위기에서 구해준 행위는 참으로 용기있고 훌륭한 것이었다는 데에는 변함이 없지. 너와 같은 젊은이들이 자꾸 나와야 강호가 태평해질 것이다. 나는 이제부터 깊은 관심을 갖고 너를 지켜보겠다."

"과찬의 말씀이십니다. 감당할 수 없습니다."

운몽이 황송하다는 얼굴로 연신 머리를 조아렸다.

운몽을 아끼는 마음과 함께 그가 흑도의 마두들과 어울리는 걸 못마땅하게 여기던 염숭이 걱정하는 마음에서 말을 꺼냈다가 그만 선과 악에 대한 토론으로 이어졌던 것이다.

3

　이제 운몽을 바라보는 모두의 눈길은 확실히 달라졌다. 그건 한쪽에 묵묵히 앉아 있는 화운평도 그랬다.

　운몽이 손막소를 물리쳤다는 말을 들었을 때 그의 두 눈 깊은 곳에서 음침한 기운이 일렁였는데, 분노이기도 하고 경멸이기도 한 그런 것이었다.

　운몽이 인간의 본성이 선하다는 걸 열심히 웅변할 때는 비웃음을 띠기도 했지만 아무도 알아보지 못했다. 워낙 운몽에 대한 관심들이 컸고, 그와 염숭의 토론이 흥미를 끌었기 때문이다.

　강호에서 닳고 닳은 노기인 염숭조차도 화운평의 기색이 평화롭지 못하다는 걸 조금도 눈치 채지 못했을 정도였던 것이다.

　상문경과 채시화가 내내 열기를 띠고 붉어진 운몽의 얼굴을 힐끔힐끔 훔쳐보며 애태웠다. 그리고 몇몇 아가씨들은 왠지 화운평이 오늘의 화제에서 소외된 것 같아 안타까워하며 그의 곁으로 살며시 다가앉았다.

　"하하, 운 형이 그처럼 훌륭한 인품과 무용을 겸비한 인중지룡이라는 걸 진작 알지 못한 게 한이오. 그런 의미에서 소생이 석 잔의 벌주를 마시겠소이다. 아니, 이런. 술이 없구나.

그럼 석 잔의 벌차로 대신하겠소."

걸걸한 음성으로 호탕하게 말하고 벌컥벌컥 석 잔의 차를 따라 마시는 자는 체구가 당당하고 거뭇거뭇한 수염이 무성하게 나 있는 청년이었다.

잿빛 승복을 입었고 목에 염주를 둘렀으니 중이라는 걸 짐작할 뿐, 더부룩하게 자란 머리와 거친 수염으로 봐서는 어디에도 중 같은 기색이 없는 특이한 자였다.

법명을 도척(道尺)이라고 하는 소림사의 제자다.

소림사의 승려들 중 도척이라는 청년처럼 머리와 수염을 기른 사람은 없는데, 그는 그 꼴을 하고도 태연했으니 기이한 일이었다.

당태종 이후 소림사의 승려들은 황명에 의해 술과 고기를 허락받았으나 그것을 내세워 육식을 하고 술을 마시는 승려는 없었다.

그러나 도척은 그것에 있어서도 지극히 예외인 자였다. 마음 내키면 개고기도 마다하지 않고 뜯었으며, 말술을 거침없이 마셔대는 괴물이었던 것이다.

소림사에서 그런 도척을 내쫓지 않고 있는 것도 이상한 일이라고 사람들은 수군댔다.

세상이 뭐라고 하던 도척은 저와 아무 상관 없다는 듯 멋대로 행동했는데, 그 화통한 성격과 무공으로 인해 명성을 날리기 시작했다.

그래서 지금은 수많은 청년 고수들 중 열 손가락 안에 꼽히는 기린아로 떠올라 있었다.

그가 제 사숙인 혜명(慧明) 선사를 수행해 숭의산장에 왔다가 염숭의 만찬에 초대받은 것이다.

서른을 코앞에 두고 있는 나이여서 이곳에 와 있는 누구보다 연장자였으나 그는 전혀 개의치 않고 모두와 격의없이 어울렸다.

이제 운몽의 말을 듣고 마음에 들었던지 호기를 부리는 것이다.

운몽은 처음부터 그 괴이한 중을 눈여겨보고 있었는데, 그가 스스로 석 잔의 벌차를 자청하자 빙긋 웃고 자신도 한 잔의 차를 두 손으로 감싸고 마심으로서 응대했다.

도척이 껄껄 웃으며 찻잔을 내던졌다.

"나는 운 소제의 말에 전적으로 동감하네. 사람의 본래 성품이 선하여 부처님을 닮지 않았다면 어찌 중생제도의 불법을 펼칠 수 있단 말인가? 나찰도 문득 깨우치면 부처가 될 수 있으니 하물며 우리들 사람이야 더 말할 것 있나? 운 소제는 그와 같은 생각을 가졌으니 속인이 되어 고생하기보다 중이 되는 게 더 어울릴 것이야. 자, 나와 함께 여기를 나가서 소림사로 가세. 내가 방장께 특별히 추천하여 법계를 받도록 해줌세."

당장 운몽의 손을 끌고 나갈 듯 서두른다.

그가 예의범절을 갖추기는커녕 마치 아무도 없는 것처럼 거침없이 행동한 탓에 다들 눈살을 찌푸렸지만 염숭은 태연했다. 도척이 원래 저렇게 급하고 앞뒤 가리지 않는 기이한 녀석이라는 걸 잘 아는 것이다.

운몽이 쓴웃음을 지으며 말했다.

"절간에는 당신 같은 중도 있어야 심심하지 않겠지요. 하지만 나는 당신같이 시끄러운 중이 있는 곳은 별로 좋아하지 않으니 사양하겠어요."

"응?"

도척이 의외라는 듯 눈을 휘둥그레 떴다.

"왜? 내가 어때서? 목소리가 크니 간사하게 속삭일 수 없고, 성격이 급하니 뒤에서 못된 흉계를 꾸밀 수 없다. 자고로 목소리 크고 성격 급한 사람치고 나쁜 사람이 없는 게 그런 이유인 거야. 시끄러운 게 대순가?"

"그래도 나는 중이 싫소."

"어째서?"

이제 두 사람은 목전에 있는 사람들을 무시하고 저희들끼리만 말을 주고받았다. 염숭은 서로 다른 그들 두 사람이 어떻게 화제를 전개해 나갈지 흥미롭다는 얼굴로 바라보기만 했다.

운몽이 머리를 설레설레 흔들었다.

"중이 뭐가 좋소? 결혼도 하지 못한다는데."

"결혼? 자네는 그것 때문에 중이 되지 않으려 하는 건가?"

도척이 부리부리한 눈으로 방 안에 있는 아가씨들을 둘러보았다. 하나같이 재기발랄하고 총명하며 아름다운 명가의 소저들이다.

도척이 그 아가씨들을 가리키며 말했다.

"그럼 자네는 이 중 아무하고나 결혼을 하게. 그래서 소원을 푼 다음에 중이 되면 되겠지? 그 며칠이야 부처님인들 기다려 주지 못하겠는가?"

어이없는 말에 아가씨들이 모두 불쾌한 기색을 숨기지 않았고, 개중에는 매섭게 도척을 노려보며 주먹을 꼼지락거리는 아가씨도 있었다.

청년들 또한 불쾌한 안색을 감추지 못했지만 도척의 눈에는 그들이 조금도 들어오지 않는 모양이었다.

"아, 할 거야 말 거야?"

운몽이 어이없어서 쓴웃음을 짓고 있자 버럭 소리를 지른다.

"왜? 며칠이 짧아서 망설이는 거야? 하루살이를 생각해 봐. 그 불쌍한 것에게는 내일이 없다. 그런데 며칠씩이나 결혼 생활의 단맛을 보았으면 족하지 뭘 더 욕심을 내려고 해? 욕심이 날 때마다 하루살이를 생각해. 그러면 절로 만족을 느끼고 행복해질 테니까."

"아무튼 난 중이 싫소. 그러지 말고 당신이 중 노릇을 때려치우지? 그러면 나는 기꺼이 당신의 친구가 되어서 당신에게도 어여쁜 아가씨를 소개시켜 드리겠소. 그렇지 않으면 나는 당신과 친구가 될 수 없어. 나는 중이 싫고, 시끄러운 중은 더더욱 싫거든."

운몽이 야무지게 말했다.

그가 농담을 하는 게 아니라는 걸 누구나 알 수 있는 말투고 얼굴이었다.

운지가 스님이기 때문에 그녀와 제가 맺어질 수 없다는 걸 안 다음부터 그의 마음속에는 중에 대한 원망이 자리 잡고 있었던 것이다.

저에게 호통을 쳐대던 운수 비구니와 소령 사태에 대한 반감도 여전하다.

때문에 중도 아니고 속인도 아닌 이상하게 생긴 자가 함부로 대하는 것 같아 은근히 화가 났던 것이다. 그래서 운몽 또한 함부로 대했으므로 다들 놀라고 걱정했다.

저 선불 맞은 멧돼지 같은 도척이 화를 내고 난리를 칠까봐 불안했지만 도척은 오히려 그런 운몽이 더 마음에 든다는 듯 껄껄 웃기만 했다.

"이놈아, 나도 중생이 싫다. 바보 멍청이 같은 중생들이 있기 때문에 내가 장가도 못 들고 이런 몰골로 평생 고생하며 살아야 하지 않느냐?"

"그게 싫으면 당장 때려치우시지? 그 옷만 찢어버리고 목

에 걸고 있는 염주를 던져 버리면 누구도 당신을 중이라고 여
기지 않을 테니 쉬운 일이군 그래.”

“그럴까?”

운몽의 말에 엉뚱하게도 도척이 심각한 얼굴이 되어 망설
였다.

그런 도척의 종잡을 수 없는 언행은 운몽을 난감하게 만들
었다. 그가 쓴웃음을 짓고 더는 상대하지 않겠다는 듯 자리에
앉았다.

하지만 도척은 운몽의 말을 심각하게 생각하는 듯 여전히
멍한 얼굴로 허공을 응시한 채 우뚝 서 있었다.

화운평이 내심 쓴웃음을 지었다.

저 엉뚱한 중에 대해서는 익히 들었으므로 소문을 확인한
데 지나지 않지만, 운몽에 대해서는 그 역시 당황했던 것이
다.

‘저 녀석은 이제 좀 점잖아졌나 싶었는데 그게 아니었군.
꼬맹이였을 때의 발끈하는 성질이 여전히 남아 있어.’

운몽이 사람의 본성에 대하여 이야기할 때는 저 망나니가
언제 저렇게 컸나 싶어 의아했는데, 도척과 말싸움을 하는 걸
보고는 역시, 하는 생각이 들었던 것이다.

머리는 컸지만 아직 세상 물정 모르는 철부지라는 게 여실
히 드러났으니 화운평은 내심 기쁘기도 했다.

저런 놈이라면 몇 마디 말로 어르고 비위를 맞춰주면 쉽게

넘어갈 것이라고 여겼기 때문이다.

도척같이 단순한 자는 오히려 다루기 어렵지만 운몽처럼 생각은 깊지만 아직 제 주관이 서지 않은 자는 다루기 쉬우니 잘만 구슬리면 요긴하게 이용해 먹을 수 있겠다는 생각이 들어 흐뭇했다.

그가 운몽을 보고 도척을 보며 부지런히 이런저런 생각을 하고 있을 때 신필수사 나대헌이 급하게 달려 들어왔다.

"장주님, 기어이 일이 벌어지고 말았습니다."

그가 다급한 얼굴로 숨을 헐떡이며 빠르게 말했다. 그 통에 운몽과 도척 사이의 긴장이 물 흐르듯 사라져 버렸다.

모든 사람의 시선이 나대헌에게로 향했고, 최명판관 염숭도 잔뜩 눈살을 찌푸린 채 나대헌을 바라보았다.

"태백쌍악이 기어이 말썽을 부리고 있으니 어찌하면 좋을지 하명해 주소서."

"태백쌍악이라고?"

염숭의 얼굴이 잔뜩 흐려졌다.

그 두 마두가 찾아왔다는 말을 들었을 때부터 내심 못마땅했지만 하객을 내쫓을 수도 없어서 참고 있었는데 기어이 말썽을 일으킨 모양이니 더욱 불쾌하다.

나대헌이 울상을 짓고 말했다.

"후원에서 아미산의 소령 사태와 기어이 충돌했습니다."

"으음—"

염숭의 노안이 일그러졌다.

태백쌍악의 상대가 하필 소령 사태라니, 난감해진 것이다.

그 노사태의 팔팔한 성품이야 젊었을 때부터 유별나지 않았던가. 사마의 무리를 대함에 있어서 한 점의 인정도 베풀지 않았던 걸로 유명했던 소령이 늙어서도 여전히 그때의 성질을 가지고 있다면 이건 쉽게 무마될 일이 아니었다.

반드시 피를 보고 말 텐데, 그렇게 되면 자칫 큰 싸움으로 번지기 쉬웠다.

후원에는 정파의 명숙들만 있는 게 아니라 강호의 대마두들도 서너 명이나 묵고 있었던 것이다.

그들이 각자 소령과 태백쌍악의 편을 들어 충돌한다면 건잡을 수 없게 된다.

"가보자."

염숭이 벌떡 일어섰다. 잔치의 주인이라는 체면을 무릅쓰고 자신이 직접 나서서 수습하는 수밖에 없다고 판단한 것이다.

그가 서둘러 떠났으므로 만찬의 자리는 자연스럽게 파장했다.

"태백쌍악이 감히 이곳에서 난동을 부리다니?"

청년들 중 누군가가 중얼거리자 그 즉시 청년들이 자리를 박차고 일어섰다.

"아무리 악명 높은 마두라고 해도 그냥 둘 수 없어!"

담옥상과 이청풍 등이 운몽을 바라보았다. 그가 태백쌍악과는 물론 아미의 소령 사태와도 알고 있으니 어떻게 처신할 것인지 궁금했던 것이다.

운몽이 잔뜩 얼굴을 찌푸렸다. 그로서도 정말 일이 벌어졌다면 여간 난처하지 않았기 때문이다.

화운평이 다가와 운몽의 어깨를 두드렸다.

"어쨌든 가봐야 하지 않겠어? 어쩌면 여기에 있는 사람들 중 운 아우만이 그들의 싸움을 말릴 수 있을지도 모르지. 그렇다면 늦기 전에 말리는 게 좋지 않을까? 태백쌍악의 흉성도 무섭지만 소령 사태 또한 물불을 가리지 않는 성격으로 유명하니 그들이 싸우기 시작하면 반드시 피를 보게 될 거야. 좋은 날을 하루 앞두고 있는데 그래서는 안 되겠지."

그의 말이 백번 옳다고 여긴 운몽이 힘차게 고개를 끄덕였다.

"화 형의 말이 맞아. 그렇다면 순종해야지."

그가 마음을 정하고 바쁘게 나가는 걸 지켜보는 화운평의 입가에 야릇한 미소가 떠올랐다 사라졌다.

『풍운검협전』 3권에서…

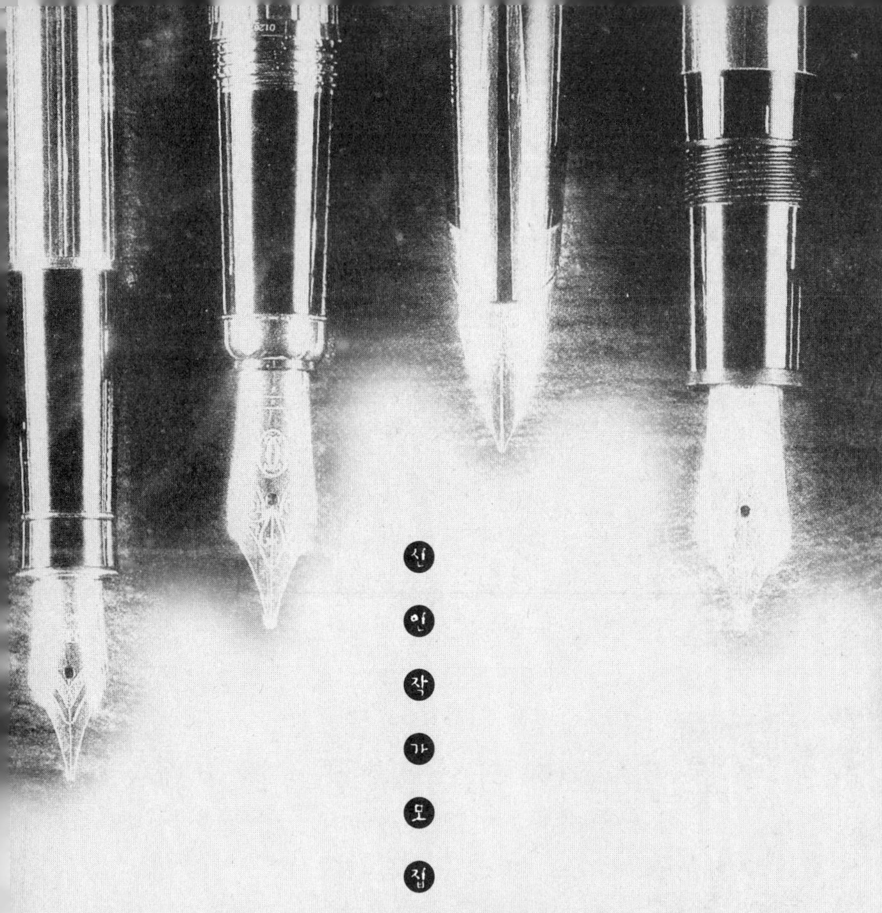
신
인
작
가
모
집

시작이 반이라고 했습니다.
작가의 길에 대한 보이지 않는 벽을 과감히 깨뜨리십시오!
청어람은 작가 지망생 여러분들의
멋진 방향타가 되어드리겠습니다.

저희 도서출판 청어람에서는
소설 신인 작가분들을 모집합니다.
판타지와 무협을 사랑하시는 분들의 많은 참여를 바랍니다.
소정의 원고(A4용지 150매)를 메일이나 우편으로 보내주시면
검토 후 출판 여부를 알려드리겠습니다.

주소:경기도 부천시 원미구 심곡1동 350-1 남성B/D 3F 우편번호420-011
TEL:032-656-4452 · FAX:032-656-4453
http://www.chungeoram.com
e-mail:chungeoram@chungeoram.com

2008년 봄 그들이 온다!!

권왕무적의 초우, 궁귀검신의 조돈형, 삼류무사의 김석진, 태극검해의
한성수, 프라우슈 폰 진의 김광수, 흑사자의 김운영, 송백의 백준 등

총 20여 명에 이르는 호화군단의 인더북 이북 연재 확정!!
그 외에도 많은 정상급 작가들의 이북 연재 런칭 예정!!

포도밭 그 사나이, 새빨간 여우 등의 로맨스 정상급 작가
김랑의 작품을 이북 연재로 만나다!!

오직 인더북에서만 독점 연재!!

아쉬움을 남기고 1부에서 막을 내린 **권왕무적 시리즈의 2부** 등 인기 작가들의 수준 높은
미공개 작품들이 시중에 책으로 출간되지 않고, 오직 인더북에서만 연재됩니다.

COMING SOON! INTHEBOOK.NET

1. 인더북의 이북 유료연재는 2008년 1월 말 ~ 2월 중순경 오픈
2. 인더북에 연재되는 작품들은 시중에 출판되지 않은 작품들로 엄선

이북 유료연재의 새로운 도전! 그리고 새로운 시작! 인더북!!
곧 새로운 모습의 이북 연재 사이트로 여러분께 다가가겠습니다.